Future Fiction

Collana diretta da
Francesco Verso

Clelia Farris

La pesatura dell'anima

Pubblicato da Associazione Future Fiction
Via Valentiniano 40 – 00145 Roma
C.F. 97962020588

La pesatura dell'anima, pubblicato la prima volta su Kipple, 2011.

Titolo *La pesatura dell'anima*
© 2020 Associazione Future Fiction, Roma
I edizione novembre 2020
info@futurefiction.org

di Alda Teodorani

FARRIS DELLE ACQUE

Leggendo Clelia Farris, le prime cose che mi hanno colpita sono il profondo legame con l'acqua percepibile nei suoi scritti e l'inquietudine viscerale, pressoché animale (o, ancor meglio, rettiliana) che l'autrice sa suscitare mescolando e manovrando emozioni e sensazioni in una sorta di brodo primordiale costituito da pelle umana, scaglie di pesce, mute di serpente, alghe, aculei, polvere del deserto, rocce sottomarine, metallo, pallide e viscide creature notturne, pelo di animali, tentacoli, membrane, il tutto condito dall'odore che quasi esce dalle pagine, pressoché solido, un lezzo salmastro di carne bruciata.

In *La pesatura dell'anima*, dove – da vera *Mater Tenebrarum* – Clelia Farris costruisce un mondo, costruisce un'epoca, costruisce un luogo estraneo basandosi su uno noto (l'Egitto pare un pretesto), costruisce un linguaggio e delle usanze, il senso di costrizione, acuito dalla puntigliosa, dettagliatissima descrizione di ambienti quasi sempre serrati, claustrofobici, arriva al punto da pesare sul petto del lettore e troncare il respiro, la sensazione è quella di avere un morso ricco di aculei di una creatura mostruosa che stringe il torace quasi fosse una mandorla intrappolata in uno schiaccianoci.

L'umano è vittima, travolto dal cambiamento, così come la protagonista, particella involontaria di un meccanismo che schiaccia la sua individualità e i suoi principi, costretta col ricatto a entrare nella squadra dei Sette e occuparsi di misteri irrisolti con metodi che non approva ma dai quali è affascinata e probabilmente per questo coinvolta, dipendente, con la sua individualità ceduta a quella del gruppo del quale fa parte: Clelia Farris ha saputo molto ben analizzare i meccanismi che divorano la sua mente.

Non so se è un caso, ma leggendo Clelia Farris e pensando a cosa dire ai suoi lettori improvvidi – non è mai facile analizzare e comunicare agli altri ciò che una lettura molto coinvolgente scatena dentro di noi – non so se è un caso, dicevo, che alla fine di questo libro mi torni in mente il primo versetto dell'Inferno di Dante Alighieri, e ancora il traghetto che conduce all'isola dei morti o le torri del silenzio dove i cadaveri, esposti alle intemperie e ai predatori, si liquefacevano lentamente, tornando all'atmosfera che respiriamo per poi ridiventare liquidi con la pioggia, ricadere sul terreno, filtrando sino alle fonti dell'acqua che oggi beviamo.

Voi, grazie a Clelia Farris, avete sorbito quell'acqua.

Non sarete mai più uguali a prima.

Alda Teodorani, settembre 2020

Ankh: croce ansata. Simbolo di vita. Dopo la rivoluzione: distintivo di riconoscimento degli hedjayu.

Anukjt: divinità femminile del Nilo. Trad.: la guerriera del fiume.

Apep: laccio multifunzione in dotazione agli hedjayu. Ma anche: Äpep, divinità in forma di serpente malvagio. Aggredisce la barca di Rā durante il suo viaggio notturno.

Aracne: sistema di comunicazione costituito da un piccolo ragno modificato predisposto a tessere tele che consentono di ricevere e trasmettere messaggi scritti e orali.

Atum: terza persona di Rā, corrisponde al sole del tramonto.

Caimano: imbarcazione priva di chiglia. Alcune sue parti sono biologiche, derivate dall'animale omonimo.

Giuncheto: sala comune dell'hedja il cui arredo è costituito da giunchi vivi.

Heb-Sed: giubileo. Celebrazione dell'unione delle Due Terre.

Hedja: corpo di polizia delle Due Terre. Plur. hedjayu.

Heqa: scettro pastorale del faraone. Dopo la Rivoluzione Verde: alto funzionario dell'hedja. Plur.: heqai.

Kauja: storia illustrata a fumetti.

Keme: abitante delle Due Terre. Significa terra nera cioè fertile. Gli egizi si definivano "terra nera", in contrapposizione alla dashre, terra rossa e arida del deserto. Plur. kemei.

Khepri: prima persona di Rā, corrisponde al sole dell'alba.

Kifel: panzarotto di pasta sottile farcito con ripieno dolce o salato.

Klart: copricapo a cuffia lunga. Parte della divisa da hedja.

Lotus: bevanda nazionale delle Due Terre, ottenuta dal succo delle foglie della pianta di loto.

Luna: un mese, costituito da trenta rē.

Medithe: lett. bosco. Forse canneto o giuncheto. Dopo la Rivoluzione Verde: governo formato da cinque ex comandanti rivoluzionari: Sit, Khamsin, Ahmose, Konshu, Terit.

Methyer: madre. Uno degli epiteti di Iside.

Natron: minerale usato per la mummificazione.

Ostrakon: conchiglia il cui mollusco, geneticamente modificato, consente comunicazioni a distanza unicamente in forma scritta.

Rā: seconda persona del dio Sole, corrisponde al sole di mezzogiorno.

Rē: un giorno di ventiquattro ore.

Serdab: luogo di culto all'interno di un complesso funerario. Stanza segreta in cui i Sette entrano in contatto con Iside.

Sfinge: palazzo in forma di leone dal volto umano, sede dell'hedja.

Shendyt: corto gonnellino di tessuto, parte della divisa da hedja.

Sopde: Sirio, stella alfa della costellazione del Cane, era associata alla dea Iside.

Syene: città dell'Alto Egitto. Oggi Assuan.

Thot: divinità maschile. Corpo umano e testa di ibis. Signore delle arti mediche e dell'ordine.

Tjemhu: guardia scelta della Medithe. Abitanti delle oasi.

Varano: imbarcazione lunga e sottile, priva di chiglia, più veloce del caimano. Alcune sue parti sono biologiche.

Prima parte

Naïma e Adad uscirono dal Palo d'Ormeggio muovendosi lentamente, l'anima che galleggiava su due tazze di lotus corretto. La notte li circondò di umidità, gelida e vischiosa come una pelle di pesce. Si avviarono verso le palme illuminate che costeggiavano il canale per continuare la ronda.

All'improvviso un groviglio di stracci su due gambe, sbucato dall'oscurità, gli si parò davanti e in tono di comando esclamò:

"Datemi qualche soldo. Non mangio da due rē."

"A Karnak cercano braccianti" replicò Naïma arricciando il naso.

La stracciona incrociò fieramente le braccia.

"Non mi piacciono le strade facili."

Adad rise divertito, recuperò dalla cintura una moneta e la lanciò alla regina del fetore, che l'afferrò al volo.

"Sparisci."

La donna sprofondò nella notte.

Ripresero a camminare, cercando di riscaldare le mani sotto le strisce di tessuto che formavano il gonnellino della divisa.

"Ti ho raccontato l'ultima prodezza del piccolo?" attaccò lui. "L'hanno beccato durante un esame con un'aracne nell'orecchio."

"Oh, che furbo" sorrise Näima. "Si faceva suggerire le risposte da un amico."

"Per punizione l'ho mandato a spaccare pietre."

"Sono contenta di non essere tua figlia."

"Tu non avresti mai barato."

Scambiarono un rapido saluto con una collega che si dirigeva verso il Palo d'Ormeggio. Naïma seguì con la coda dell'occhio quella figura bassa, robusta, oltre la cinquantina, che si muoveva strascicando i piedi, probabilmente sfatta dal caldo diurno e raggelata dall'umido notturno, uno spettro consumato dai turni di pattuglia e dalla noia del servizio in un quartiere tranquillo. Vent'anni di cammino nel solco della quotidianità e anche lei sarebbe diventata come la collega.

Salirono sul ponte che valicava il 17° canale di Khet. L'acqua, smossa dal passaggio di un'imbarcazione, sciabordava e brillava sotto le fronde luminescenti delle palme, allineate a destra e a sinistra dei parapetti di pietra. Cominciava l'ora in cui Rā combatteva contro Äpep, che tentava di rovesciargli la barca.

Un brivido repentino scosse le spalle di Naïma.

"Freddo?" le chiese Adad.

"Scherzi? Il mio lotus era rum con uno schizzo di lotus."

"La miscela ideale" approvò lui.

Mentre attraversavano il ponte guardarono a destra, per dare un'occhiata all'ampia vetrata del bar, un rettangolo che divideva senza paura la luce dall'oscurità; in quella bambagia dorata si stagliavano uomini e donne, seduti ai tavoli, felici di trovarsi in un posto caldo, ben illuminato.

Il proprietario del Palo d'Ormeggio sfregava il bancone, formato da un blocco unico di ossidiana vetrosa. Ogni tanto si fermava per posarci sopra i bicchieri, le bottiglie, i kifel salati o dolci che la cameriera portava ai clienti, ma appena quella sbarazzava il campo riprendeva a strofinare il piano col suo canovaccio di lino.

Alle sue spalle c'era un affresco, grande quanto la parete, in cui il pittore aveva voluto rispecchiare il locale stesso, i tavoli, i clienti seduti sotto le lampade basse, le sedie di resina, la pianta del lotus con tutte le sue leve e maniglie; il bancone del dipinto, però, era diverso dal suo corrispettivo reale, era ricoperto da una spessa lastra di acciaio, che era stata confiscata durante l'ultima mietitura del metallo, quando le miniere avevano smesso di far arrivare materie prime.

Erano giunti alla fine del ponte e stavano per imboccare il lungonilo quando nei klart arrivò una chiamata.

"Attenzione, zona Khet, vicinanze 18° ponte, aggressione armata. A tutti gli hedjayu, ripeto, zona Khet, vicinanze..."

"Ricevuto, centrale. Qui pattuglia di quartiere. Siamo i più vicini" rispose Naïma, affrettando il passo verso una stradina laterale.

"Tagliamo dalla piazza."

Una corsa nella notte, col cuore in gola. Si udiva soltanto il suono dei loro sandali sulla pietra.

Giunsero nello slargo antistante un'estremità del 18° ponte. A destra e a sinistra del lungonilo rilucevano le palme. Avanzarono sul ponte con prudenza, scesero dall'altra parte, un furtivo trapestio in un vicolo buio attirò la loro attenzione. Accesero le torce. Il fascio di luce rivelò un muro di mattoni crudi e un gruppo di topi-canguro, in fuga dal mucchio di spazzatura raccolto tra le porte di due abitazioni. Naïma frugò gli angoli spostando la luce, i topi saltellarono via, dentro le tane nel muro, un grillo smise di frinire.

Fecero un rapido controllo dei vicoli, disturbando soltanto qualche gatto in cerca di prede.

"Centrale, qui pattuglia di quartiere" comunicò Naïma, dopo aver sfiorato il klart. "Niente da segnalare."

"Ricevuto, pattuglia. Stanotte abbiamo avuto tre falsi allarmi."

Adad nascose uno sbadiglio dietro le mani.

Allungarono il giro fino al limitare della loro zona, poi lui propose:

"Torniamo al Palo d'Ormeggio. Sono stanco."

"Di' piuttosto che vuoi una seconda dose di lotus corretto."

Oltrepassarono il 17° ponte, il rettangolo di luce era sempre lì, lampada calda per falene raggelate dall'ora più fosca.

Naïma si sentì ritornare bambina, quando vagava per il vigneto che circondava la casa dei nonni, a Lisht, e ogni pianta nascondeva un demone.

Sul selciato biancheggiava un Mondo disegnato col gesso. Solo la presenza di Adad le impedì di saltellare sui riquadri numerati per andare dalla Casa dei Vivi a quella dei Morti e viceversa.

Erano arrivati davanti al Palo, la luce intensa che proveniva dall'interno faceva arretrare il buio, il calore vinceva sul freddo, entrambi pregustavano il sapore forte e aromatico del lotus arricchito dal sublime alcol.

Adad si fermò e le strinse un braccio con forza, Naïma seguì la traiettoria del suo sguardo e vide.

Vide che la splendida vetrata scintillante era un'oscena pietra tombale trasparente, perché tutte le persone all'interno del locale erano morte.

Adad sfregò il suo klart e chiese alla centrale di mandare rinforzi armati. Naïma estrasse lo sfollagente e si accostò all'ingresso del bar tenendosi rasente il muro.

La porta era spalancata, il cassetto del registratore di cassa era spalancato, gli occhi degli avventori erano spalancati.

Il proprietario era crollato sul suo amato bancone a braccia larghe, gli altri erano seduti ai tavoli, afflosciati come tanti sacchi vuoti, un ragazzo, che mezz'ora prima componeva un solitario, era caduto sulle carte, sparpagliandole ovunque, alcune erano volate sopra un'hedja che giaceva sul pavimento e stringeva ancora in mano il manganello. Era la donna che avevano incrociato uscendo dal locale.

Naïma osservò ogni corpo con attenzione, le tempie le pulsavano dalla paura: qualche luna prima un rapinatore era riuscito a nascondersi tra le sue vittime sporcandosi di sangue e fingendosi morto. Aveva ferito due hedjayu prima che riuscissero a fermarlo.

L'interno del Palo d'Ormeggio era diventato un canestro pieno di fichi maturi: ogni testa era stata spaccata da un'ascia bipenne, piccola e lucente, che ancora faceva bella mostra di sé infissa nel mezzo delle fronti.

Adad, che l'aveva seguita subito dopo aver dato l'allarme, la superò con rapida cautela fino al retrobottega, deserto. Tornò indietro, si guardò attorno, poi si appellò alla collega per avere conferma di ciò che li circondava.

"Sono tutti battezzati!"

Dopo il massacro del Palo d'Ormeggio l'atrio della Sfinge profumava di fiori freschi.

Sul reticolato di agave appeso alla parete zampettavano le aracne, intente a scrivere gli orari dei turni e il nome degli hedjayu assegnati a ciascun periodo di servizio. Sul pavimento si affastellavano piante fiorite, ciotole ricolme di grano germogliato, coni di resina impregnati di incenso e gelsomino, cartigli di argilla aromatica col nome dell'hedja morta.

Non si finisce mai di morire, pensò Naïma contemplando gli omaggi funebri.

Il Giuncheto era spopolato, solo qualche collega portava avanti il lavoro di scrivania. Cercò Adad e lo trovò seduto a una postazione, dietro il cespuglio di papiri dalle foglie a spillo, sulle quali erano infilzati i fogli di lino con le comunicazioni di servizio.

"Dormito?" la salutò lui.

"Poco."

"Ho iniziato a buttare giù il verbale."

Naïma guardò l'aracne, ferma sul bordo sinistro del piccolo telaio, una zampina anteriore che picchiettava il margine dell'ultimo filo, in attesa di proseguire. Sulla prima riga Adad aveva scritto: VERBALE N. 41 – PATTUGLIA NOTTURNA DI KHET, e sotto, *All'ora Sesta ci siamo allontanati dai prescritti canali di ronda a causa di una chiamata d'emergenza...*

"Magari, senza quella stupida chiamata..." mormorò mentre si inginocchiava sui cuscini accanto al collega.

"Non possiamo salvare tutti."

Gli rivolse un'occhiata affranta, venata di rosso per l'insonnia che l'aveva tormentata.

"Il coordinatore vuole il rapporto sulla sua scrivania fra due ore" le ricordò Adad. "Scrivi tu, sei più veloce di me."

All'ora di pranzo il senso di inutilità era andato a fondo, nella coscienza di Naïma, come un sasso pesante. Una pila di rapporti da trascrivere aveva cancellato lo smarrimento, le chiacchiere con i colleghi l'avevano distratta; il brusio allegro della mensa aveva rimesso insieme i pezzi e ricostituito l'abituale Naïma, tanto che riuscì a trovare il tempo di trafugare, dalla scrivania di un collega degli Affari Morali, uno dei suoi fumetti preferiti, un kauja tripla k che faceva parte di una collezione sequestrata quella mattina.

Sulla copertina era raffigurata una fanciulla, sdraiata a gambe larghe, la veste sollevata, la clitoride liscia come un sasso di fiume, sulla quale sedeva un uomo minuscolo, con in testa un cappello da pescatore e accanto un cesto per pesci. L'uomo protendeva una canna da pesca di forma fallica verso la fessura di lei, dalla quale fuoriusciva un fiume d'acqua scintillante.

Si chiuse in bagno e per una buona mezz'ora sprofondò nella lettura del kauja, quindi lo rimise sotto le cartelle del collega e tornò al Giuncheto. Un uomo di mezza età, il cappello di paglia in mano, si avvicinò per domandarle se poteva presentare una denuncia. Lo invitò a sedere sul cuscino davanti alla postazione, svegliò l'aracne e le diede due grani di cibo.

"Furto, aggressione o vilipendio ecologico?"

"Mi rubano il cibo dal frigorifero collettivo. Ieri ho depositato cinque pani d'orzo e due torte di lenticchie..."

"Nome e professione?"

Naïma sbirciò la margherita da tavolo della sua postazione, mancava poco all'Ora Dodici, la fine del turno. Stava porgendo all'aracne i grani soporiferi per metterla a riposo quando un'ombra oscurò il foglio di lino.

"Sei tu Naïma, hedja numero 309043?"

"Con due puntini sulla i" rispose, strappando l'ultimo foglio dal carrello, sollevò la testa e vide che la donna davanti a lei aveva tre giri di rame attorno al collo.

"Posso esserti utile, capitano?"

"Presentati da me fra dieci minuti. Capitano Larissa, ultimo piano."

Se ne andò, silenziosa com'era giunta.

"Peli d'asino in culo!"

Naïma diede un colpetto alle zampine anteriori dell'aracne e le fece cadere il cibo.

"Scusa, tesoro, sembra che stasera faremo gli straordinari."

Le fece ricamare un breve messaggio e lo inviò a Elias per dirgli che avrebbe fatto tardi.

Nell'ascensore incontrò Bastet, la gatta mascotte del Giuncheto, le pupille dilatate e il muso attento a ogni movimento. Si chinò e le concesse un prolungato grattino dietro le orecchie.

Ultimo piano.

Al posto delle vaste sale del Giuncheto, popolate, nelle ore di punta, da decine di hedjayu che parlavano, scrivevano, accoglievano denunce, interrogavano testimoni o ladruncoli, c'erano corridoi tirati a lucido, pareti ricoperte di funghi nictosensibili, porte chiuse che proteggevano stanze austere e fredde. Il silenzio la faceva da padrone.

Un'inserviente stava distribuendo i pattinatori sui vetri delle finestre rivolte a ovest, gli insetti sciamavano sopra i cristalli lustrandoli con il semplice tocco delle loro zampe.

"Scusa, l'ufficio del capitano Larissa?"

La ragazza si cavò dalle orecchie due microscopiche aracne, che restarono penzolanti al di sotto dei suoi lobi, continuando a diffondere le note di *Svegliatevi*, una canzone dei Meth.

Naïma si chiese come facesse a sopportare di avere un animale vivo nelle orecchie. Ripeté la domanda. A sentire il nome del capitano la ragazza si irrigidì.

"Segui il corridoio della paura e arriverai all'Acquario. Sono tutti lì."

Si allontanò facendo finta di avere una gran fretta di lucidare il pavimento.

Naïma si inoltrò nella direzione indicata dalla ragazza, un corridoio rischiarato solo dai pochi funghi luminosi che crescevano sui muri. Era lugubre, ma la paura apparteneva a un'altra categoria di ambienti. Il fondo della galleria era chiuso da una parete di vetro azzurrato, simile ad acqua ghiacciata; al di là di essa distinse una luce turchese e sei figure umane, impegnate in una conversazione attorno a un ginepro che allargava e appiattiva il suo tronco per formare una scrivania.

Finalmente realizzò chi fosse il capitano Larissa e riconobbe le persone che si trovavano con lei. I Sette. Le divise più blu dell'hedja.

Per un istante ebbe l'impressione di guardare la vetrata del Palo d'Ormeggio ma, a differenza di quella notte, i corpi che erano dall'altra parte sollevarono le ciglia, uno dopo l'altro, e la afferrarono coi loro occhi.

La porta era spalancata, si fece avanti.

"In ritardo, hedja Naïma" la accolse il capitano. "Per noi il tempo è essenziale."

Naïma si portò la mano al cuore e poi la stese, a palma in su, verso il gruppo; il saluto le diede il tempo di esaminare i Sette, anche se li conosceva di fama e di vista.

Elin, la vecchia, appoggiata al suo bastone di cristallo, la scrutava con occhi color del Nilo, in fondo ai quali brillava un critico sarcasmo; Yannis, l'arrogante, naso sottile e barba scura, l'unico hedja a non radersi il viso e depilarsi le gambe, le fissava il seno con ostentato apprezzamento; Anouk, la gazzella, languida altolocata giovane donna, accennò un sorriso di benvenuto; Sadou, il taciturno, alto, possente e bronzeo tjemhu, la trapassò con le pupille come se fosse stata invisibile; Sirah, l'eccentrico, coi capelli acconciati alla moda cretese, lo shendyt, il gonnellino della divisa, troppo corto, e il viso ricamato da una scarificazione rituale, abbozzò un inchino.

"Prenderai il posto di Menes nella squadra Sette" continuò il capitano. "Riceverai ordini solo da me e sarai soggetta ai nostri orari di lavoro."

Menes si era ucciso una luna prima, ma dentro la Sfinge la notizia era stata passata quasi sotto silenzio. Il suicidio era infamante.

"La tua divisa sarà pronta fra qualche rē" riprese il capitano mettendo sulla scrivania una balestra d'acciaio, una scatola di frecce cave, il minuscolo serbatoio pieno di curaro, una daga e un ostrakon, un comunicatore portatile. L'intera dotazione era un privilegio di pochi. Gli hedjayu di città giravano armati del solo manganello. L'ostrakon, poi, costava quanto tre stipendi lunari.

"Quando sei fuori servizio, le armi non possono uscire dalla Sfinge."

"Capitano, io non credo di essere all'altezza."

Il capitano fece un gesto secco con la mano, come se tagliasse qualcosa d'invisibile.

"Devi tenere l'ostrakon sempre con te. Devi essere sempre reperibile, devi rispondere alle chiamate ovunque ti trovi, nel tempo più breve."

Il luccichio della balestra feriva gli occhi. Naïma prese l'arma e la soppesò sul braccio destro, era perfettamente bilanciata, rassicurante; la puntò contro il muro, il mirino aveva la messa a fuoco automatica e in una frazione di secondo le restituì il dettaglio bucherellato della pietra di cui erano costruiti i muri della Sfinge.

"Sei tenuta al segreto assoluto" continuò Larissa. "Nulla di ciò che conoscerai e vedrai qui dentro potrà essere raccontato all'esterno, e con esterno intendo anche i colleghi che non fanno parte di questa squadra."

L'aracne sulla scrivania emise un fischio acuto e si mosse rapida lungo l'ordito di lino inserito nel carrello, per stampare un breve messaggio, Larissa si chinò a leggerlo mentre era ancora in composizione.

"Una vittima per noi. Tra Sokari e la Clavicola, quinto canale, casa Besut."

Prima ancora che il capitano avesse finito di leggere, i Sette erano balzati verso una panoplia appesa al muro accanto al ginepro, in pochi secondi afferrarono e indossarono corpetti, bracciali e klart, inforcarono gli occhiali a fascia, inserirono la balestra nell'alloggiamento dietro la schiena predisposto nel loro giubbetto. Naïma dovette tenerla in mano.

"Sadou, ti affido la recluta" concluse Larissa poco prima che uscissero.

Li seguì alla darsena, rassegnata e perplessa. Possedere un'arma, dopo la strage dei battesimali, le procurava un intimo sollievo, tuttavia non comprendeva per quale motivo fosse stata scelta per far parte di quella squadra. Le dicerie sui Sette, all'interno della Sfinge, parlavano di un gruppo chiuso che, per mantenere il record di casi risolti, il cento per cento, come si leggeva sulle tabelle di efficienza esposte nell'atrio, era disposto ad appendere un indiziato a testa in giù e dargli fuoco ai capelli per farlo parlare.

Quando salirono sul *caimano* si accorse che anche il suo mentore aveva l'aria infelice e nessuna voglia di parlare. Sarebbe stata una gara di silenzi.

Sadou guidò il *caimano* alla massima velocità, sfrecciando in mezzo alle altre imbarcazioni di giunco che affollavano il Nilo, noncurante delle ondate che sollevava. Rā si era trasformato in atum, la giornata si avviava alla sua conclusione e, quando uscirono sulla Clavicola di Osiri, l'orizzonte a ovest era già imporporato dal sangue divino.

Imboccarono il quinto canale della Clavicola, segnalato dalla boa, curvando senza decelerare e ricoprendo d'acqua i passanti che camminavano lungo l'argine. Si beccarono una sfilza di insulti e maledizioni, che Sadou ricevette con indifferenza.

A metà del canale si fermarono davanti a una villetta singola di recente costruzione. L'ingresso era presidiato da due leoni di pietra e due hedjayu. Naïma conosceva la prassi, nessuno doveva entrare o uscire dal luogo in cui si trovava una vittima affidata alla squadra Sette. In passato, quando era stata una giovane Sabbia Fine, era capitato anche a lei di svolgere il compito di piantone; ciò che invece accadeva all'interno, come agissero i Sette, le era del tutto oscuro.

Anouk e Yannis approdarono pochi secondi dopo di loro, di Elin e Sirah nessuna traccia.

Uno degli hedjayu di guardia riferì che all'interno della casa vi erano cinque persone di servizio, il proprietario, marito della vittima, e il suo avvocato.

"L'avvocato era già qui quando è stato scoperto il corpo?" domandò Sadou.

"Sissignore."

"Previdente" ghignò Yannis.

L'interno era arredato con quanto di più costoso offrissero le Due Terre: la volta del salone era sorretta da colonne di autentico marmo, i pavimenti erano di porfido venato di rosa, i mobili di ebano del Kush. Da un lato il tetto si apriva e il cielo terso si rifletteva su una grande vasca incassata nelle fondamenta. Due ocelot di piccola taglia sguazzavano dentro e fuori dall'acqua, saltellando fra le statue a dimensione naturale che raffiguravano Rā, Horus e un uomo in atteggiamento ieratico.

Camminando con gran sussiego sulla passatoia di canapa setificata venne loro incontro un uomo di mezza età, rigido, autoritario. Si presentò: era il maggiordomo della casa. Prima che i Sette potessero replicare iniziò un panegirico del padrone di casa, lasciando intendere che, in virtù della sua ricchezza e delle sue conoscenze altolocate, l'hedja avesse il dovere di impedire un pubblico scandalo.

"Qualunque informazione vi occorra, ve la posso fornire io. Non è necessario disturbare l'eccellente Besut Nam."

Sottolineò con la voce i due nomi, per far capire che si trovavano in casa di un keme la cui larghezza di beni consentiva l'acquisto di un secondo nome.

"In fila con gli altri" lo gelò Sadou, indicandogli la servitù, che Anouk aveva provveduto ad allineare lungo la vasca.

Il maggiordomo tentò un approccio di velata corruzione, affermando che nello studiolo dell'abitazione si trovavano diecimila deben in contanti.

"Questo cambia tutto" esclamò Yannis, prendendolo a braccetto e allontanandosi con lui verso una stanza laterale. Naïma non riuscì a capire se il collega stesse facendo sul serio o volesse prendersi gioco del servitore.

"Dài una mano ad Anouk" le ordinò Sadou. "Io recupero l'eccellente Besut Nam."

Anouk stava prelevando campioni di saliva e capelli da tutti i presenti.

Naïma le passò in silenzio le provette e le buste di plais in cui chiudere i reperti, stupita dalla brutalità della procedura. Dalla porta dello studiolo, rimasta semiaperta, intravide il maggiordomo che tentava di comprare la discrezione della squadra, offrendo a Yannis un sacchetto pieno di deben. Questi si ficcava i soldi a manciate nelle tasche dello shendyt, con un sorriso da sciacallo.

Sadou ritornò spingendo davanti a sé due uomini. Uno dei due, identico alla solenne statua maschile che completava la triade divina, protestava per i modi scorbutici, l'altro, l'avvocato, faceva notare che gli hedjayu non avevano il diritto di prelevare materiale organico senza l'autorizzazione scritta di un magistrato.

Anouk approfittò dello sfogo per cacciargli in bocca un tampone di rilevamento, l'avvocato rimase di sasso, la faccia gli si scurì per la rabbia, iniziò a sbraitare, snocciolando articoli di codice penale, e corse verso l'aracne, che si trovava su un tavolino dell'ingresso, per chiamare in soccorso le sue autorevoli conoscenze. Sadou lo rimise in fila dandogli una manata in mezzo al petto, stringeva un *grillo* fra le dita e le antenne gli inflissero una scarica elettrica che lo fece gridare e accasciare sul posto.

I servitori, spaventati, si strinsero gli uni agli altri.

"Quell'avvocato mi costa un sacco di soldi" protestò Besut Nam, osservando calmo il suo legale che si contorceva dal dolore sul pavimento.

"Soldi" ripeté Sadou, fissando dritto in faccia il padrone di casa. "Proprio quello di cui hai bisogno. Pare che tu abbia molti debiti, Besut Nam. I dadi e la roulette non girano in tuo favore da molto tempo."

"Credete che abbia ucciso io mia moglie?" continuò lui, gonfiando il petto. "È ridicolo. Rachele non possedeva nulla, quando l'ho conosciuta agitava il culo sui tavoli di uno struscio-bar."

Il ceffone di Sadou fu talmente rapido che Naïma colse solo lo spostamento d'aria e Besut che si copriva il naso con una mano mentre il sangue schizzava tutt'intorno. La servitù arretrò ma alcune gocce di sangue macchiarono i lini candidi delle cameriere.

"Dovresti avere più rispetto di tua moglie" disse Sadou.

Yannis e il maggiordomo ritornarono nel salone giusto in tempo per assistere allo schiaffo.

"Come osate?" gridò il maggiordomo. "Trattare l'eccellente Besut Nam come un delinquente! Abbiamo pagato per il vostro rispetto e pretendo..."

Yannis svolse un apep e imbavagliò l'uomo in due mosse, stringendo il tessuto quasi fino a soffocarlo.

"Quanto cianciano i tirapiedi" commentò.

Come se si fosse trattato di un segnale, Anouk iniziò a chiudere i polsi di tutti gli indiziati con gli apep e Naïma la imitò, senza riflettere. Legare gli spacciatori di mazut o gli autori di una rissa era l'azione che compiva più spesso, durante il lavoro, ma, mentre spingevano il gruppo verso l'esterno, si rese conto che stavano arrestando alcuni liberi cittadini di Nekhen, senza prove e senza motivi.

Poco dopo erano sul pontile anteriore della casa e si facevano aiutare dagli hedjayu esterni a caricare gli arrestati sui sedili posteriori dei *caimani*.

"Capitano, vorrei essere sollevata dall'incarico."

Larissa alzò gli occhi dal foglio che stava leggendo e la soppesò freddamente, come se stesse esaminando un insetto sconosciuto.

"Non sono adatta a svolgere le mansioni richieste alla squadra Sette."

"Lo penso anch'io" convenne Larissa.

"Dunque?"

"La tua nomina non è stata una mia scelta. Anch'io, come te, eseguo gli ordini. Ordini superiori."

Riportò la sua attenzione al foglio di lino, Naïma le rivolse il saluto e uscì dall'Acquario.

Mentre passava nel corridoio Anouk la fermò.

"Dove ti eri cacciata? Ho bisogno di te per interrogare due indiziati."

Naïma la seguì. Nella stanza degli interrogatori si trovò davanti due sconosciuti. Entrambi avevano su un braccio il tatuaggio della testa di un ibis, il simbolo di Toth, che li qualificava come medici.

Qualche ora dopo uscirono dalla stanza degli interrogatori, Anouk bussò alla porta di una cella e Yannis si affacciò sulla soglia.

"Abbiamo superato le ventidue ore" esordì la ragazza. "A che punto siete?"

"Quel pezzo d'asino di Besut fa resistenza, ma ci siamo quasi. Ancora un attimo di pazienza, amore mio, e avremo la confessione. Tu cosa hai trovato?"

"Besut ha pagato due medici perché dichiarassero che la moglie soffriva di un vizio cardiaco congenito, l'hanno ammesso poco fa."

Sadou fece capolino dietro Yannis.

"Ha confessato" annunciò. "Ha avvelenato la moglie per incassare l'assicurazione sulla vita di lei. Gli strozzini gli avevano dato un ultimatum, il veleno doveva farlo sembrare un infarto."

"Perfetto" concluse Anouk e aggiunse, rivolgendosi a Naïma: "Ora ci riuniamo nell'Acquario e facciamo una ricostruzione della dinamica del delitto, per verificare che tutto torni. Poi andiamo nel Serdab."

"Besut potrebbe ritrattare" azzardò lei.

"Davanti a Iside nessuno ritratta" le rispose sprezzante Yannis.

Il capitano ascoltò con attenzione l'esposizione dettagliata di come si erano svolti i fatti che avevano condotto all'omicidio di Rachele. Erano sopraggiunti anche Elin e Sirah: confermarono le difficoltà economiche di Besut Nam, dovute alla sua passione per il gioco d'azzardo, e la corruzione sia del proprio medico di famiglia sia di quello dell'assicurazione. Naïma intuì che dovevano aver fatto una ricerca minuziosa sulla vita privata dell'omicida, ma non comprendeva come avessero potuto disporre di simili notizie in un tempo così breve.

Tutto appariva logico e congruente, ma la rapidità dell'indagine le lasciava un vago senso di insoddisfazione. Si era accorta che i Sette erano ossessionati dal tempo, anche in quel momento guardavano impazienti l'ora sulla gardenia che cresceva in una fessura del ginepro.

"Inizia la ventitreesima ora" annunciò il capitano dopo una rapida occhiata ai petali della gardenia. "È il momento."

Con gesti sciolti e rapidi i Sette si tolsero i klart, gli occhiali, i giubbetti, le armi, i bracciali di protezione, e appesero tutto nella panoplia.

Larissa si era accostata a una falsa porta, disegnata su una parete dell'Acquario, un rettangolo nero alto due metri, contornato da tridenti, compassi e piccole v, motivi ornamentali frequenti nelle case e negli uffici delle Due Terre. Usando un comune gessetto disegnò simboli e numeri sopra la vernice nera della falsa porta, Naïma ne seguiva i gesti, incuriosita suo malgrado. Alcuni segni le erano ignoti, altri familiari, l'avvoltoio, la serpe, il fiore di loto... un'esclamazione di stupore le sfuggì dalla bocca. L'ipomea che cresceva sul soffitto proiettava la sua luce oltre la soglia della porta, dove prima c'era stata pietra verniciata si era aperto un passaggio.

Aveva sempre creduto che il Serdab, il luogo in cui i Sette evocavano Iside, si trovasse nel sottosuolo della Sfinge, sprangato da una lastra di piombo.

Elin, appoggiandosi al bastone di cristallo, aprì la processione, gli altri la seguirono dentro l'oscura strettoia strascicando i sandali. Naïma percepì un odore pestilenziale provenire dall'interno del Serdab. Ricordava un cesso intasato di merda fresca, ma anche la decomposizione di erbe palustri sotto il calore di Rā e gli steli puzzolenti dei fiori recisi, a mollo per troppo tempo in acqua putrida. Fu contenta di non aver cenato.

La paura le strinse la gola mentre avanzava a piccoli passi verso l'apertura nel muro. Le tornarono in mente i pettegolezzi del Giuncheto sulle orge che sarebbero avvenute nel Serdab.

Nel buio si ritrovò avvolta da un potente, continuo fruscio.

Naïma uscì per ultima dal Serdab, muovendo a fatica i piedi, gli occhi fissi sui propri sandali, sporchi di fango e di una sostanza viscida. Era sudata, appiccicosa, e le guance le bruciavano per gli schiaffi che le aveva dato Yannis, quando aveva cercato di ribellarsi.

"Quaranta minuti per contatto, confessione e giudizio" esclamò Sirah, indicando l'ora sulla gardenia. "Mica male! Abbiamo insaccato il tonchio in un tempo liscio."

Yannis assestò al ragazzo una pacca sul sedere, mentre Anouk si stringeva languida a lui. Naïma incespicò e finì addosso a Sadou, che la raddrizzò con gentilezza. Era stato molto meno delicato nel Serdab.

"Saremmo stati più veloci se il nuovo acquisto avesse fatto meno storie" rivelò Yannis.

Il capitano fissò Naïma, facendo trapelare una certa ansia.

"Lasciala in pace" disse Anouk. "Tutti abbiamo avuto paura, la prima volta."

"Pure la seconda" aggiunse Sirah allegramente. "Perfino la terza e la quarta. Poi il quinto collegamento sarà normale, il sesto una rinfrescata, il settimo una scivolata giù da una barcana."

Naïma non riusciva a guardarli, si sfregava le braccia, lordate di materia collosa e tremava a singulti, nonostante i suoi sforzi per controllarsi.

"Andiamo a lavarci" la invitò Sadou con voce sommessa, indicandole una porta all'altra estremità dell'ufficio. I colleghi erano già spariti all'interno, si udiva lo scorrere dell'acqua e un effluvio di oli profumati. Accennò un diniego con la testa, fuggì nel corridoio e si rifugiò in uno dei bagni dell'ultimo piano.

"Non sono tranquilla, non sono per niente tranquilla."

Heqa Sabni distolse l'attenzione dall'aracne sulla quale stava tessendo un documento. Una delle incombenze più seccanti dell'essere un alto funzionario consisteva nell'occuparsi da vicino della squadra Sette. L'aveva vista nascere e negli anni c'erano stati problemi, difficoltà burocratiche e resistenze da parte dei suoi colleghi heqai, e anche dei membri della squadra stessa, ma non aveva ancora visto Larissa piombare nel suo ufficio in quel modo e mettersi a camminare avanti e indietro lasciando profonde strisciate sul morbido pavimento di muschio.

"È accaduto qualcosa? Un ritardo nel collegamento? Un problema con i Giudici?"

"No, niente di insolito, ma il nuovo membro della squadra non mi piace. Accidenti a Menes!"

"Non dovresti parlar male dei morti" la redarguì.

"Lui teneva unito il gruppo, lui li rassicurava. Ho visto le note personali di Naïma, ha marito e due figlie. La famiglia è un'interferenza nella stabilità dei Sette."

"Il Serdab cambia molte cose."

"Mi rilasserò soltanto quando il dottore chiamerà e confermerà lo scambio."

Le deboli luci del bar della Sfinge mascheravano a stento alcune chiazze biancastre rimaste sullo shendyt. Naïma si appoggiò al pino contorto che fungeva da bancone e ordinò un lotus caldo, si sentiva raggelata fino al midollo. Con la tazza fra le mani, si nascose in un cantuccio dietro un cespuglio di papiri luccicanti, il lino fresco dei cuscini la fece rabbrividire. Sorseggiò la bevanda senza alcun piacere, come una medicina, guardandosi intorno con sospetto, come se i pochi colleghi presenti potessero intuire ciò che aveva appena fatto.

Tre uomini se ne stavano acchiocciati su una finta isola sabbiosa, ridacchiando sottovoce; due donne, appollaiate sui tulipa a stelo alto che circondavano il ramo di mescita, bevevano succo di frutta e si bisbigliavano reciproche confidenze.

Terminò il lotus ma il gelo interiore era aumentato, come se invece di una bevanda calda avesse consumato un sorbetto. Fece per alzarsi quando un'ombra si frappose tra lei e le morbide luci verdi del locale.

Con disinvoltura Sadou si accomodò dall'altra parte del tavolino basso, posò due bicchieri e una bottiglia di rum, l'etichetta vantava l'uso di canna da zucchero del Tokar e dodici anni di invecchiamento in botti di legno di noce importato da Borea.

"Prova questo."

Riempì un bicchiere con generosità e glielo avvicinò, quindi ne versò altrettanto a sé.

"Non voglio niente da te" rispose lei, incrociando le braccia.

"Da ragazzo credevo che la vita fosse un vorticoso precipitare nel caos. I Sette mi hanno fatto cambiare idea."

"Non c'è giustificazione per quello che abbiamo fatto nel Serdab."

"Devi osservare i fatti da un diverso punto di vista. In passato, anche nei casi in cui si arrestava il colpevole, la sua decapitazione era inutile. Noi portiamo a compimento una forma di giustizia assoluta, perciò ogni nostra azione è lecita."

Naïma non rispose.

Prese il bicchiere e bevve un piccolo sorso di rum. Con stupore sentì un calore intenso che le attraversava il corpo, scacciando il freddo. Il secondo assaggio diventò un serpente di fuoco che si infilò giù per la gola e si acciambellò sul mare dei succhi gastrici. Si gettò per la terza volta nel liquido ambrato e quando riemerse respirava lentamente, leggera e calma.

"Offri da bere a tutte le donne che incontri al bar?"

"Solo a quelle che mi morsicano."

Sulla spalla destra di Sadou, mimetizzato tra le strisce di canapa imbottita del corpetto, si potevano scorgere i segni dei denti. L'aveva marchiato a fondo.

"Legittima difesa" replicò Naïma.

"Vieni, c'è qualcosa che devi vedere" le ingiunse lui, alzandosi in piedi.

La gabbia lignea dell'ascensore li depositò nel sotterraneo. Le ipomee che crescevano sul basso soffitto dei corridoi emettevano la medesima luce cupa dell'Acquario. Sadou avanzò con passo sicuro fino alla porta di un laboratorio e bussò, Naïma lesse il nome sul cartellino e si morsicò le labbra.

Un uomo in camice azzurro aprì la porta: occhiali d'oro, occhi neri brillanti e un sigaro in bocca. Sbuffò una nuvola di fumo e per un istante sembrò un drago affacciato sulla soglia della sua caverna, pronto ad aggredire i molestatori. L'espressione del suo volto mutò repentina in sorpresa.

"Possiamo assistere?" domandò Sadou.

Il dottore rimasticò il sigaro, poco convinto, diede un'altra occhiata a Naïma e poi spalancò la porta.

"Ho quasi finito di pulirla."

L'interno del laboratorio era tetro, gli strumenti chirurgici, allineati sui piani di marmo, mandavano bagliori freddi; un girasole estensibile proiettava un cerchio di luce dorata sopra una lettiga di plais sulla quale, sdraiato supino, c'era il corpo nudo di una ragazza. Le palpebre illividite, le labbra schiuse, che lasciavano intravedere i denti, e le deboli macchie ipostatiche rivelavano che si trattava di un cadavere.

Le gambe, dalle ginocchia ai piedi, erano incrostate di una sostanza bianca, formata da cristalli simili a sale grosso; nell'aria ristagnavano diversi odori, resina, cipresso e catrame.

"Ti presento Rachele" le disse Sadou. "La donna uccisa ieri sera."

Il dottore inzuppò una spugna in una soluzione acquosa, la strizzò e la sfregò lungo le gambe del cadavere, il sale si sciolse e colò via lungo le scanalature laterali della lettiga.

"Il natron preserva i tessuti dalla corruzione per ventiquattro ore, perciò dobbiamo trovare l'assassino ed effettuare lo scambio delle anime nel tempo più breve possibile."

"Potrei evitare la lisi cellulare per altre ventiquattro ore" intervenne il dottore, senza smettere di strofinare il corpo. "Ma è meglio essere prudenti."

All'improvviso il cadavere fu percorso da un tremito convulso di tutti i muscoli, dal collo ai piedi.

Naïma indietreggiò di un passo. Pareva che una crisi epilettica scuotesse quelle membra senza vita, le mani, però, si stringevano a pugno e si rilassavano alternativamente e la testa oscillava a destra e a sinistra, movimenti incompatibili con la scarica violenta dei neuroni apicali.

Stava ancora formulano ipotesi su quella insolita reazione quando il corpo si inarcò, flessibile come un filo d'erba, e spalancò la bocca producendo un osceno risucchio.

Il cadavere aspirava l'aria con tutte le sue forze.

Il suono si trasformò in un gemito lacerante. Il plesso solare era al massimo della tensione verso l'esterno, le costole sporgevano sopra l'incavo dello stomaco, quasi volessero lacerare la pelle ed esplodere. Quando sembrava che il corpo dovesse schiantarsi e spargere tessuti melmosi ovunque, l'espansione lasciò il posto a una rumorosa, profonda espirazione. La cassa toracica si afflosciò, le mani si rilassarono.

Il dottore, imperturbato, spiegò un lenzuolo di lino e coprì il corpo fino al collo. La donna inspirò nuovamente, in modo meno violento, e subito espirò, soffiando via un breve lamento, come se l'aria che riattraversava i polmoni fosse dolorosa; deglutì, le palpebre vibrarono, ruotò la testa verso il dottore e aprì gli occhi.

"Bentornata" sorrise il vecchio.

Naïma indietreggiò ancora, raggiunse la porta e fuggì.

"Si può sapere cos'è questa novità? Perché l'hai portata qui?" disse il dottor Wandjuk, levandosi rabbiosamente il sigaro di bocca.

Rachele aggrottò la fronte, cercò di parlare e dalla bocca le uscì un rantolo.

"Non dicevo a te, figliola" si rabbonì il vecchio e premette un pulsante sul quadro di controllo a capo della lettiga. "Ora il mio assistente ti porterà in un'altra stanza e potrai iniziare la riabilitazione."

Da una porta laterale comparve un giovane in camice azzurro.

"Occupati della ragazza" gli ordinò il dottore.

L'assistente portò via la lettiga e Wandjuk ritornò a Sadou.

"Perché Naïma era con te?"

"La conosci?"

"È stata mia assistente, molto tempo fa, prima che si sposasse. La mia migliore assistente."

"Adesso fa parte dei Sette."

"Thot aiuti quella povera ragazza!"

Sadou sollevò le spalle.

"Anche io e Menes eravamo semplici hedjayu, quando Larissa ci convocò per mettere su la squadra."

"Come ha reagito a Iside?"

"Ha cercato di scappare."

"Aveva dei lividi sulle braccia."

"Abbiamo dovuto trattenerla, stava spezzando il collegamento con i Giudici dei Morti."

Il dottore masticò il suo sigaro e un'imprecazione.

"Non angustiarti" aggiunse Sadou. "Ha ancora tutte le rotelle a posto."

La chiatta di linea per Amarna si era accostata al molo per far scendere alcuni passeggeri, Naïma era salita a bordo e solo dopo aver sentito che si stavano muovendo si era voltata. Nello spiazzo davanti alle porte spalancate della Sfinge c'era il solito traffico di gente che entrava e usciva, gli hedja-yu si distinguevano dai cittadini per il colore azzurro stinto delle divise. Poco lontano, in un angolo del pontile, spiccava la macchia blu dei Sette. Yannis, Anouk, Elin e Sirah conversavano tra loro. Perfino a quella distanza riusciva a vedere quanto fossero placidi e di buonumore, come se il Serdab non ci fosse mai stato. Un brivido le percorse la schiena.

Sadou raggiunse i colleghi che lo attendevano sul pontile davanti alla Sfinge.

"Dov'è Naïma?" gli chiese Anouk.

"Credo sia tornata a casa."

"Meglio" approvò Yannis. "Madama Legalità ci avrebbe rovinato il pranzo."

"La squadra dovrebbe essere unita" ribatté Anouk.

"An, amore, ci sono io pronto a unirmi a te. Cosa vuoi di più?" scherzò Yannis passandole un braccio intorno alla vita.

"Naïma è troppo rigida" interloquì Elin. "Larissa non ha fatto una buona scelta."

"Datele tempo" disse Sadou.

"Ho l'eco nel sacco" tagliò corto Sirah. "Allora, dove si va a smurfire?"

Rā aveva vinto la sua battaglia notturna ed era sorto di nuovo, portando con sé il calore, gli insetti e il kefer, il leggero venticello desertico che trasportava la sabbia fine.

Naïma si lasciò andare su una panca della chiatta. Era infastidita dalla luce e dall'aria pungente del primo mattino; alcuni bambini in divisa scolastica correvano da un parapetto all'altro del ponte, facendo un gran baccano; i loro passi risuonarono come colpi di tamburo percossi a pochi centimetri dai suoi timpani. Appoggiò i gomiti sulle ginocchia e insaccò la testa fra le braccia. Accanto a lei qualcuno sfogliava le pagine di un kauja per distrarsi dalla monotonia del tragitto, la maggior parte della gente chiacchierava. Le loro voci le echeggiavano nella testa come strida di uccelli spaventati; gli odori corporei, i profumi, la stordivano come se il ponte fosse chiuso e privo d'aria. Per l'irritazione scese una fermata prima.

Come una sonnambula, attraversò il giardino Shera, a quell'ora vuoto e silenzioso, e sbatté contro uno dei giochi per bambini, un ippopotamo a molla fissato al terreno, ma non avvertì dolore. Un mendicante, che aveva trascorso la notte su una panchina, si fermò a metà dello stiracchio, intimidito dalla sua divisa hedja; lo oltrepassò senza badargli.

Imboccò la stradina lastricata che si inoltrava in mezzo alle antiche case del quartiere più vecchio di Nekhen, circondate da piccoli appezzamenti di terra coltivata.

Al cancello del giardino mancavano due assi verticali; da anni si riprometteva di farlo aggiustare, ma in quel momento era felice che fosse rimasto così, scrostato e riconoscibile. Attraversò l'erba soffice, troppo cresciuta, entrò in casa. Fu accolta da un'esplosione di voci allegre: Elias, Fairuza e Yseti facevano colazione nella cucina, separata dal soggiorno da una tenda di cotone.

"Non lo voglio."

Quando si impuntava su qualcosa, la voce di Fairuza saliva di tono.

"Bevi" replicò il padre. Un ordine e una leggera supplica. "È latte di cammella di prima qualità."

"I tjemhu mangiano qualunque parte del cammello" sentenziò Yseti. "Eccetto lo zoccolo."

Naïma avanzò di due passi verso la tenda e si accorse di non poter scostare il telo: aveva le braccia paralizzate. Il cuore rallentò, l'interno della casa divenne silenzioso, ovattato. Contemplò le pareti con stupore, come se si fosse appena risvegliata in una dimora sconosciuta dopo un sonno millenario. Cos'erano quegli oggetti allineati sulle mensole? Perché si trovava lì? Chi erano le persone di là dalla tenda?

"Posso prendere io il latte di Fair?" cianciava una vocetta infantile. "Lo analizzerò durante la lezione di chimica."

"Lieta di essere utile alla scienza" crepitò aspra una seconda voce femminile.

Arretrò senza fare rumore, consapevole di essersi introdotta in quella casa come una ladra e di stare rubando l'intimità dei suoi abitanti. Nel riattraversare il giardino tenne lo sguardo a terra, abbagliata dalla luce. Una voce maschile alle sue spalle la chiamò.

"Naïma! Dove vai?"

Si voltò: un uomo bruno, vestito con una gonna di cotone a riquadri gialli e neri, era sbucato da una porta laterale della casa e le veniva incontro con un'espressione di letizia sul volto.

"Bentornata. Fai colazione con noi?"

Due visi infantili si erano affacciati dall'uscio, la più piccola le corse incontro e l'abbracciò dandole una botta allo stomaco con la fronte, Naïma posò una mano sulla testa rasata di Yseti e sentì che il sangue le rifluiva in ogni parte del corpo. Era a casa.

Si unì a loro. Elias le servì un piatto di focacce d'orzo col miele. Yseti iniziò a spiegarle l'esperimento di chimica che avrebbe svolto a scuola, Fairuza aveva approfittato dell'interruzione per sostituire la sua tazza di latte di cammella con un bicchiere di succo di mandarino. Naïma mangiò, ascoltò, fece domande.

Poco prima che le figlie uscissero, contornò i loro occhi con uno spesso strato di khol, per proteggerli dalla sabbia e dal vento. Fairuza insistette per usare quello bianco.

"Oh, questa moda del bianco" sospirò Naïma, mentre cercava di tracciare una riga uniforme lungo le ciglia superiori e inferiori. "Vi fa sembrare tanti spettri scappati dall'oltretomba."

"La chiatta sta per passare" avvertì Elias.

Yseti e Fairuza si dileguarono in un turbine di lacci per sandali colorati, fogli di lino e profumo alla vaniglia.

"Notte pesante, eh?"

Elias le si era avvicinato e le stava massaggiando le spalle.

"Ora sei a casa, non pensarci più."

Bentornata.

Dove l'aveva già sentito?

Le balenò nella memoria l'immagine del cadavere sul lettino del dottore, l'attimo in cui Rachele aveva sollevato le palpebre svelando due occhi luminosi, intensi, vivi! Bentornata!

Scoppiò a piangere. Lacrime convulse, irrefrenabili.

"Naïma! Che succede? Naïma!" ripeté Elias, spaventato. Cercò di abbracciarla, lei si ritrasse, lui le cinse le spalle, lieve, caldo, riparatore. Un porto accogliente, seppure di nuovo estraneo.

"La vittima è risorta, i parametri vitali sono regolari. L'ho affidata ai massaggiatori, aveva i muscoli rigidi, ma è una caratteristica soggettiva. Domani potrà parlare e rilasciare la sua versione dei fatti, dopodomani la rimanderò a casa."

La voce del dottor Wandjuk fuoriusciva dalle tele altoparlanti dell'aracne di heqa Sabni, piazzata al centro della scrivania; i fili della rete per la configurazione sonora vibravano a ogni parola.

"Ti ringrazio" disse Sabni e chiuse la comunicazione. La tela si spezzò e una lancetta mobile ripulì lo spazio dentro la cornice.

Larissa, seduta davanti a lui nella poltrona radicata al pavimento, si lasciò andare sui morbidi petali di magnolia.

"Ne ero certo" ammiccò Sabni. "Le tue scelte sono sempre state corrette, non potevi aver sbagliato persona."

"Ho avuto paura. La morte di Menes è stata così improvvisa, ha spezzato l'equilibrio e messo in crisi l'intera la squadra."

"Non capisco e non capirò mai il suicidio."

"Sabni, se tu fossi entrato nel Serdab per nove anni di seguito lo capiresti" rispose Larissa.

"Stai giustificando un'azione infamante?"

"No, ti sto dando gli elementi per comprendere la situazione."

"Il Serdab ci mette in contatto col divino. Mi rifiuto di credere che la divinità possa spingerci ad atti contro la vita."

"Tu non sai nulla della divinità. Augurati di non incontrarla mai."

Superati i varchi della Sfinge, Naïma si soffermò per qualche secondo davanti agli oggetti in memoria dell'hedja morta. Il volto insanguinato della collega, stesa sul pavimento del Palo d'Ormeggio, si confondeva con gli occhi tremanti di Rachele che si riaprivano alla vita.

Una va, una torna, pensò sconfortata.

Davanti agli ascensori una vecchietta secca e scura, drappeggiata nel lino bianco, le domandò dove si trovasse l'ufficio dei Sette.

"Ti accompagno io."

"Samtà" salutò Naïma entrando nell'Acquario, dov'erano riuniti i colleghi. "Ecco, questa è la squadra Sette" disse rivolta alla vecchietta.

"Samtà" ripeté la vecchia e dalla borsa consunta tirò fuori un foglio sul quale si intravedeva la faccia abbronzata di un uomo anziano. Offrì il disegno a Elin, la più vicina, con una tale fermezza che l'altra fu costretta a prenderlo e a dargli un'occhiata.

"Quello è mio marito, Ished Mē."

Elin fece circolare il disegno, tutti lo sbirciarono per qualche secondo, nel passarlo a Naïma Sadou le chiese con gli occhi cosa fosse quella cerimonia e dove volesse andare a parare.

"Il secondo nome gliel'ho regalato per il nostro cinquantesimo anniversario di matrimonio" spiegò la vecchia. "Due sole lettere, perché non avevo risparmiato a sufficienza per un nome più lungo, ma lui ha gradito lo stesso."

"L'ufficio persone scomparse è al secondo piano" gracchiò Yannis.

"Non è scomparso. È morto. Io sono venuta a pronunciare per lui la dichiarazione d'innocenza. L'ho studiata per una luna."

"La dichiarazione è superflua" osservò Sadou mentre la donna, indifferente o forse sorda, attaccò:

"Era una persona giusta. Non ha rubato, non ha messo da parte più ricchezza di quella che servisse per vivere bene. Era moderato in tutte le sue azioni, agì rettamente, parlò lealmente, diede da mangiare all'affamato, diede da bere all'assetato, traghettò chi era senza barca..."

"Oh, nonna!" la fermò Sirah. "È vuoto cicalare per lui."

La donna si bloccò, le labbra si muovevano ma aveva perso il filo.

"Io credevo che voi... si dice che i Sette restituiscano i morti alla loro famiglia, che li facciano resuscitare. È vero?"

"Forse sì, forse no" cantilenò Elin, ironica. "Dipende."

"Come è morto?" chiese Anouk.

"Nel suo letto. Non si è svegliato."

"È stata una morte naturale?"

La vecchia sollevò le sopracciglia.

"Tu dici che qualcuno..."

"Non sarebbe la prima volta che un figlio o un nipote, desiderosi di ereditare in anticipo, avvelenano un parente" intervenne Sadou. "Da quanto tempo è morto?"

"Domani saranno cinque anni esatti."

"Cooosa?" La bocca di Sirah si allargò tutta.

Sadou si sfregò imbarazzato la nuca, guardando da un'altra parte, Yannis sghignazzò, Elin fulminò Naïma con gli occhi.

"Ci dispiace, non possiamo fare nulla."

Anouk restituì il disegno alla vecchia.

"Perché è stato cremato?" gemette la donna. "Oh, l'imbalsamazione era così costosa! Costosa e proibita."

Dalla borsa comparve un fazzoletto con cui si asciugò le lacrime.

Sirah, con molta gentilezza, la prese a braccetto e la scortò verso l'ascensore. Ai Sette continuavano a giungere frasi tronche, spezzate dai singhiozzi.

"... mi manca, oh, come mi manca! Se tu sapessi... non so vivere senza di lui..."

L'ufficio di heqa Sabni non era lontano dall'Acquario. Bussò, dall'interno una voce maschile la invitò a entrare e Naïma avanzò, si mise sull'attenti e si presentò.

"Ah, il nuovo elemento dei Sette!"

Il tono benevolo la incoraggiò.

"Sono venuta a parlarti proprio di questo, heqa Sabni."

Lui aggrottò la fronte.

"Chiedo formalmente di essere sollevata dall'incarico."

"La motivazione?"

"Inadeguatezza fisica, impreparazione al compito, incompatibilità con i colleghi."

"Una bella tripletta di i" sorrise Sabni.

Non sapeva mai come comportarsi quando un superiore faceva dell'ironia.

"Hedja Naïma, avrai notato che la squadra è piuttosto eterogenea. Elin ha quasi ottant'anni ed è tuttora fisicamente adeguata alla sua mansione, mentre Sirah ha soltanto ventitré anni e fino ai quindici è vissuto per strada, a Dendera, procurandosi di che vivere col furto e la prostituzione. Non hanno frequentato l'accademia, come del resto Yannis e Anouk, ma quando sono stati convocati hanno accettato di buon grado di servire Iside e la giustizia. La tua presunta incompatibilità, ammesso che vi sia, è del tutto normale. I Sette sono come una famiglia e nelle famiglie qualche volta si litiga."

Aveva una voce pacifica e suadente che avvolgeva l'interlocutore e dissolveva le obiezioni.

"Ti invito a mettere da parte i timori e a continuare a svolgere il tuo dovere con coscienza e senso di responsabilità. Quando ti sentirai stanca o abbattuta dalle difficoltà, ricordati che i Sette svolgono un'opera di altissima giustizia, per le Due Terre, per la Rivoluzione e per l'intera umanità."

Si ritrovò nel corridoio, confusa e furibonda. Sarebbe voluta tornare dentro e dirgli che proprio perché aveva una coscienza non poteva essere un Sette, ma sentiva le membra pesanti e la testa dolente, eredità della notte insonne, e una gran rabbia che le montava come un vento di tempesta su acque calme.

Ritornò all'Acquario, la porta era spalancata e le voci dei colleghi giunsero a lei con chiarezza nel silenzio del corridoio.

"Ho insistito a Dotazioni perché cercassero l'ostrakon di Menes" diceva Sadou. "Non l'hanno trovato. Allora ho presentato una richiesta scritta di recupero, motivandola con la necessità di acquisire le informazioni registrate nella memoria della conchiglia."

"Comincio a darti ragione" replicò Elin. "È strano che sia scomparso."

"Dovremo investigare per conto nostro, al di fuori dell'orario di lavoro" riprese Sadou.

"Tu credi veramente che qualcuno abbia ucciso Menes?" domandò Yannis.

Naïma si fece avanti e i colleghi si volsero a guardarla, indifferenti a ciò che poteva aver sentito. Erano sparpagliati nella stanza, chi seduto su una margherita, chi accovacciato per terra. Sadou, dietro la scrivania, tesseva foglio e parole con l'aracne.

"Oh, Naïma, sei dei nostri?" la accolse Anouk, con una lieve inflessione ironica nella voce. "Dobbiamo stendere il rapporto sull'ultima indagine."

"Scrivete che abbiamo arrestato sei persone innocenti senza alcun motivo, solo perché si trovavano sulla scena del delitto. Poi scrivete che abbiamo obbligato due medici a prendere una droga per farli parlare e aggiungete che, per velocizzare le indagini, abbiamo torturato il marito della vittima..."

"Hai il dono della sintesi!" la fermò Yannis.

"Dimentichi che il marito della vittima era anche l'assassino" disse Anouk.

"E che noi siamo i Sette" concluse Elin.

Dopo aver firmato la relazione sull'indagine, Naïma abbandonò l'Acquario. Le luci smorzate, l'aria ferma, i Sette silenziosi e inerti, come bambole meccaniche in attesa della carica, creavano un'atmosfera opprimente che le era intollerabile.

Scese al Giuncheto e cercò Adad senza trovarlo. Gli scrisse due righe sulla sua aracne, invitandolo a raggiungerla alla mensa per pranzare assieme.

Nel salutare alcuni colleghi si accorse che questi, dietro l'abituale disinvoltura, la frugavano con lo sguardo. Credevano di compiere un esame discreto, a sua insaputa, ma sentiva le loro pupille come aghi sulla pelle, in cerca di un punto sensibile.

Le donne, più sfacciate degli uomini, le incollavano gli occhi addosso, voltando la testa per seguire i suoi movimenti e poi fare circolo con le colleghe per sussurrare tutto ciò che sapevano di lei e della sua vita privata, ipotizzare quali manovre avesse messo in atto per ottenere la promozione, fare allusioni salaci sull'amicizia tra lei e Adad.

Nell'attraversare il Giuncheto incontrò la gatta. Si chinò per coccolarla e questa balzò all'indietro, inarcando la schiena, il pelo ritto, i baffi frementi.

"Bastet, piccola, sono io" disse in tono rassicurante.

La gatta gonfiò il dorso e iniziò a soffiare fra i denti, tentò una carezza, la bestia arretrò ancora, soffiò con più forza e fuggì via, andando a rifugiarsi nel suo cesto in un angolo della sala. Naïma si raddrizzò e vide che diversi colleghi, dietro le scrivanie, avevano assistito alla scena.

Sedeva alla mensa della Sfinge, in un tavolo solitario, quando Adad la raggiunse.

"Chiamata d'emergenza?" attaccò lei, forzando il tono su accenti allegri.

"L'amministratore di un palazzo, a Khet. C'era una crepa insolita sulla parete di un frigorifero, filtrava acqua salata."

"*Mesoni* nelle vicinanze?"

"Quattro esaltati, nel palazzo accanto, hanno preso a picconate un muro del bagno per raggiungere il Mare-di-Sotto. Sono riusciti soltanto a farsi contaminare dall'acqua."

Si fermò e la fissò. L'ombra di un sorriso gli ammorbidiva il volto squadrato.

"Ho saputo della tua promozione."

"Oh, adesso sono la celebrità del Giuncheto. Tutti mi guardano, tutti mi indicano, nessuno mi vuole accanto. Una lebbrosa."

La rabbia le trapelava dalla voce.

"È solo invidia."

"Adad, hai mai ucciso qualcuno?"

"Una volta ho quasi ammazzato di botte uno stupratore."

"Quasi."

"Qual è il problema, Naïma? Hai salvato una persona. Noi siamo qui per questo, salviamo la gente."

"Tu non eri nel Serdab, tu non l'hai visto."

"Era un assassino."

"Sì, lo era. È morto subito dopo la confessione, con la bocca spalancata. Implorava pietà."

"Ah! Pietà! Quella che non ha avuto nei confronti della sua vittima. Smettila di piagnucolare, hai visto altri cadaveri, hai trovato tu stessa gente accoltellata dai rapinatori o battezzata con il ferro..."

"Ma non erano morti a causa mia."

"Io sono fiero di te."

Naïma dovette trattenersi dal rispondere una volgarità.

Furono interrotti da una collega che aveva bisogno del parere di Adad sul rilascio di un ladruncolo. Le loro voci le giungevano dal fondo di un pozzo. Tutto era privo di significato, ogni problema quotidiano retrocedeva al rango di questione insignificante, rispetto al peso che si trascinava dietro.

L'ostrakon gorgogliò. Naïma lo tirò fuori e lo aprì, sullo schermo madreperlaceo del guscio superiore comparve un messaggio, il dottor Wandjuk annunciava il ritrovamento di una nuova vittima per i Sette e ordinava loro di recarsi a Dendera.

Impallidì, richiuse le valve, si alzò in piedi sovrappensiero e si allontanò senza salutare.

Si fece strada nell'affollato corridoio antistante la mensa, urtando diversi colleghi, la testa le pulsava e il cuore batteva a ritmo sempre più sostenuto.

A tentoni, come se fosse immersa nella nebbia, entrò nel bagno e si chiuse in un gabinetto. L'ostrakon riprese a brontolare, frenetico; segno che diversi messaggi si stavano sovrapponendo. Con rabbia lo gettò sul pavimento, la conchiglia finì in un angolo e la porcellana delle piastrelle intensificò il suono.

"Dovrebbe essere già qui" esclamò Elin con impazienza, richiudendo l'ostrakon..

I Sette erano in attesa alla darsena della Sfinge, davanti a tre *caimani* legati all'ormeggio.

"Stiamo perdendo tempo" fece notare Yannis.

"Voi iniziate ad andare" ordinò Elin.

Yannis e Anouk saltarono dentro un *caimano*, misero in moto e si allontanarono a tutta velocità.

"Non la percepisco con chiarezza" mormorò Sadou socchiudendo le palpebre. "Mi sembra spaventata."

"Rigida, troppo rigida" dichiarò Elin. "Puoi individuarla?"

"Con una certa approssimazione."

"Avverti il capitano. Lei l'ha scelta, lei se la sbroglia."

Larissa entrò nel bagno più vicino alla mensa, con un gesto intimò di uscire a due hedjayu che si stavano lavando le mani poi bussò all'unica porta chiusa.

"Naïma! Esci immediatamente e raggiungi i tuoi colleghi alla darsena. Ci stai facendo perdere tempo prezioso."

"Fammi radiare, capitano."

"Ho un'idea migliore. Potrei denunciarti per crimine contro la vita."

Silenzio.

"È vero, l'hai commesso molti anni fa, però un crimine contro la vita non si prescrive. Considera che chiamerei in causa anche la persona che ti ha aiutato."

Il panico si ritirò lentamente, lasciando scoperti i relitti della sua giovinezza. Si chiese come facesse il capitano a sapere e non trovò risposta.

Lo scatto della levetta che chiudeva la porta comunicò a Larissa che aveva vinto.

Alla darsena Naïma trovò Sadou, Elin e Sirah. Prese posto sul *caimano* accanto a Sadou senza una parola. Per recuperare il tempo perduto andarono al doppio della velocità consentita.

Dendera.

Una raccolta scomposta di palazzi diroccati e individui altrettanto disfatti. Al tempo della Dodicesima Dinastia era stato un quartiere di lusso, il terremoto del 34 aveva fatto piazza pulita di chirurghi, magistrati e sacerdoti.

Al centro del rione, dove prima avevano torreggiato dimore coronate da giardini pensili, era rimasta una larga spianata irregolare che ogni cinque rē ospitava il mercato; le zampe dei suoi frequentatori, umani e animali, avevano trasformato in polvere i detriti delle case crollate.

In quel momento gli unici frequentatori della piazza erano alcuni bambini; gironzolavano nei pressi di una pozzanghera ed estraevano argilla, con cui abbozzavano rudimentali vasi che facevano asciugare al Sole.

"Strana calma" disse Elin mentre sbarcavano.

"Hanno sentito la nostra presenza" replicò Sadou.

Sirah li guidò disinvolto attraverso le stradine puzzolenti di piscio e di frutta marcia.

"Dendera è la mia scaturigine" disse. "Ho cognizione di ogni tracodonte e di ogni merda di tracodonte in questo stagno."

Si ritrovarono a camminare lungo vicoli talmente stretti che due persone affiancate non avrebbero potuto percorrerli; la parete di destra era interrotta da una serie di fori, a varie altezze, scavati nella morbida terra dei mattoni crudi.

Sbucarono in uno slargo ombreggiato da alte robinie, una breve scalinata li condusse a un bagno pubblico, due hedjayu Sabbia Fine facevano la guardia alla soglia. Nel vedere il gruppo, si misero sull'attenti ed eseguirono il saluto. Nessuno dei Sette rispose.

"Abbiamo fermato tutte le persone presenti al momento del delitto" comunicò uno dei due.

"Continuate la sorveglianza" ordinò Sadou, oltrepassandoli con indifferenza.

Gli hedjayu tornarono sull'attenti, ma avrebbero volentieri sputato sulla terra calpestata dai Sette.

All'interno il bagno era delimitato da tre porticati, sorretti da pilastri di mattoni, che racchiudevano due grandi vasche centrali a cielo aperto. In una di esse galleggiava un manichino azzurro di dimensioni umane, la *poupée bleu*, il calco plastico del cadavere lasciato sul luogo del delitto al posto del corpo, per mostrare loro la posizione in cui era stato rinvenuto. Un sergente venne loro incontro.

"Il proprietario del bagno e gli altri frequentatori si trovano nel seminterrato" spiegò.

Li precedette attraverso le stanze dedicate ai trattamenti e alle cure del corpo. L'interno era suddiviso in stanzette separate da paraventi di canna, una decina di ragazzini, alcuni ancora bambini, erano stati radunati in un angolo, guardati a vista dagli hedjayu.

Scesero per una scala di pietra viscida, malamente rischiarata da alghe verdognole stratificate nella terra in cui era scavato il passaggio, l'odore acre del Mare-di-Sotto si faceva più intenso, stordiva i sensi, ottundeva il pensiero.

"Maschera!" ingiunse Sadou a un certo punto della scala.

Dalla cintura dello shendyt, quasi simultaneamente, tolsero la mascherina di garza filtrante e la appoggiarono sul naso, il calore del corpo la fece aderire alle narici e alla bocca fin sotto il mento.

Giunsero in una grotta. Tini di plais, allineati lungo le pareti, damigiane e polverose bottiglie di vetro testimoniavano che quel luogo era stato una cantina. Nere zampe di astice, alte sei cubiti, cementate con fango e conchiglie, sorreggevano la volta. Grosse meduse legate per i tentacoli spandevano luce violetta sull'impiantito. Evitarono con cura di camminare sulle chiazze di acqua di mare. Un lamento uniforme, monotono, faceva da sottofondo a uno sciacquio insistente, ritmico, come di onde percorse da misteriosi nuotatori. I suoni provenivano da una larga fenditura orizzontale aperta nel muro di fondo dello stanzone; sul bordo della spaccatura si accalcavano forme tondeggianti e acuminate, che si muovevano con lentezza vegetale.

Sotto un fuoco di ulve secche ribolliva un calderone: teste di pesce, chele rosse, e una poltiglia biancastra.

Qua e là si distinguevano alcune forme umane, sdraiate sui cumuli di spazzatura, sedute sui loro escrementi. Due *mesoni* nudi si dipingevano reciprocamente il viso e il petto di pittura bianca, disegnando punti, cerchi, linee ondulate; altri due ciondolavano accanto al pentolone, vi immergevano un lungo cucchiaio di metallo e ne sorbivano il brodo con avidità.

Una ragazza, le gambe incrociate su una montagnola di conchiglie spezzate, gli occhi chiusi, faceva ondeggiare la testa con movimenti serpentini, a ogni movenza il collo si allungava, morbido come un cobra danzante.

Un giovane scheletrico, la schiena appoggiata a una damigiana, batteva le mani davanti a sé, osservando affascinato un effetto che soltanto lui poteva vedere.

"Il cigno viene" biascicava. "Il cigno viene, il cigno viene, il cigno viene."

"Pestello!" esclamò Sirah.

"Ssst!" ingiunse una voce. "Vuoi mesticargli i neuroni?"

Il sergente aveva spinto verso di loro un ragazzo dell'età di Sirah.

"Questo è il proprietario del bagno, Manganello" disse il graduato.

"Samtà sirenoide" salutò Manganello, divorando Sirah con occhi luccicanti di malizia.

"Manganello. Hai diversi precedenti per sfruttamento della prostituzione contro natura" disse Elin.

Il ragazzo mantenne il suo sorriso ebete.

"Raccontaci com'è andata" lo invitò Sadou. "E magari la sfanghi."

"Ieri, ad atum, abbiamo sconciato il muro per depentolare una regina e qualche cortigiano."

I resti della regina, le chele, il carapace, galleggiavano nel calderone. I *mesoni* avevano divorato la polpa e poi consumato crudi i cortigiani. Quelli che non erano stati mangiati cercavano di ritornare nel Mare-di-Sotto avanzando faticosamente sulle spine e sulle pinne cartilaginee.

"Abbiamo cotto il mazut e tripudiato fino a khepri."

"Dunque, non ti sei mosso da qui per tutta la notte" dedusse Sadou.

"Netto. A khepri sono riemerso flussìpede per sbozzolare la porta del bagno e ho trovato il povero Dula slungato ka e ba."

"Dula ha partecipato alla festa?"

"Torbido."

"Hai notato se qualcuno dei tuoi amici si è allontanato dalla cantina, poco prima di khepri?"

"Torbido" ripeté Manganello.

"Alla Sfinge ritroverai limpidezza" disse Elin.

Dalla cintura estrasse un *sudario* e glielo gettò addosso. Il sottile involucro di plais si spacchettò e avvolse il ragazzo dal collo alle caviglie.

"Li portiamo via tutti" disse Sadou rivolto al sergente.

Il sergente imitò Elin e imbozzolò Pestello nell'attimo in cui batteva le mani proclamando la venuta del cigno. Le sue urla rimbalzarono sulla bassa volta della cantina nel momento in cui il *sudario* aderì alla sua mesonica carcassa. Il mazut trasformava il contatto della stoffa sulla pelle nella scudisciata di una frusta incandescente. Le grida aumentarono. Più il ragazzo cercava di divincolarsi, più aumentava la sua temperatura corporea e più il plais aderiva. Elin e Sadou continuarono a impacchettare *mesoni*, come se stessero facendo una gara a chi ne mummificava di più. Sirah era paralizzato dalla raffica di insulti in dialetto denderiano che gli stava lanciando contro Manganello. Giunsero gli hedjayu di supporto, si avventarono su Pestello e lo sollevarono in due mentre si contorceva dal dolore, simile a una grossa larva bianca delirante.

Naïma decise che ne aveva abbastanza. Raggiunse la scala e risalì. Le urla dei *mesoni* giungevano fino alla stanza superiore. Uscì all'aperto.

Si allontanò lungo il camminamento tra il colonnato di sinistra e una bassa siepe che divideva le vasche da un campo incolto. La terra, rossastra e malsana, emetteva un forte odore di idrocarburi, in contrasto con il profumo di olio di rosa e patchouli che saliva dall'acqua tiepida delle vasche. Si fermò a osservare la *poupée bleu*. La brezza increspava la superficie dell'acqua e la bambola galleggiava vicino al bordo di cemento. Naïma non capiva per quale motivo i Sette fossero convinti di essere davanti a un delitto. Un ragazzo strafatto di mazut usciva a prendere aria, scivolava nella piscina e annegava. Non c'era niente di strano.

Una pallina di carta pressata, indurita da molti strati di colla, la sfiorò e cadde ai suoi piedi.

Cinque bambini, vestiti soltanto da un perizoma che un tempo doveva essere stato bianco, giocavano a golf nel campo oltre la siepe, usando per mazze lunghe ossa umane, recuperate dai cadaveri rimasti sotto le macerie del terremoto del 34.

"Devi gridare occhio!" strillò il bambino sulla cui testa era rimbalzata la pallina, rivolgendosi al maldestro tiratore.

"Chiudi la fogna che c'è puzza" lo rimbeccò l'altro.

In gruppo si precipitarono verso la siepe, stavano per scavalcarla quando si accorsero della sua presenza. Naïma aveva raccolto la pallina.

"Cercate questa?"

Dieci occhi anneriti da uno strato fumoso di pessimo khol la fissarono, intimiditi dalla divisa. Stava per rimandargliela quando sentì un forte odore di olio di rose e patchouli provenire dalla palla.

Riaprì l'ostrakon, faticò un po' a ritrovare il messaggio del dottor Wandjuk. La relazione medica diceva che la vittima era stata tenuta sott'acqua da qualcuno. Usando le viscide, morbide protuberanze del mollusco alloggiato nella valva inferiore, scrisse un messaggio e lo inviò al dottore.

Gli improvvisati giocatori di golf la osservavano muti, in attesa che si decidesse a restituire loro la palla. Gli rivolse un rassicurante sorriso. Bisognava sempre mostrarsi benevoli nei confronti dei testimoni di un crimine. La risposta di Wandjuk si annunciò con un sordo gorgoglio: *nessuna traccia di mazut nel sangue della vittima.*

Si accostò alla siepe, continuando a sorridere, e mostrò la palla ai bambini. Due domande. Bastava che rispondessero a due semplici domande e avrebbero potuto continuare a giocare. I bambini sollevarono le spalle e le dissero ciò che aveva bisogno di sapere.

Dal bagno sbucarono i colleghi e i prigionieri, questi ultimi si dimenavano e strillavano come animali scuoiati vivi.

"Lasciate perdere quei rottami" li fermò. "Ho una traccia."

"Quale traccia?" domandò Sadou.

Indicò i bambini che erano tornati alle loro posizioni, in mezzo al campo.

"Hanno assistito a una lite fra Dula e un cliente. Dula non consumava mazut, lo vendeva. Era un *neutrino*."

Sirah fronteggiò Manganello.

"Chi gravita intorno ai tuoi *neutrini*?"

"Sei un pinco. Se ciarlo sono sfritellato e dinoccolato" sibilò l'altro.

"I bambini mi hanno descritto il cliente" rivelò Naïma. "Viene qui spesso a rifornirsi. Bisogna rintracciarlo."

"La procedura prevede che arrestiamo tutte le persone trovate sulla scena del crimine" protestò Elin.

"È una perdita di tempo" ribatté Naïma.

"Insolito sentirti così preoccupata del tempo" ironizzò Elin.

"Se vi depentolo il nome" si arrese Manganello, "scanso le brighe?"

Nel Serdab

ELIN
Sadou! Tienila ferma!
YANNIS
Cazzo, di nuovo!
NAÏMA
Lasciami! Lasciatemi!
ANOUK
Controllati, respira.
NAÏMA
Non voglio che mi tocchi!

SADOU
Ah!

"Eravamo materozzoli, con Pestello, era il mio zigo" confessò Sirah con voce triste. "E ora... pantanato, come un *mesone* qualunque!"

"Hai fatto la tua scelta, cucciolo" lo consolò Elin. Quando si rivolgeva al ragazzo, la sua voce passava dall'abituale accento sarcastico a un tono paziente, tenero.

"L'ho reso infelice."

"Felice è solo Osiri, che è resuscitato."

All'interno del bagno dell'Acquario crescevano due alberi del ferro. I loro tronchi e i loro rami, annodati e intrecciati, costituivano la struttura lignea di un largo divano, reso soffice da una moltitudine di cuscini variopinti. Sirah ed Elin, nudi e ancora umidi di vapore, erano sprofondati sui cuscini; il ragazzo le appoggiava la testa in grembo e la vecchia con una mano gli accarezzava i capelli serpentini, con l'altra sorreggeva graziosamente una *cipolla* piena di mazut, aspirandone di tanto in tanto il contenuto con una cannuccia.

"Come hai fatto a capire che i bambini avevano visto la lite?"

Sadou si era rivolto a Naïma, china a sfregarsi meticolosamente i piedi con una spazzola di agave. Cercava di scordare ciò che era avvenuto nel Serdab ma la presenza dei colleghi, che avevano assistito alla sua vergogna, glielo impediva.

"La loro palla da golf era profumata" rispose. "Ho capito che doveva essere caduta spesso nelle vasche esterne del bagno. Quando sono andati a recuperarla hanno visto Dula e il cliente che si accapigliavano."

"Gli è andata proprio male" intervenne Yannis. "In genere sono i *neutrini* a legnare i clienti che non pagano."

51

"Gli è andata benissimo, invece" replicò Naïma, sollevando di scatto la testa. "L'abbiamo resuscitato, anche se non lo meritava."

Fece scorrere l'acqua per coprire le risposte di Yannis e di Anouk. Le loro voci divertite le giunsero deformate dallo scroscio. Il fresco aroma di angelica del sapone scacciò il ricordo del fetore del Serdab, l'acqua rimosse la schiuma, lo sporco scivolò verso lo scarico della piccola vasca.

Il bagno dell'Acquario era quanto di più avanzato e lussuoso offrissero le Due Terre in fatto di igiene. Al posto della sabbia, dai rubinetti sgorgava acqua pulita, calda o fredda; nella grande vasca centrale cresceva una ninfea purificatrice: emetteva bolle di ossigeno nell'acqua e le foglie facevano da ripiani per vasetti di crema, oli profumati, spugne vegetali e asciugamani di lino.

Sadou aveva convinto Naïma che la cura dell'acqua fosse il rimedio migliore, dopo lo strazio del Serdab, ma lei non riusciva ad assaporare la piacevolezza del vapore e il suono melodioso dello sgocciolio di un rubinetto.

Si chiedeva se il capitano avesse mantenuto il riserbo, o se anche i colleghi fossero a conoscenza del suo peccato di gioventù. In entrambi i casi, aver ceduto al ricatto la faceva sentire esposta, come scorticata.

Aveva scoperto che le sue capacità uditive si erano accresciute, riusciva a sentire con chiarezza i sospiri di sollievo di Anouk, massaggiata da Yannis, i sussurri di Elin e Sirah e quasi le sembrava di poter captare il lavorio interiore dei pensieri di Sadou. Ma per tutto il resto, osservava i colleghi attraverso un binocolo rovesciato, fisicamente vicini e lontanissimi da lei.

Decise che la pelle dei piedi stava macerando e cercò un asciugamano. Si asciugò in modo sommario e li abbandonò senza salutare.

Fairuza stava facendo i compiti, le voci scomposte dei Meth che cantavano *Svegliatevi* uscivano dagli altoparlanti dell'aracne casalinga, comprata di seconda mano, e percuotevano i nervi degli abitanti della casa.

Naïma trovò Elias in cucina, aveva segato un pensile, cresciuto storto, e sul moncone del tronco stava innestando il nuovo virgulto; Yseti gli saltellava intorno, passandogli gli strumenti e tempestandolo di domande.

"Domani tornerò tardi" la accolse il marito. "Devo mettere a dimora una cucina in una villa di Sokari, venti cubiti quadrati."

"Guarda, mamma, so fare la legatura di innesto!"

Yseti le mostrò orgogliosa un tronchetto in vaso; un lato della scorza era stato tagliato e vi era stato inserito un ramoscello che si contorceva per formare una piccola sedia.

Naïma le diede due colpetti di approvazione sulla testa e si ritirò nell'alcova. Si sentiva svuotata, priva di pensiero intelligibile, vegetale quanto una cucina.

Elias la raggiunse poco dopo, si era sporcato la gonna di terra e fertilizzanti. Se la tolse e rovistò nel baule ai piedi del letto, in cerca di un cambio pulito. Sedeva sul bordo del materasso, voltandole le spalle.

"Hai un buon profumo" commentò.

Naïma abbassò le palpebre, il cuore lento e dolente. A un tratto percepì qualcosa di urticante che le strisciava lungo un braccio. Spalancò gli occhi e vide che Elias la stava carezzando. Si scostò e si rigirò su un fianco, dandogli la schiena.

"Lasciami in pace."

Come se l'avesse invitato a continuare, Elias le premette il petto sulla schiena e le sfiorò il seno con una mano.

"Ti ho detto..."

"Hai un odore eccitante."

Le cercò la bocca, Naïma si divincolò per sottrarre le labbra al bacio. Il tocco delle mani di lui era ruvido come carta vetrata. Con uno strattone lo respinse e balzò in piedi, sulla difensiva.

"Allora è vero quello che si dice."

Lei lo fissò senza capire.

"Quanti uomini ci sono nella squadra?"

"Ah, dunque un'orgia con sole donne andrebbe bene."

"Se si trattasse di una cosa lecita, me ne parleresti."

"Io e te non parliamo più da molto tempo."

Lui si annodò la gonna e uscì dall'alcova.

Anche Elias si trovava in fondo al cannocchiale rovesciato, e quei due puntini più piccoli erano le bambine, figurine inconsistenti che non le suscitavano alcuna emozione.

Naïma si rimise i sandali, rassettò la divisa, che aveva tenuto addosso, e uscì di casa. Nessuno la vide allontanarsi verso l'argine.

All'inizio della Seconda Ora notturna un fasullo refrigerio saliva dal Nilo e si condensava in nuvole di umidità sempre più dense, odorose di erbe putrescenti.

Naïma camminava lungo l'argine, pavimentato di pietra, con le mani in tasca. Osservava distratta i nugoli di anofele luminose che ronzavano tra le canne; una fila di loti accesi marcava la base degli approdi.

Qualche minuto dopo fu affiancata da un *caimano*. Con la coda dell'occhio distinse le spalle larghe di Sadou, seduta accanto a lui c'era Elin e dietro, in piedi, Sirah.

Si inoltrarono in una zona poco abitata del fiume. Dopo qualche ansa, comparvero alcune isolette che sostenevano le rovine di casupole di pietra invase da canne e nasturzi d'acqua, abitazioni costruite prima della rivoluzione, in parte già fatiscenti a causa dei terremoti, finite sommerse dal nuovo alveo del Nilo.

Sadou condusse il *caimano* dentro uno stretto canale di gronda, fra campi coltivati e alti tifeti oscuri, finché si accostarono a un molo galleggiante che, ai deboli fari dell'imbarcazione, appariva formato da rami d'albero dipinti di bianco.

"Sembrano ossa" mormorò Naïma.

"Ossa di celacanto" confermò Sadou, porgendole la mano per aiutarla a scendere. "Sono fossilizzate."

La banchina conduceva all'interno di un'isola, un ammasso di canne, sassi, detriti portati dal fiume e sabbia, un territorio fluttuante che mutava al variare delle correnti ed era distrutto ogni due anni dalla piena. Si udivano voci di gente che chiacchierava e profumi di cibi saporiti. Oltre il paravento degli oleandri, alla luce di torce resinose, una piccola folla di kemei, impiegati, commercianti, studenti delle scuole di biologia, in piedi o seduti su stuoie, consumava zuppa di anguille e ricci freschi, cibi illegali perché provenienti dal Mare-di-Sotto.

Il loro arrivo provocò un certo allarme, finché un adolescente dalle orecchie a sventola, vestito solo di calzoncini bianchi aderenti, al collo il segno di Dagon, tese le mani verso Sadou.

"Benvenuti gli ospiti blu!" esclamò in modo che tutti sentissero.

"Siamo qui per assaggiare le tue prelibatezze, Squama" replicò Sadou, e l'atmosfera si rasserenò.

Gli aiutanti di Squama, tutti giovanissimi pescatori vestiti di bianco, offrirono loro valve di molluschi crudi, gattuccio in salsa di noci e vino color dell'alba dentro foglie di nasturzio arrotolate, sigillate con la cera.

Enormi cesti tondi e bassi traboccavano di ricci; i ragazzi li prendevano in mano con perizia, in un batter di ciglia li dividevano in due usando affilate chele di granchio, mettendo a nudo le palpitanti interiora, ripulivano l'animale dai molli organi interni immergendolo e scuotendolo direttamente nell'acqua del fiume, quindi lo porgevano agli avventori insieme a una sottile paletta di canna.

Poco dopo il loro arrivo erano giunti anche Yannis e Anouk, si erano diretti senza esitazione verso i canestri e avevano iniziato a divorare le uova color arancio staccandole dalla coppetta spinosa con la palettina di legno. Sirah aveva qualche difficoltà e un paio di volte il prezioso contenuto dei ricci scivolò a terra. Elin sprofondò nella degustazione dei molluschi, Sadou si fermò a conversare con l'anfitrione, che faceva circolare l'otre di vino.

Naïma si servì di gattuccio, l'unico cibo legale del convivio, portando alla bocca con le dita i pezzetti di pesce e noci. In lontananza brillavano le luci dei palazzi di Khet, sormontati da costellazioni di puntolini rossi, ognuno indicava la sommità delle antenne, che ricevevano e rimandavano in tutte le direzioni i mille segnali emessi dalle aracne.

Da bambina, a Lisht, faceva spesso una passeggiata notturna fino al limitare della proprietà dei nonni, per sedersi sul muretto a secco e contemplare le piccole luci lontane sparpagliate nelle colline; ogni luce una casa, ogni casa un luogo caldo e sicuro. Quanto fosse ingannatrice quella lontana promessa di passione e sicurezza l'aveva scoperto al Palo d'Ormeggio.

Il suono di un'arpa la distolse dai pensieri.

Elin, seduta su uno scranno, teneva in grembo una piccola arpa dalla cassa di risonanza vegetale ed eseguiva la naharina, la danza in voga quell'anno. Yannis, Anouk e Sirah si erano presi a braccetto, formando una fila alla quale si erano aggiunti altri ospiti e qualche pescatore di frodo. Saltellavano e muovevano i piedi a tempo, immemori del Serdab. Naïma scrollò la testa.

"Menes diceva che pensare troppo e sentire troppo non conduce alla felicità" disse Sadou, comparso accanto a lei.

"Siete degli immorali senza speranza."

"Anche tu."

Naïma trasalì. Forse, dopotutto, il capitano aveva rivelato il suo crimine giovanile. Sadou si chinò sulla riva sabbiosa, raccolse un po' d'acqua nelle mani a coppa e gliela porse perché la usasse come nettadita. Mentre si ripuliva gli cercò sul volto i segni del disprezzo o della commiserazione, non trovò né l'uno né l'altra.

"La signora non ha ancora onorato i ricci!"

Squama irruppe fra loro, recando un canestro nel quale rosseggiavano le uova degli echinodermi.

"Sadou," aggiunse il ragazzo, abbassando la voce, "dov'è Menes? Perché non è qui?"

"Sei certo di volerlo sapere, Squama?"

L'altro annuì.

"Menes è chiuso in un vaso di vetro."

Squama si morsicò il labbro inferiore, la luminosità dei suoi occhi irriverenti si offuscò.

"Noi siamo vivi e finché viviamo, nuotiamo" mormorò col tono di una preghiera.

In risposta Sadou prese dal canestro un mezzo guscio di riccio e lo sollevò a mo' di coppa, facendo scomparire il contenuto in un rapido boccone.

Il ragazzo spinse il cestino sotto il naso di Naïma.

"Non farti intimidire, signora, l'anima dei ricci è saporita come un bel pensiero."

"Ah, allora... chi resisterebbe a una simile pubblicità?"

Afferrò la paletta e lasciò che le minuscole uova si sciogliessero sulla lingua.

"Sono molto salate."

"È il sapore del mare" disse Squama.

"Quello vero" precisò Sadou. "Non lo stagno salmastro che ci divide dall'oriente, o la palude fetida che tiene lontana la Grecia."

Squama approvò, ammiccando con gli occhi furbi, e si allontanò.

Sadou indicò a Naïma un punto tra le canne e i resti di alcuni muri.

"I pescatori entrano da lì per arrivare al Mare-di-Sotto."

Lei allungò il collo e distinse la volta di un sottopassaggio che affiorava dall'acqua, una delle molte gallerie utilizzate in passato per muoversi da un capo all'altro del quartiere, durante le ore della canicola.

"Mi chiedo cosa ci sia dall'altra parte" disse Sadou.

"Caos e confusione."

"Mi piace il modo in cui pronunci la parola caos, la fai sembrare attraente."

Sedeva su una panca di marmo accanto agli ascensori, nel piccolo atrio dell'ultimo piano, e tentava di leggere un kauja comprato al chiosco del pianterreno. Le vignette colorate raccontavano di un uomo, un modesto impiegato, che una mattina si svegliava trasformato in scarabeo e diventava oggetto di venerazione da parte di familiari e vicini di casa, finché la condizione divina si rivelava scomoda e difficile.

La storia, da grottesca, stava mutando in malinconica, ma Naïma non se ne accorgeva. Perdeva il filo ogni quattro vignette, rileggeva tre volte di seguito la stessa frase. Aveva comprato il kauja in un momento di pausa, sperando che compiere i gesti abituali le facesse dimenticare il prossimo ingresso nel Serdab.

"Il giardiniere ha parlato" le bisbigliò Sadou, sedendole a lato.

Lei sbatté le palpebre più volte, gli occhi le dolevano perché, tra una vignetta e l'altra, aveva fissato a lungo la vetrata illuminata dall'implacabile Rā del primo pomeriggio.

"È stato lui?" chiese, scostandosi per fargli spazio sulla panca, o forse per una segreta ripugnanza.

"No, è stata la vecchia. Ha fatto mangiare al piccolo Senne un dolce avvelenato, il dottore ne ha rinvenuto le tracce nello stomaco del bambino."

"Capisco" si riscosse Naïma. "Sua figlia è incinta e lei voleva togliere di mezzo l'altro erede, il figlio di primo letto del genero."

"Il giardiniere ha ammesso di aver visto la vecchia che dava qualcosa da mangiare a Senne, poco prima che la bambinaia lo trovasse morto."

C'era una nota di trionfo, seppure smorzata, nella voce di Sadou.

"Perché non l'ha detto subito?" chiese Naïma.

"Ha la bilancia penale pesante: contrabbando di oggetti di metallo. È libero grazie alla Seconda Possibilità, temeva che l'hedja avrebbe dato poco credito alla testimonianza di un pregiudicato."

Naïma annuì.

"Quando andiamo in scena?"

"Dieci minuti."

Lei si coprì gli occhi con le mani.

Sadou le prese con delicatezza le mani posandole sul proprio petto, a sinistra, sopra il cuore.

Nel Serdab

ELIN
Confessa!
YANNIS
Iside sta arrivando.

VECCHIA
Sono colpevole! Sono colpevole!
ANOUK
Perché hai ucciso Senne?
SADOU
Svelta. Iside è qui.
VECCHIA
Volevo che mio nipote avesse l'intera eredità di suo padre.
Volevo... Grande Rā! Cos'è quello? Ho confessato, lasciatemi
andare! Aiuto!
ELIN
Ferma, è questione di un attimo.

Il capitano irruppe nel bagno mentre Naïma e i Sette si stavano ancora lavando: il volto rosso, congestionato, le sopracciglia ancora più strette e cadenti sulle palpebre.

"Il dottore vuole che scendiamo da lui. Immediatamente."

"Vorrei sapere cos'avete combinato" li accolse brusco Wandjuk. "Guardate. Guardate voi stessi."

Indicò la lettiga di plais sulla quale era solito distendere i cadaveri, poco prima del risveglio. L'odore del natron disciolto aleggiava nel laboratorio

Il girasole a braccio flessibile proiettava il suo cono di luce sopra un bambino di tre anni, il corpo pingue, le fossette alle mani, le dita leggermente piegate, i riccioli scuri, la bocca semiaperta che lasciava intravedere due denti da latte. Ricordava Eros dormiente, nessuno si sarebbe stupito di vedere l'arco e la faretra accanto a lui. La fronte era increspata, come se stesse facendo un sogno troppo complicato per la sua tenera età.

"Ho provato a stimolare il cuore, gli ho dato un po' di ossigeno, ho massaggiato il plesso solare" elencò il dottore. "Nessuna reazione."

"Forse l'hai tolto dal natron troppo presto" obiettò Anouk.

"Qui non esiste troppo presto e non esiste troppo tardi. Esiste il momento giusto. L'ho tolto dal natron esattamente quando doveva essere tolto" replicò Wandjuk. "Ho capito subito che c'era qualcosa che non andava, sento la reazione dei muscoli sotto la spugna."

"Forse i bambini reagiscono in modo diverso" insistette Anouk.

"Sì, probabilmente ha bisogno di più tempo" le diede man forte Yannis.

"Aspettiamo ancora qualche minuto" aggiunse Elin sottovoce, quasi timorosa di disturbare il sonno di un dormiente.

Naïma li guardò allibita. Perfino il capitano era paralizzata, fissava il corpicino sulla lettiga, corrucciata, in attesa di vedere il torace sollevarsi.

Quello era un cadavere, un autentico perfetto cadavere, con tutti i crismi del morto da manuale. Fece un passo verso il bambino. La pelle stava virando al verdognolo; sotto i polpastrelli, le braccia, i fianchi le macchie ipostatiche si erano allargate.

"Se resta a lungo sotto la lampada diventerà nero in poche ore" disse.

Nessuno diede segno di aver compreso.

Rimasero allineati, a fissare il cadavere, come se una forza misteriosa dovesse scaturire dalle loro pupille e farlo rivivere. Il dottore si tolse gli occhiali e li pulì con ostentata energia sul camice, anche lui preda di un'inspiegabile inerzia.

"Dov'è l'oftalmoscopio?"

Senza attendere risposta, Naïma frugò sul piano delle attrezzature, trovò lo strumento e lo indossò rapidamente, la gomma aderì a perfezione al viso. Le lunghe protuberanze che fuoriuscivano dalla maschera trovarono da sole le palpebre del cadavere, le sollevarono e si incollarono alle cornee.

"Le colonnine ematiche sono ferme, la retina sta degenerando, è il primo e migliore segnale di morte certa."

Staccò gli oculari facendo ruotare la vite a lato della maschera, la gomma si staccò dalle cornee con un rumoroso flop. Rivolse un'improbabile faccia da insetto ai colleghi, in attesa di una loro reazione, ma quelli continuarono a restare fermi, istupiditi.

Si tolse la maschera, afferrò una pinza.

"Procedo alla forcipressura delle pliche. L'assenza di lividi testimonia la mancanza di pressione sanguigna ed è l'effetto della mancanza di pompaggio del cuore."

Strinse e rilasciò più volte la carne grassa delle cosce del bambino usando la pinza con forza.

"Il termometro a spillo, infine, ci dà la temperatura del fegato..." stava per infiggerlo nel quadrante superiore destro dell'addome quando il dottore la fermò.

"Basta, basta così. Hai ragione, è morto. È assolutamente morto."

"Non è possibile" mormorò Sadou.

"L'omicida è stata giustiziata" gli fece eco Elin.

"Deve svegliarsi!" gridò Yannis battendo un con rabbia un piede sul pavimento.

Iniziarono a parlare tutti insieme, accavallandosi, rivolgendosi ora al dottore, ora a Naïma, infuriati, come se fosse stato l'esame tanatologico a trasformare il bambino in cadavere.

Infine, il dottor Wandjuk allargò le braccia, proclamando la sua impotenza.

"Deve essere successo qualcosa al momento dello scambio" azzardò.

"Al momento dello scambio. Äpep ti mangi il cuore! Nel Serdab. Per colpa tua!"

Yannis puntò l'indice accusatore verso Naïma, che istintivamente portò la mano destra alla daga sul fianco. Sadou si parò tra i due, fronteggiando Yannis.

"Oh, la difendi?"

"È palese che abbiamo preso la persona sbagliata" ribatté Sadou.

"Certo che è sbagliata. È un'estranea" continuò Yannis senza abbassare il dito. "Se ci fosse stato Menes tutto questo non sarebbe successo."

"Yannis" lo ammonì Anouk.

"Piantala, An, lo pensi anche tu. Lo state pensando tutti. Il collegamento era sballato perché Madama Legalità ha fatto resistenza. Uno come Menes non si può sostituire con una donnetta qualunque, una che trema, che frigna, che ci guarda dall'alto in basso perché lei sa cos'è giusto e cosa no. Ecco il risultato, eccolo lì sopra" indicò il cadavere. "Ti sembra giusto questo?"

Seguì un silenzio pesante. Naïma non riusciva a distogliere lo sguardo dal piccolo Senne, si portò una mano alla gola, trovò l'ankh appeso al collo, il ciondolo che faceva di lei un'hedja, e lo strinse con forza.

"Ma ha confessato" ricordò Elin. "La vecchia ha ammesso di aver avvelenato il bambino."

"Abbiamo cantonato forte" scrollò la testa Sirah. "Bisogna rappattumare il truglio."

"Possiamo interrogare i sospettati ancora una volta" propose Anouk. "Sono di sopra, nelle nostre celle. La matrigna potrebbe aver partecipato al delitto."

"Torno su e la prendo a calci" ringhiò Yannis muovendosi verso la porta. "Le faccio partorire la verità e abortire il bastardo che porta in pancia!"

Trascinati dall'energia di Yannis, anche gli altri si erano messi sulla sua scia.

"Non c'è più tempo" li fermò il capitano, indicando la rosafenice che cresceva su un traliccio di plais appoggiato a un muro del laboratorio. "Le ventiquattro ore sono scadute."

Nel Serdab

CINQUE

L'anima del bambino è qui e vi resta. Avete commesso un errore. Il patto è infranto.

ELIN

Ventiquattro ore sono poche.

DODICI

È il vostro tempo.

YANNIS

Figlio di un'asina morta!

DICIANNOVE

I patti sono espliciti, hedja Yannis, noi dobbiamo ricevere l'anima, pesarla, giudicarla e riconsegnarvi l'anima della vittima.

CINQUE

Noi siamo giusti di cuore, anche voi dovete esserlo.

ELIN

Se prendiamo il vero colpevole e ve lo mandiamo, riavremo il bambino?

DODICI

... senso costro aito...

ELIN

Sadou, Naïma si sta muovendo.

NAÏMA

Basta! Basta! Fatemi uscire da qui!

SADOU

Abbiamo quasi finito, controllati.

NAÏMA
Non respiro! Aria! Aria!
ANOUK
Attenti! Sta spezzando i contatti.
ELIN
Tienila ferma, Sadou. Giudici, ci sentite?
DICIANNOVE
... amira dja nevosa om...

"Siamo fottuti" commentò il dottor Wandjuk masticando il sigaro. "Ci stritoleranno fra i denti e sputeranno solo le ossa."

"Non facciamo tragedie" replicò heqa Sabni sollevando le sopracciglia disordinate.

"Almeno fosse stato figlio di poveracci!" riprese il dottore. "Potevamo cavarcela con un risarcimento monetario o qualche appoggio alla famiglia per sistemare un parente nella pubblica amministrazione. Invece, manco a farlo apposta, il padre di Senne possiede uno dei più rinomati studi di architettura delle Due Terre!"

"Smettila Wanj" lo rimbeccò l'altro. "Se i genitori del bambino fossero stati gli ultimi spurgafogne della città, ti staresti strappando i capelli comunque."

Vi furono alcuni secondi di silenzio, all'interno dell'ufficio dell'alto funzionario. Si udì soltanto il rabbioso masticchio del dottore che faceva camminare il sigaro sui denti da un angolo all'altro della bocca. Larissa, seduta davanti al piano levigato del ginepro-scrivania, teneva le mani intrecciate in grembo, la fronte china, estraniata da quella riunione. Sabni manifestava il proprio nervosismo spostando di pochi millimetri gli oggetti sparsi sul tavolo, i contenitori col cibo dell'aracne, i sigilli, un fermacarte di cristallo a forma di piramide, una statuetta di marmo che riproduceva Hathor.

"Il Consiglio Superiore ci sopporta quanto una spina di agave nelle chiappe." borbottò il dottore. "Oggi gli abbiamo dato l'occasione di togliersela."

"Un'inchiesta è inevitabile" disse Sabni. "Posso cercare di fare in modo che la commissione sia formata in gran parte da persone favorevoli ai Sette."

"Uno di loro dovrai essere tu!" esclamò Wandjuk.

"Mi sembra controproducente, la mia posizione è nota."

"Il tuo ruolo nella squadra è quello di pararci il culo."

"La politica è l'arte del possibile" replicò serafico l'heqa. "Tuttavia si è creata una situazione giuridica complessa, i Sette hanno commesso, in senso tecnico, un vero e proprio omicidio. Questo perché il loro atto di giustizia è stato invalidato da..."

"Sabni, per cortesia. Apprezzo le tue elucubrazioni legali, a volte anche quelle illegali, ma la squadra potrebbe precipitare in caduta libera."

"Cercheremo di rallentarne la caduta" rispose l'altro senza perdere la pacatezza. "Al padre della vittima potremmo dire che c'è stato un risveglio incompleto, oppure che si è verificato uno stato comatoso successivo al risveglio."

"Impossibile" interloquì Larissa, sollevando la fronte. "Il padre di Senne è già stato informato dell'accaduto e rilasciato. A quest'ora sarà davanti a qualche membro del Consiglio Superiore a chiedere le nostre teste."

"Thoth ci protegga!" saltò su il dottore. "Potevi aspettare."

"Conosci la procedura."

Prima che il dottore potesse continuare l'heqa riprese a parlare con la sua voce da sonnambulo.

"Si potrebbe impostare una linea di difesa basata sulla presenza di un nuovo componente nella squadra e sull'influsso che questo può avere avuto nelle comunicazioni coi Giudici."

"Naïma?" disse il dottore levandosi il sigaro di bocca. "Vuoi dare la colpa all'ultima arrivata, la cui unica responsabilità è stata quella di fare il proprio dovere?"

Con la coda dell'occhio sbirciò la reazione di Larissa, che rimase quieta, concentrata nei propri pensieri.

"Wanj, tu mi attribuisci affermazioni inesistenti. Chi ha parlato di colpa? Si tratta di un'assegnazione di *causa generandi*."

"A casa mia si dice *capro espiatorio*."

"Sembra tutto a posto" concluse Elin, sottolineando con lo stilo l'ultima parola di un lungo elenco trascritto su un foglio di lino. "La procedura è stata seguita rigorosamente, come al solito."

"Flottiamo sulla sconciatura senza rinvenire la scaturigine."

"Datemi retta" disse Yannis. "È colpa di quell'estranea."

"Certo" ammise Elin, "in nove anni neanche un errore e ora, senza alcun motivo..."

"Ci sarebbe un'altra ipotesi" intervenne Sadou. "I Giudici potrebbero aver sbagliato la pesatura dell'anima."

"Oh, per piacere!" si scandalizzò Elin. "Il delitto appesantisce il colpevole più di qualunque altro crimine. L'unica supposizione valida sarebbe che il cuore della vittima fosse altrettanto pesante, ed è impensabile, perché si trattava di un bambino di tre anni."

"Rimane solo Madama Legalità" concluse Yannis.

"La sua presenza non ci ha impedito di risolvere i precedenti delitti" si interpose Anouk.

"Tu sei sempre disposta a giustificare un bel paio di tette" la rimbeccò Yannis.

"Riapriamo il caso" disse Sadou. "Ora, subito. Anouk, tu e Yannis tornate a interrogare il padre di Senne. Elin e Sirah alla Foresta, ripercorrete le informazioni sui sospettati, soprattutto ciò che riguarda la matrigna e sua madre."

Naïma aveva insistito col dottor Wandjuk per assisterlo durante l'autopsia del cadavere del bambino. Sadou la trovò nel laboratorio mentre esaminava al microscopio una cartina-filtro.

"Qualcosa di nuovo?"

"No" rispose lei con voce stanca, sollevando la testa. "Nella parete dello stomaco c'erano i resti di un alimento amidaceo. Negli altri tessuti, oltre al veleno, ho trovato una piccola percentuale di artemisia, il componente di un insetticida biologico. La bambinaia ha dichiarato che Senne e i suoi cugini giocavano spesso nel giardino e nella serra, possono aver toccato qualche pianta e poi essersi messi le dita in bocca."

"Artemisia" ripeté Sadou pensieroso. "È tossica?"

"Per le blatte. Nell'uomo non provoca alcun effetto."

Naïma spense il microscopio e le parve di aver spento definitivamente ogni speranza.

"Ho apprezzato il modo in cui ti sei comportata davanti al cadavere" riprese Sadou. "Non ti sei fatta ingannare, mentre noi siamo rimasti inerti ad aspettare il miracolo."

"Yannis ha ragione ad accusarmi, non sono dalla vostra parte, non penso come voi e non condivido i vostri metodi."

"Lo so. Ora vieni a darmi una mano."

"Dove?"

"Sul luogo del delitto."

Il piccolo Senne aveva abitato in una fastosa villa del quartiere Sokari, circondata da un ampio giardino lussureggiante. Naïma e Sadou furono ricevuti dalla governante che, come tutti quelli che erano stati trovati nella casa, aveva subito un trattamento duro da parte dei Sette e li accolse freddamente.

Chiesero di parlare con il giardiniere, l'uomo che aveva accusato la vecchia.

"U'Sen si è licenziato" fu la risposta.

"Quando?"

"Il tempo di radunare le sue cose ed è andato via. Mi auguro di riuscire a rimpiazzare il personale mancante prima che il padrone ritorni."

"Qualcun altro se n'è andato?" chiese Naïma.

"Judith, la nostra bambinaia."

"Aveva una relazione col giardiniere?" chiesero Naïma e Sadou insieme.

Le loro parole si erano accavallate ma la frase era risultata comprensibile. La governante strinse le labbra.

"Vuoi sperimentare un nuovo scioglilingua?" la minacciò Naïma.

Un lampo di terrore attraversò gli occhi della donna.

"Conosco solo i pettegolezzi."

"Adoro i pettegolezzi" la incitò Sadou.

"Sembra che Judith s'incontrasse di notte con U'Sen, nella serra. Pare che lui volesse sposarla nel Kush col rito locale."

I tjemhu in uniforme dorata che aprirono la porta a Sirah ed Elin li scortarono in silenzio fino all'ascensore e li lasciarono scendere da soli, come sempre.

L'ascensore aprì le porte su una piattaforma di roccia circondata da un parapetto di cespugli intrecciati. Oltre la ringhiera vegetale si apriva una vastissima caverna illuminata di verde e azzurro. Un uomo segaligno, di età indefinita, i capelli bianchi cortissimi, rivestito di un grembiule di scorza d'albero, manipolava alcune provette su un tavolo di porfido.

"Così presto!" esclamò quando li vide. "Ci deve essere una gran quantità di pazzi omicidi lassù!"

"Sorfiliamo un truglio" spiegò Sirah.

"Ges, ci servono nuove informazioni sull'ultimo caso, più dettagliate delle precedenti" disse Elin.

"Ma avete già controllato anche i percorsi più sottili."

"Prova con un reagente più forte."

Ges scelse alcune bottigliette, fra le molte che occupavano il tavolo, e con gesti esperti miscelò tre liquidi, intinse nel composto la punta di uno stilo e lo porse a Sirah, insieme a una risma di fogli di carta scura.

"Scrivi bene" lo ammonì Elin.

Il ragazzo spiccò le singole lettere con cura, tracciando i nomi di Kheru Khasekenui, il padre del bambino ucciso, della sua seconda moglie, della madre di questa e di ogni altra persona che aveva conosciuto il piccolo Senne. L'inchiostro giallo dorato risaltava sul foglio scuro. Quando ebbe terminato consegnò il foglio a Ges, che lo gettò dentro una bacinella di vetro, vi aggiunse il contenuto di alcune provette, il foglio si sciolse lentamente e precipitò in un grumo marrone opaco, che a sua volta fu disfatto dentro un recipiente graduato colmo di una broda giallognola.

In tutto questo tempo Ges non aveva smesso un attimo di parlare, lamentandosi dell'umidità della grotta, delle sue giunture scricchiolanti e del dolore al collo che mai lo abbandonava.

"Fai domanda di trasferimento" lo canzonò Elin.

"Ssst! Vuoi spaventare le bambine?" si risentì lui, senza cogliere lo scherzo, dando alcuni buffetti ai virgulti di una piccola nestaia che si trovava accanto al tavolo.

Sollevò il recipiente in alto e lo agitò col gesto solenne del sacerdote che officia un mistero.

"Andiamo" annunciò. "E tu" continuò rivolto a Sirah, "lascia in pace le piante."

"Le sfriso" replicò il ragazzo, cercando l'approvazione di Elin. "Che male fo?"

Attraversarono diversi ponti di corda, sospesi al di sopra della Foresta, l'aria divenne più umida e odorosa di effluvi erbacei misteriosi. Sotto di loro grandi vasche traboccanti di melma fornivano sostentamento a ogni sorta di vegetale. Alberi, rami, cespugli e radici erano intrecciati in una massa arborea solida e compatta, e irradiavano di luce la volta della grotta.

"Eh" sospirò Sirah, contemplando affascinato la Foresta. "Ges, vecchio sughero, la mia invaginita ambizione, dopo che la mia carne sarà terra per ceci, è quella di sbrogliarmi nelle tue fiale."

Ges si era fermato vicino al bordo di una vasca che accoglieva diversi arbusti legnosi; gettò il contenuto della provetta nell'acqua limacciosa e in pochi secondi il fluido giallo fu assorbito dalle radici di alcune piante, risalì il tronco e scintillò all'interno dei rami come sangue lungo le arterie.

"Così, proprio così" si esaltò Sirah. "Risucchiato dall'ottovolante delle radici. Dritto alla meta, non più scombugliato dalle diramazioni, morte le incertezze, io sarei connesso, collegato, ammanettato, imbaulato col tutto vivo che si spande e si aggroviglia."

"Che razza di idea" borbottò Ges, infastidito.

"Fantasie da ragazzini" tagliò corto Elin. Allungò una mano e fece una carezza alla foglia in cui si era concentrato il colore, diventata di un bel giallo vivo, quindi si chinò per osservarne la superficie con la lente d'ingrandimento che Ges si era premurato di passarle.

"Il nostro testimone, il giardiniere, aveva un precedente per contrabbando" lesse Elin sulla foglia.

"Già scavizzolato, methyer. Era fuori con la Seconda Possibilità."

"Tutti hanno diritto a una seconda possibilità, perfino noi."

"Mi chiedevo perché un ricco libero professionista come Kheru si sia messo in casa un giardiniere dal passato poco pulito."

Sadou aveva alzato la voce per superare lo scroscio dell'acqua del fiume, spartita in due onde simmetriche dalla velocità del *caimano*.

"Costi inferiori" rispose Naïma. "I colpevoli che evitano il carcere grazie alla Seconda Possibilità sono obbligati ad accettare uno stipendio dimezzato."

"Forse U'Sen e Judith avevano bisogno di soldi per mettere su famiglia."

"Pensi che siano coinvolti nell'omicidio?"

"Secondo me sono stati pagati da qualcuno per uccidere il bambino."

"La vecchia?"

"Lei o qualcun altro."

Invisibili altoparlanti diffondevano nell'ufficio la seconda aria del concerto per flauto e archi di Akhenaton. Il segretario avanzò silenzioso; ogni suo passo provocava un'esalazione di profumo dalla moquette di muschio. Si fermò davanti alle canne di bambù che intrecciavano un comodo lettino verdeggiante, illuminato dall'ampia vetrata esposta a est. Kheru giaceva sul materasso di foglie, gli occhi chiusi, indifferente allo splendido panorama di Nekhen che si godeva da quell'altezza: le abitazioni basse lungo il Nilo, i giardini pensili, i piccoli ponti e le molte imbarcazioni, illuminati dall'intenso Rā della Decima Ora diurna.

"Due hedjayu chiedono di te, signore" sussurrò il segretario.

L'altro non si mosse.

"Mandali via" rispose con voce atona.

"Sono della squadra Sette."

Kheru si risollevò in un sussulto.

"C'è ancora speranza? Falli passare, svelto!"

Yannis e Anouk lo salutarono al modo hedja.

"Chi, oltre a tua suocera, poteva avere un motivo per uccidere tuo figlio?" esordì Yannis senza preamboli.

"Me l'avete già chiesto" reagì Kheru, deluso.

"Forse non ci hai detto tutto."

"Sono una persona onesta, i miei affari vanno bene e la mia seconda moglie era affezionata a Senne."

"La foglia di Kheru riporta qualche notizia in più" annunciò Elin, facendo cenno a Sirah di avvicinarsi. "Leggi tu, la mia vista è scarsa."

"Kheru ha chiesto un visto di uscita dal paese per diporto" lesse Sirah. "Quasi otto lune fa, per sé e per la sua famiglia."

"C'è anche il nome di Senne?"

"Netto, methyer. Seconda moglie, suocera e figlio."

"La domanda è stata accolta?"

"In via di definizione."

"Se sei un fedele servitore della Rivoluzione Verde, perché volevi espatriare?"

La provocazione di Yannis giunse inaspettata, il volto di Kheru si alterò.

"Un ricco servitore della Rivoluzione" sottolineò Anouk. "La Medithe è contraria allo spostamento di capitali all'estero, accrescono la corrotta democrazia greca o gli imperialisti etruschi."

"Mia moglie insisteva per vedere Atene e Volaterra."

"Alla nona luna di gravidanza?" osservò Yannis.

Kheru tergiversò per qualche secondo, poi espirò rumorosamente, come se avesse trattenuto il fiato troppo a lungo.

"Volevo andarmene dalle Due Terre."

"Perché?"

"Ero stanco. Avere successo non mi sembrava più così importante come un tempo."

Il segretario si ripresentò con un inchino.

"Perdona l'interruzione, signore. La signora è in travaglio, l'ostetrica dice che il bambino sta per nascere."

"Il mio *varano* qui sotto" ordinò Kheru.

"Kheru aveva in progetto di trasferirsi all'estero, lontano dalle Due Terre. Ci deve essere un nesso tra questo fatto e l'omicidio del figlio."

Naïma aveva dato il cambio a Sadou, alla guida del *caimano*. Lui si era spostato nel sedile di fianco e ragionava a voce alta, tenendo gli occhi socchiusi a causa del riverbero di Rā sull'acqua.

"Sei un archivio vivente. In ogni indagine dimostri di conoscere avvenimenti segreti e vita privata dei sospettati. Dove le peschi queste notizie?"

"Anouk e Yannis stanno nuovamente interrogando Kheru, il padre del bambino ucciso. So quello che sanno loro in tempo reale."

"Hai una microaracne nell'orecchio?"

"No. È uno degli effetti del Serdab. Tu non sei ancora in grado di recepire le informazioni degli altri perché hai effettuato pochi collegamenti."

"Telepatia? Mi sembra un potere da supereroe di kauja."

"Non è telepatia, è una sorta di… empatia collettiva. Durante le indagini siamo più vicini del solito, forse perché abbiamo un obiettivo comune, e allora diventa inutile scambiarci informazioni attraverso gli ostrakon."

"Non avete più una vita privata" disse Naïma.

"Stai tranquilla, i tuoi segreti sono al sicuro" continuò lui.

"Cosa ti fa pensare che ne abbia?"

"Sei stata scelta da Larissa."

"Il capitano decide chi diventa Sette?" si stupì Naïma.

"Certo. Quell'ondivago di heqa Sabni serve soltanto per spianare gli intralci burocratici. I Sette sono una creazione di Larissa, sua totale proprietà."

Era scettica sulla faccenda della condivisione mentale, ma la scoperta dell'enorme potere decisionale del capitano la colpì.

Aveva preso una scorciatoia attraverso un canale di gronda, il *caimano* ci passava a stento e sbatteva contro gli argini di pietra. Intorno a loro, i campi scuotevano le spighe mature a perdita d'occhio. Dopo una curva, in mezzo a un campo mietuto in parte, apparvero una trebbiatrice e un trattore, rovesciati su un fianco. Sadou inforcò nuovamente gli occhiali azzurrati per osservare meglio, Naïma decelerò sino a fermarsi a pochi cubiti da alcuni aratri capovolti, anneriti da un tentativo di incendio, gli alimentatori a energia solare strappati dal loro alloggiamento e spaccati in più parti.

"Isefet!" esclamò Sadou. "I contadini sono impazziti?"

Ritornarono nell'alveo principale. Oltrepassarono due candide, enormi statue di Anukjt, a destra e a sinistra delle sponde, e scorsero in lontananza la diga di Syene, circondata da un turbinio di rondini che avevano il nido negli anfratti dei colossali macigni. Il granito bianco splendeva come un bastione roccioso naturale al termine della strada d'acqua.

"Il confine con il Kush non è lontano" disse Naïma, indicando al collega un punto sulla mappa di plais che teneva aperta davanti a sé.

"Prendiamo il terzo canale a sinistra."

In quel momento una gragnuola di pietre cadde sul parabrezza.

"Ma cosa...?"

Una seconda scarica arrivò più vicina. Mani e fionde nascoste tra le canne degli argini li tempestarono di sassi, finché una raffica più intensa delle precedenti incrinò il vetro del parabrezza. Si udì uno schianto sul tettuccio, un masso aveva spaccato i pannelli solari, le schegge volarono da tutte le parti e l'impatto li fece sbandare. Naïma riuscì a mantenere il controllo del timone e con ostinazione accelerò verso la saracinesca della diga, che si stava sollevando di un cubito. Troppo bassa perché il *caimano* potesse passarvi sotto.

"Ehi, del *caimano*, tuffatevi" scoppiettò una voce dalla tela dell'aracne di bordo, tra fruscii e scariche elettriche. La tela era stata bagnata.

Un sasso colpì Sadou su uno zigomo, il sangue gli rigò una guancia.

"Buttat! Co aspt" incalzava la voce dalla tela ricevente ormai ridotta a brandelli.

Naïma bloccò il timone, legandolo al cruscotto con un apep e diede un leggero incoraggiamento a Sadou con una mano, perché si gettasse nel fiume. Dalla resistenza che incontrò capì che il collega non sapeva nuotare, gli infilò al collo un anello di sughero e lo spinse energicamente fuoribordo, per poi seguirlo subito dopo. Il sughero mantenne la testa di Sadou fuori dall'acqua, mentre annaspava muovendo gambe e braccia. Naïma lo affiancò.

Lo scafo del *caimano* li riparava dalle pietre che continuavano a bersagliarli, la corrente li trascinò verso la chiusa.

I sassi producevano una serie di rintocchi metallici sulla saracinesca, che lentamente si stava riabbassando, il varco distava mezzo cubito dal pelo dell'acqua.

"Passiamo sotto" urlò Naïma per superare il frastuono.

"Sotto?"

"Trattieni il fiato."

Con un gesto deciso lo liberò dal galleggiante, cercò sul fianco il proprio apep e glielo lanciò addosso; un'estremità del laccio si attorcigliò a un braccio di Sadou, l'altra se la avvinghiò lei a un polso.

Per alcuni secondi i suoni scomparvero, un'oscurità liquida e fredda li avvolse. Naïma nuotò in avanti, Sadou la assecondò. Riemersero dall'altra parte della chiusa, i sassi tempestavano ancora la parete di metallo, ormai serrata.

Si trovavano in una piscina circolare, la darsena della diga. La volta era bassa, punteggiata dalle luci dei funghi, simili a stelle fisse. Il livello dell'acqua si stava abbassando ma Sadou continuava ad ansimare e sputacchiare, allungando il collo come una testuggine spaventata. Naïma recuperò l'apep, mentre con una mano lo aiutava a tenere alta la testa. Il deflusso era veloce, riuscirono a posare i piedi sul fondo e raggiunsero il bordo della vasca camminando. Due uomini in tuta celeste li attendevano su una sponda della vasca.

"Il vostro *caimano* si è fracassato, mi dispiace" li accolsero, porgendo loro una mano per aiutarli. "Ci siete solo voi due?"

Naïma annuì, Sadou tossì più volte.

"Ma come ragionano al distretto? Due soli hedjayu! Qui abbiamo bisogno di rinforzi."

"Chi ci ha attaccato?"

"Da dove venite? Non sapete che Syene è in rivolta e la diga è assediata?"

Nell'infermeria della diga, una placida dottoressa di mezza età li visitò e medicò le ferite. Seduti su due basse palme, uno accanto all'altra, imbacuccati in coperte di cotone imbottito, Naïma e Sadou si lasciavano rammendare.

"L'apep è stato una grossa cretinata" le disse Sadou, non appena la dottoressa si allontanò. "Se mi fossi agitato ti avrei portato a fondo con me."

Naïma tremava per un'inaspettata euforia.

"Ti ho sentito! Quando eravamo sott'acqua. Ho visto una casa con i corridoi dipinti di file interminabili di loti azzurri, giardini verdi, fontane, pantere e uccelli dalla coda variopinta e bambini vestiti di bisso che giocavano a nascondino e ti chiamavano perché ti unissi a loro..."

"Menes diceva che il Serdab fa perdere il senso della realtà" replicò lui, brusco. "Stai attenta in futuro."

Le loro divise erano state portate in lavanderia. Rivestiti con le tute della diga, l'ideogramma dell'acqua e del canale stampato sulla spalla sinistra, Naïma e Sadou furono condotti in un salottino di rappresentanza, dove un uomo di mezza età e un giovane assistente li accolsero con lotus caldi allo zenzero.

"Vi abbiamo visti arrivare" spiegò l'anziano. "Sono U'Tam, ingegnere supervisore del servizio diurno e questi è Guardadomani, il mio braccio destro. Forse dovrei dire il mio terzo occhio, grazie a lui possiamo prevedere gli avvenimenti, altrimenti a quest'ora la diga sarebbe in mano ai ribelli."

Gli ospiti si soffermarono per un attimo sul giovane inserviente che, oltre a una testa perfettamente tonda e rasata, esibiva un curioso bozzo nero e prominente in mezzo alla fronte. Mentre lo osservavano, i due hedjayu ebbero l'impressione che l'escrescenza vitrea li ricambiasse con uguale interesse; ai lati del naso, gli occhi regolamentari erano velati da palpebre flosce che mascheravano pupille strabiche.

"Che cosa sta accadendo?" domandò Naïma, scuotendosi dalla fascinazione della protuberanza di Guardadomani.

"Sono venti rē che i contadini protestano" rispose U'Tam. "Da principio hanno smesso di portare il grano ai mulini, poi hanno distrutto le macchine agricole, ora presidiano gli accessi alle cave di syenite. Nessuna lastra è più uscita in questi ultimi rē. Avrete notato che non c'era traffico in questo tratto di fiume, è stato deviato alle Porte dell'Acqua. La maggior parte degli operai si è unita alla contestazione. Le fabbriche di pannelli antisismici sono ferme. Abbiamo ricevuto l'ordine di sbarrare l'afflusso verso i canali dei campi e serrare le condotte dell'acqua potabile, ma non possiamo chiudere il Nilo, vi pare?"

"Avevo sentito del malcontento per lo stoccaggio delle batterie solari esauste..." iniziò Sadou.

"Stoccaggi? Tzea! I kemei protestano per la demolizione delle Rimembranze."

"La popolazione aumenta" replicò Naïma. "La gente ha bisogno di abitazioni e le Rimembranze occupano terreni vasti come interi quartieri. È logico che il governo decida di spostare le teche commemorative."

"In città c'è una logica, qui ce n'è un'altra" rispose U'Tam. "A Syene i kemei sono attaccati alle tradizioni. Quando, subito dopo la Rivoluzione, fu imposta la cremazione delle salme, ci furono ribellioni e occultamenti di cadaveri nelle cantine delle case. Tzea! Gli imbalsamatori si fecero d'oro con lavori di pessima qualità."

"Noi dobbiamo proseguire il nostro viaggio" accennò Sadou.

"Temo invece che sarete costretti a restare. Siamo circondati dai ribelli, se riuscissero a entrare userebbero la diga come arma per minacciare la capitale: è sufficiente spalancare la chiusa maggiore per inondare la valle fino a Nekhen."

Sadou scambiò un'occhiata di disappunto con Naïma.

"Non affliggetevi. Siamo autosufficienti, coltiviamo da noi i cereali e le verdure, colture idroponiche ovviamente. Abbiamo birra in abbondanza e un'ottima mensa."

Dopo un pasto veloce, Naïma e Sadou ritornarono alla lavanderia per recuperare le divise e le armi.

"Se U'Sen e Judith mettono piede nel Kush sarà difficile riprenderli" disse Sadou mentre spalancava la porta della lavanderia.

Nella stanza, ingombra di carrelli di giunco carichi di tute sporche, fra gli oblò piatti delle lavatrici incassate nei muri e una stiratrice vegetale, si trovava Guardadomani, con il naso immerso in uno shendyt appallottolato. Indossava il corpetto di Naïma, troppo stretto per il suo adiposo torace, e lo shendyt di Sadou, che invece gli ricadeva molle sui fianchi, entrambi i klart calati in testa, uno sull'altro, le spire di gomma proteggi braccia attorno ai polpacci e un solo sandalo al piede sinistro.

"Razza di pervertito!" tuonò Sadou.

"Io... non è come pensi... io..."

Guardadomani abbassò la testa per ricevere rassegnato i colpi. Sadou gli strappò di mano lo shendyt e con uno schiaffo gli fece cadere i klart dalla testa.

"Ti eccita l'odore?"

"Sì" confessò con un filo di voce Guardadomani.

Naïma sorrise per quella risposta ingenua.

"Hai anche il coraggio di ammetterlo! Spogliati subito!"

Il ragazzo si fece scivolare via il travestimento, un mucchietto di stoffa azzurra si formò sul pavimento mentre lui rimase in piedi, a testa china, le mani a coprirsi il sesso.

Sadou raccolse gli shendyt e li lanciò a Naïma.

"Controlla le tasche."

"Tutto a posto, gli ostrakon ci sono."

"Vi posso spiegare..." balbettò Guardadomani. "U'Tam ha ricevuto l'ordine di trattenervi, perciò volevo capire cosa avevate di speciale."

"Da chi? Chi ha dato quest'ordine?"

"Non lo so. Ma so come si può uscire dalla diga."

"Questa è la Valle delle Mangrovie."

Guardadomani fece un ampio gesto circolare con la mano.

"È una formazione naturale ma è stata ampliata dopo la Rivoluzione. Il Nilo è costretto a scorrere in questa valle prima di continuare la sua strada verso il delta, entra malsano e ne esce purificato."

Naïma e Sadou contemplarono una distesa fitta di colossali arbusti legnosi dalle radici arcuate, in parte immerse nella melma, in parte emergenti; le foglie verdi e larghe creavano una movimentata oscurità al di sotto delle fronde.

"Da qui ci si può allontanare senza difficoltà" proseguì Guardadomani. "Basta seguire le indicazioni attaccate ai rami. Ogni tanto aiuto i tecnobiologi a controllare lo stato delle piante, verificare che non si formino ingorghi nel flusso dell'acqua e ripulirla dagli scarti inorganici. Troviamo molto piombo."

"Ci sono animali pericolosi?" chiese Sadou.

"Soltanto serpenti e scorpioni. Però le mangrovie sono bisbetiche, detestano essere toccate in punti differenti da quelli in cui si è formato il callo. Se si accorgono che avete paura cercheranno di farvi sbagliare strada, è il loro modo di scherzare."

"Perché ci aiuti?" gli chiese Naïma.

L'occhio scuro scintillò.

"Il capo U'Tam mi è antipatico" si giustificò il ragazzo, impacciato. "Vorrebbe obbligarmi a guardare i risultati delle corse di topi su cui scommette."

"Vedi realmente il futuro?"

"La vista è il senso dei visionari. Io uso questo." Si picchiettò la punta del naso con l'indice.

"Ah! Profetizzi attraverso gli odori. Hai dovuto indossare i nostri abiti per sapere cosa sarebbe accaduto."

"Naïma! Andiamo!" la richiamò Sadou, che si era già avviato lungo una radice.

"Come hai fatto a prevedere la rivolta dei contadini?"

"Origlio dietro le porte giuste. Il domani è adesso, signora, io lo faccio accadere lasciandovi scappare."

Naïma gli rivolse il saluto hedja e saltò agile sulla superficie liscia e piatta di un percorso legnoso.

Rā aveva chiuso dietro di sé le porte della Prima Ora notturna, quando giunsero a Le Attese, le case di transito dove si fermavano coloro che aspettavano il visto per attraversare il confine.

Le Attese avevano l'aria di un villaggio-vacanze. Casupole basse, distanziate l'una dall'altra, circondate da una piccola veranda; gli uomini arrostivano mezzi capretti sulle griglie in muratura, scolando bottiglie di birra e discutendo con voci sonore; le donne preparavano le verdure e chiacchieravano fra loro; un gruppo di ragazzini si era procurato una vecchia aracne portatile, le aveva dato un pezzetto di carne cruda ed era riuscito a farle tessere una tela che captava una stazione di musica del vicino Kush.

Sadou e Naïma domandarono in giro, descrivendo U'Sen e Judith, finché una donna indicò loro una casetta discosta dal gruppo principale, al limitare del deserto.

La luce della veranda era spenta, l'alloggio sembrava disabitato. Erano a pochi passi dai gradini di accesso quando un grido soffocato li fece accorrere. Naïma impugnò la daga, Sadou tolse la sicura alla balestra e spalancò la porta con un calcio. Entrambi si appiattirono accanto agli stipiti ma dall'interno buio non giunsero né frecce né risposte. Naïma intimò a chiunque vi fosse di uscire. Un istante dopo udirono dei passi concitati e quando irruppero fecero in tempo a vedere due sagome scure che balzavano oltre la finestra aperta, all'altra estremità della stanza. Sadou oltrepassò il davanzale con un salto e si diede all'inseguimento dei fuggitivi, Naïma sfiorò un tralcio vegetale e una fila di campanule azzurre si accesero.

La camera aveva pochi arredi, tavolo di giunchi, sedie e una cassettiera. Il corpo di un uomo era disteso in un angolo del pavimento, la faccia rivolta alla parete; sotto il tavolo giaceva Judith, la bambinaia di Senne, rannicchiata a proteggersi il ventre fra le braccia; su una spalla aveva una macchia scura che impregnava la stoffa della tunica.

Naïma rinfoderò la daga, si chinò sul primo corpo, lo voltò: era U'Sen e aveva la gola tagliata da un orecchio all'altro. Quindi rivolse la sua attenzione alla ragazza, le toccò la giugulare con due dita e percepì il battito, lento ma presente.

"Judith! Svegliati!"

L'altra non si mosse. Naïma le diede uno schiaffetto sulla guancia.

"Avanti!"

La ragazza emise un rantolo e aprì gli occhi.

"U'Sen" biascicò.

"Judith! Guardami!"

Le prese la faccia tra le mani e la costrinse a guardarla in faccia.

"Chi vi ha aggredito?"

"Gli amici."

Sadou si affacciò ansimante alla finestra.

"Li ho persi."

Naïma ritornò alla ragazza.

"Quali amici, Judith, gli amici di chi?"

"Gli amici... ci hanno detto... di uccidere Senne."

Sadou tornò dentro.

"Allora non è stata la vecchia" esclamò.

"Quella stupida ... gli metteva la polvere di artemisia nel cibo."

"L'artemisia è innocua" replicò Naïma. "Al massimo può provocare un mal di pancia."

"Senne era debole, il momento giusto per noi..."

"Cosa avete fatto?"

"U'Sen ha preparato un dolce avvelenato e io gliel'ho fatto mangiare" bisbigliò a fatica Judith. "Senne si fidava di me."

"Perché?" intervenne Sadou. "Che motivo avevate voi due...?"

"Gli amici."

La mano destra di Judith si allungò tremante e strinse quella di Sadou. Il collega trasalì, come se avesse ricevuto una debole scarica elettrica. Naïma si chiese cosa vi fosse di tanto inquietante nel riflesso involontario di una moribonda, ma un istante dopo si sentì attraversare da un fremito di paura e condivise il ricordo del piccolo Sadou che, nascosto dietro un cespuglio, osservava con angoscia alcuni uomini mentre si scambiavano vigorose strette della mano destra, con l'aria di stare facendo qualcosa di solenne.

"Bisogna cercare aiuto" disse Sadou. Il suo tono brusco la riportò alla realtà. "C'è una caserma di Fluviali a nord delle Attese, fai venire un medico e una barella, io cerco di fasciarle la ferita per fermare il sangue."

La voleva allontanare. Voleva approfondire da solo l'identità dei misteriosi amici. Ma aveva anche ragione, Judith doveva tornare con loro alla Sfinge.

I Fluviali, il settore dell'hedja che controllava il Nilo, avevano appena fermato e fatto attraccare un grosso mercantile, Nella stiva avevano scoperto un locale segreto, adibito a bisca, perciò erano impegnati a identificare i giocatori trovati con i gettoni di plais in mano, i croupier e l'equipaggio, in un'atmosfera di soddisfazione gioiosa, ognuno impegnato a calcolare quale sarebbe stata la gratifica per quell'operazione ben riuscita.

Naïma capitò in mezzo a quel trambusto, una piccola rogna cittadina senza valore. Fu palleggiata da un ufficiale all'altro finché le diedero una barella di stoffa per trasportare la ferita sino alla caserma; il medico si rifiutò di seguirla a Le Attese col pretesto di doversi occupare dei ricoverati dell'infermeria.

La casa era di nuovo al buio.

Naïma si accostò guardinga alla veranda. La porta era socchiusa, la aprì senza fare rumore e si appiattì contro il muro esterno. Un leggero mugolio proveniva dall'oscurità. Dalla cintura prese un minifuoco, lo accese tirando la linguetta coi denti e lo gettò dentro, il cilindretto ricadde dritto e si accese, una vivace fiamma rossa rischiarò l'ambiente.

Sbirciò da dietro la cornice della porta, Judith era distesa a pancia in su in mezzo alla stanza, il taglio alla gola le aveva inondato di sangue l'abito; Sadou, quasi nudo, il pube coperto da un perizoma bianco, era imbavagliato, bendato e legato ai rami della tappezzeria interna.

Naïma strinse la daga con forza ed entrò, oltrepassò Judith e si fermò davanti al collega, che aveva la testa reclinata su una spalla. Tremò all'idea che anche lui fosse morto; ne percorse con gli occhi il corpo, cercando le ferite. Sul suo largo petto la corda era stata intrecciata in un complicato reticolo di annodature passando per le giunture dei polsi, dei gomiti, delle ginocchia e delle caviglie; il ventre piatto era suddiviso dai riquadri della corda che lo solcava, le cosce muscolose e lunghe legate assieme, ma ogni centimetro della pelle bronzea di Sadou appariva intatto.

A un tratto lui sollevò la testa e mugugnò qualcosa. Gli liberò la bocca.

"Mi hanno colto di sorpresa" disse con voce affannata. "Erano in due. Siamo stati stupidi! Era ovvio che fossero ancora qui intorno, dovevano finire il lavoro."

Naïma cercò di sciogliere i nodi che gli attraversavano il petto, il calore del suo corpo le bruciava la punta delle dita.

"La faccenda è più complicata di quel che pensassimo" continuò Sadou, irrequieto. "Bisogna torchiare Kheru, l'omicidio è stato commissionato, quell'uomo deve essersi fatto nemici spietati."

"Credo... credo che dovrò tagliare le corde" disse lei confusamente, continuando a far brancolare le mani tra la canapa e la pelle.

Sadou inspirò profondamente e Naïma ebbe la sensazione che insieme all'aria si impadronisse dei suoi pensieri. Sollevò la daga, la infilò di piatto e recise le corde. Sadou si strappò di dosso i residui dei lacci e la benda, mentre lei si allontanò per fermarsi sulla soglia della capanna, voltandogli le spalle, infine intimidita dalla sua nudità.

Tornarono a Nekhen su un *varano* guidato da un Fluviale.

Sadou aveva dovuto seguirla seminudo alla caserma hedja: gli aggressori si erano portati via la sua divisa e i colleghi l'avevano sbeffeggiato a lungo, prima di dargli una delle loro, bianca coi bordi azzurri.

Sedevano entrambi nei sedili posteriori, abbattuti e silenziosi. Naïma avrebbe voluto chiedere al collega per quale motivo gli assassini di Judith avessero perso tempo a legarlo in quel modo complicato. E la faccenda dell'uniforme? Da quando in qua i criminali denudano gli hedjayu per prendersi la divisa?

Aveva visto colleghi sfregiati dai *neutrini* durante una retata, sapeva di hedjayu a cui per vendetta avevano fatto saltare in aria con una bomba il *caimano* personale, lo stesso Adad aveva una brutta cicatrice su una spalla, un piccolo rapinatore l'aveva colpito con un dardo. Ma nessun delinquente faceva collezione di uniformi.

Forse, se si fosse concentrata, avrebbe potuto leggergli i pensieri; forse avrebbe potuto sentire ciò che sentiva lui. Provò a rilassarsi e le giunse il senso di smarrimento di un bambino appena arrivato in una casa sconosciuta.

Una famiglia di tre persone sostava nell'anticamera di una grande villa signorile. L'uomo aveva un volto color terra, impenetrabile, in testa uno strano cappello di stoffa rossa il cui cocuzzolo ricadeva morbido da un lato; la donna, con le mani tatuate dai sottili arabeschi neri delle donne tjemhu, si stringeva nel manto blu, mostrando solo gli occhi, e il piccolo Sadou analizzava l'ambiente riportando poi lo sguardo su di lei, in una muta richiesta di spiegazioni.

Comparve il proprietario della casa, un uomo di mezza età, poco appariscente, la testa eretta e i modi di chi è abituato a impartire ordini al resto del mondo. Il padre di Sadou gli porse la mano destra, l'altro gliela strinse, si scambiarono qualche parola e poi si volsero entrambi verso il bambino, che si ritrasse timido dietro sua madre; la donna lo sospinse con parole di incoraggiamento verso lo sconosciuto.

"Come siamo crudeli con i bambini" sussurrò Sadou.

"Ti avevano venduto a un ricco pedofilo?"

"No. I primogeniti maschi dei tjemhu sono affidati ad alcune personalità altolocate per consolidare le alleanze fra i gruppi e iniziare i figli alla carriera politica. Io non volevo andare in città, mi ero opposto con tutte le mie forze. Mia madre mi convinse che si trattava di una cosa momentanea, poche lune soltanto."

Deglutì più volte, il pomo d'Adamo gli andò su e giù.

"Avrei fatto qualunque cosa per mia madre, mi sarei buttato da un dirupo se me lo avesse chiesto, così le credetti e andai. Nella casa c'erano anche altri bambini ma io me ne stavo in disparte, contavo i rē e aspettavo. Arrivai a contare trecentosessanta rē, prima di riuscire a capire che mia madre mi aveva mentito."

"Io sarei scappata."

"Per andare dove? Volevo soltanto tornare da lei. Per quattro anni ho sperato e pregato che tornasse a prendermi. Hai mai desiderato qualcosa per un tempo così lungo?"

"Da bambina ho sperato per tre rē che il mio pappagallino morto resuscitasse. Ho pregato Isi, Osiri e Horo."

"Cosa ti aprì gli occhi?"

"I vermi che si mangiavano il pappagallo."

"Anche la mia speranza iniziò a vermificare. Quando compii dodici anni mi convinsi che mia madre mi aveva dimenticato."

"Io ho un ricordo confuso di mia madre" replicò Naïma. "Se ne andò quando avevo tre anni, i nonni non amavano parlarne."

"Perché ti abbandonò?"

"La nonna diceva che era una pentola di ceci in ebollizione, chissà cosa sognava di diventare. Io ero un incidente, un intralcio alle sue ambizioni. Spero che sia riuscita a realizzarle, alla fine."

Sadou la osservò, incapace di credere alle ultime parole di lei.

"Ognuno ha diritto di trovare la propria felicità su questa terra" aggiunse Naïma.

"A discapito di quella degli altri?"

"Sì, credo di sì."

A khepri giunsero alla Sfinge.

Il collega Fluviale li lasciò sul pontile antistante l'edificio e fece manovra per tornare a Syene. Si sentivano entrambi sfiniti, pure, come Naïma scoprì, la stanchezza fisica diventava un oggetto esterno, distinto e separato da lei; la poteva osservare senza farsene travolgere.

La luce di Rā la infastidiva, aumentava l'irritazione dovuta al senso di sconfitta che l'aveva accompagnata sino a Nekhen.

Un ragazzo, con indosso una corta gonna bianca, una cintura di piume false e una tracolla di tela, percorreva lo spiazzo lastricato davanti all'ingresso della Sfinge, spostandosi da una persona all'altra in cerca di uditorio e obolo.

"Samtà! Sono del movimento per il Movimento" recitò, tagliando loro la strada. "È tempo che le Due Terre prendano coscienza della situazione: il deserto cresce!"

Tuffò una mano nella sacca e gettò in aria una miriade di semi alati.

"La sabbia si mangia i campi e fa inaridire i pozzi. La sopravvivenza dei kemei è minacciata! Il Movimento raccoglie adesioni per presentare una petizione popolare alla Medithe affinché le Due Terre si spostino verso nord."

Naïma e Sadou lo oltrepassarono, ignorandolo.

All'interno della Sfinge tutto appariva simile a qualunque altro rē lavorativo.

Nell'ascensore si formò un'invisibile barriera tra Naïma

e Sadou e le sbiadite divise celesti. Naïma si sentiva nuda, le sembrava che tutti fossero a conoscenza del loro fallimento e se lo palleggiassero di testa in testa, con i pensieri, senza bisogno di aprire la bocca. Sadou opponeva alla timorosa ostilità dei Sabbia Fine una muraglia di indifferenza, la stessa che gli aveva consentito di sostenere le prese in giro dei Fluviali, quando si era presentato svestito. Il bianco dell'uniforme fluviale metteva in risalto la sua diversità tjemhu e sembrava lo spingesse a tenere la schiena ancora più dritta. Lo imitò e si sentì subito meglio.

All'atrio dell'ultimo piano giunsero solo loro due, l'ascensore si era vuotato a mano a mano che saliva. Sirah, seminascosto da un pilastro, parlava con una ragazza, l'inserviente delle pulizie a cui Naïma aveva chiesto informazioni quando aveva dovuto cercare Larissa.

"Incredibile" commentò Sadou mentre si dirigevano verso l'Acquario. "Erano lune che Sirah cercava di attaccare con Selima."

"Almeno lui ha di che consolarsi."

Nell'Acquario era riunito il resto della squadra. Con una sola occhiata Naïma capì che erano a conoscenza di ciò che era successo a Le Attese, il legame isiaco faceva sentire la sua forza.

"Pessime notizie" annunciò Elin. "Ci sarà un'inchiesta interna, alla presenza della Medithe."

"Credevo che il capitano sarebbe riuscita a evitarla" disse Sadou.

"Larissa ha ottenuto soltanto che heqa Sabni facesse parte della commissione."

"Un soprammobile ci difenderebbe meglio" ironizzò Anouk.

"Dobbiamo decidere cosa dire" riprese Elin.

"E cosa tacere" le fece eco Sadou.

"In un certo senso l'anima della vecchia era colpevole" disse Naïma. "Aveva l'intenzione di uccidere il bambino. Ha confessato perché, nella sua ignoranza, era certa di averlo avvelenato con l'artemisia."

"Questo è un buon argomento" ammise Elin. "Ma non è sufficiente. Nel Serdab non si condannano le intenzioni."

"Raccontaci degli amici, Sadou" lo sollecitò Yannis. "Sembri conoscerli bene."

Sadou gli afferrò la mano destra e la chiuse in una stretta, incrociando i pollici e tenendo unite le altre dita.

"Questo segno è il saluto di Mitra, l'amico, il dio delle alleanze. Alcune tribù tjemhu sono mitriache."

"Credevo si trattasse di società segreta" disse Anouk.

"Il mitraismo è una religione segreta" puntualizzò Sadou. "È probabile che il padre di Senne ne faccia parte. Voleva lasciare le Due Terre, deve essere stato questo il suo errore. Nessun iniziato può allontanarsi senza il permesso degli amici, gliel'hanno fatta pagare e hanno lanciato un segnale anche ad altri, casomai ci fossero ulteriori defezioni."

"Che razza di religione è quella che consente di uccidere i bambini?" si scandalizzò Yannis.

"Spietata" rispose Sadou. "E molto influente. Siamo giunti tardi alle Attese perché qualcuno ha dato ordine a U'Tam, l'ingegnere capo della diga, di ostacolare il nostro inseguimento. Sono pronto a scommettere che anche lui è mitriaco e ha obbedito all'ordine di un amico."

"Allora anche U'Sen, il giardiniere..." aggiunse Anouk.

"Vorrei che il nome di Mitra restasse fuori da questa faccenda" riprese Sadou. "Potrebbero esserci mitriaci fra i membri del Consiglio Superiore dell'hedja, potrebbero essercene anche nella commissione che ci giudicherà."

"Allora siamo privi di argomenti di difesa" osservò Elin. "La confessione di Judith conferma l'errore, abbiamo giustiziato la persona sbagliata."

"Sì," riconobbe Sadou, "e la nostra anima ora è diventata pesante."

La sala riunioni dell'ultimo piano ospitò la commissione di indagine, incaricata di giudicare l'operato dei Sette. Quando Naïma entrò la sua attenzione fu catturata dai due membri della Medithe presenti.

Li riconobbe grazie ai numerosi ritratti che circolavano negli uffici pubblici. La donna era Sit, indossava una tunica bianca e portava la testa rasata, cinta da un sottile filo d'oro, liscio e semplice; l'uomo era Khamsin, i capelli lunghi, tinti di rosso fuoco, scendevano dritti a sfiorare gli addominali scolpiti e gli omeri erano ricoperti di bracciali di rame.

Il resto della commissione era costituito da un medico, un capitano in rappresentanza dell'hedja, heqa Sabni e un Custode della Rivoluzione.

"Hai mai sentito parlare di reviviscenza spontanea, hedja Naïma?" le domandò il Custode senza preamboli.

"Sì, keme Custode, si può manifestare nello stato di morte relativa."

"Ritieni che Senne fosse morto, quando avete iniziato le indagini?" si inserì Sit.

"Eccelso Pilastro" ribatté heqa Sabni, "un hedja non possiede gli strumenti per decidere in quale stato si trovi la vittima. Sono i medici a certificarlo."

Si volse al medico, che rimase chino a scarabocchiare sul blocco degli appunti, deciso a non intervenire.

"Un solo medico, in verità" fece notare il Custode della Rivoluzione. "Assegnato alla squadra Sette fin dal primo caso."

"Vieni al punto, keme Custode" disse Khamsin.

"Io sostengo che non abbiamo alcun riscontro della presunta morte delle vittime, quando giungono alla Sfinge. Dobbiamo fidarci del parere di una sola persona."

"È una persona competente" intervenne Sabni.

"Sublime Porta" riprese il custode, ignorando Sabni e rivolgendosi a Khamsin, "come ricorderai, già nove anni fa alcuni di noi si mostrarono scettici nei confronti del ritorno alla vita. È possibile, per chi possieda cognizioni mediche e gli strumenti adatti, ottenere la reviviscenza spontanea da un corpo in apparente stato di morte. Un fenomeno del tutto naturale, che a noi viene presentato come conseguenza di uno *scambio di anime*. È facile far risorgere chi non è mai morto."

Naïma assistette sorpresa al battibecco tra i sostenitori della resurrezione e quelli della mistificazione. Credeva che i Sette fossero al di là di ogni dubbio o questione.

"I Sette si arrogano il diritto di eliminare una vita" disse Sit.

"Una vita colpevole" obiettò il capitano.

"Sono le leggi a stabilire colpa o innocenza!" strepitò il Custode alzandosi in piedi.

"Certo, il keme Custode non vuole affermare che le leggi degli uomini siano superiori a quelle di Iside" cercò di conciliare heqa Sabni con la sua voce soporifera.

Il Custode si rimise a sedere sul tulipa, ancora rosso in volto.

"Abbiamo ricevuto una denuncia scritta da parte di Kheru, il padre della vittima" dichiarò il capitano che presiedeva la commissione d'inchiesta, rivolgendosi a Sadou. "Lamenta un comportamento aggressivo e irrispettoso da parte dei Sette nel corso dell'indagine."

"Durante un'indagine bisogna procedere in fretta, keme capitano, non abbiamo tempo di fare salamelecchi."

"Quindi, a tuo giudizio, l'integrità fisica e morale degli indagati ha poco valore" interloquì il Custode della Rivoluzione.

"Ha valore trovare rapidamente l'assassino."

"In questo caso, però, l'anima della vittima è rimasta nell'aldilà."

Sadou lo fissò, socchiudendo gli occhi. Il Custode appariva legnoso e ridicolo come le strisce di papiro che lo ricoprivano e la cintura di piccoli loti in vaso che gli cingeva i fianchi, ma pericoloso quanto un aspide.

"Tuttavia, in passato, proprio la rapidità ha permesso la resurrezione di molti innocenti" osservò Khamsin.

"Ciò non toglie, Eccelso Pilastro, che spesso i Sette si siano comportati in modo indegno di un hedja" rimbeccò il Custode.

"Indegno e arrogante" rincarò Sit.

"Quali sono le relazioni tra i componenti della squadra, hedja Yannis?"

"Ci annusiamo il culo a vicenda."

La commissione intera sussultò, come se i suoi componenti fossero stati legati da un filo. Heqa Sabni lanciò un'occhiata di rimprovero a Yannis.

"Ti invito a un linguaggio più consono alla tua posizione" gli intimò il capitano presidente. "Insieme a un maggiore rispetto di chi hai davanti!"

"Tu sei straniera, hedja Elin" insinuò il capitano.

"Sì, provengo dalla Confederazione Boreale."

"Questo cosa c'entra?" polemizzò Khamsin.

"Senza nulla togliere ai meriti dell'hedja Elin" intervenne Sit, "viene spontaneo domandarsi come mai sia stato necessario arruolare una straniera nei Sette."

"L'esterofilia era un vizio dinastico" sottolineò il Custode.

"La Rivoluzione Verde è stata un momento di grande rinnovamento per le Due Terre" sostenne Elin con forza. "Io sono felice di averla vista e di averla appoggiata, la Rivoluzione ha realizzato il migliore dei mondi possibili."

"Perché parli al passato?" disse Sit, con voce ironica. "La Rivoluzione non è finita, né mai finirà."

"È ridicolo!" esclamò Anouk. "Ci accusano di aver fatto il nostro lavoro!"

"Heqa Sabni traccheggiava, non ha zigrinato la canizza" disse Sirah.

"Oh, Sabni è inaffidabile" intervenne Elin, accomodandosi su un tulipa.

Erano tornati a rifugiarsi nella penombra azzurra dell'Acquario.

"Io sono stata interrogata come se fossi un medico" interloquì Naïma.

"Al Consiglio Superiore dell'hedja non va giù il fatto che i Sette possano resuscitare le vittime" le spiegò Elin.

"Tranquilli" disse Yannis, intento a regolarsi la forma dei baffi con la daga, usando come specchio un pannello lucido. "Ora si accapiglieranno un po' tra loro, il Custode farà il solito casino, e poi tutto tornerà come prima."

"Niente tornerà come prima" intervenne Sadou. "Abbiamo calpestato la giustizia, una donna innocente è morta."

"Siamo stati tratti in inganno anche noi" fece spallucce Anouk.

Sadou li percorse con un'occhiata di sdegno.

"Stavamo per aggiungere errore a errore" riprese. "Tu, Yannis, volevi torturare la matrigna di Senne e hai accusato Naïma di aver interferito nel collegamento con i Giudici dei Morti."

"L'ho detto e lo ripeto" si difese Yannis. "Senza Menes siamo meno di zero."

"Il fatto di aver ucciso un'innocente neppure ti sfiora. Anche le nostre anime saranno pesate, prima o poi" esclamò Naïma.

"Me ne fotto di quella vecchia troia" rispose Anouk con la sua perfetta pronuncia da alta keme.

"Non mi diventare sboccata, fiore di mandorlo" la rimproverò Yannis.

"Fanculo anche tu!"

"Ehi, colleghi, siete scombugliati forte" esclamò Sirah. "Cerchiamo di non perdere l'asino."

Anouk diede un violento calcio a un tulipa e ne piegò lo stelo, per poi uscire dall'Acquario. Yannis rinfoderò la daga e volò sulla sua scia.

"Lasciala andare" gli intimò Elin. "Deve sbollire."

"Anch'io" replicò lui stizzito e attraversò la porta scorrevole.

"Ho la gola secca" dichiarò Sadou.

"Vengo con te" rispose Naïma.

"Strabilio" disse Sirah rivolgendosi a Elin. "Anouk scantina peggio di un *mesone* denderiano, Yannis si sente scapezzato, Sadou mestica la colpa e il sottoscritto me medesimo, Sirah sirenoide, diventa ombrofilo."

Elin abbassò le palpebre e per alcuni secondi si chiuse in un indecifrabile sopore, pensieri opprimenti l'avevano perseguitata da quando si era trovata davanti il cadavere di Senne.

"Vai a cercarmi un po' di sollievo, cucciolo" sospirò infine senza riaprire gli occhi. "Mi sento le ossa peste."

Per raggiungere il bar della Sfinge bisognava passare accanto al Giuncheto. I Sabbia Fine stavano rumorosamente festeggiando qualcosa. Naïma, incuriosita, si avvicinò. Sadou proseguì per la sua strada senza voltarsi.

"Hanno preso i battesimali del Palo d'Ormeggio" le comunicò esultante Adad quando la vide. "Li hanno trovati in un appartamento di Karnak, avevano una decina di asce bipenne identiche a quelle usate nel bar."

"Avevo proprio bisogno di una buona notizia, in questo momento" sospirò Naïma.

"Ne ho anche un'altra. Sono stato promosso Coordinatore."

Yannis decise che la Sfinge, e soprattutto l'ultimo piano dell'edificio, gli stavano stretti come un giubbetto di taglia inferiore alla sua. Filò dritto all'ascensore, incrociò Selima che lucidava le modanature lignee delle porte, la soppesò con gli occhi risalendo dai malleoli alle gambe, scheletriche, fino al petto, inesistente: una ranocchietta linfatica, adatta a quel girino di Sirah.

Vagabondò in mezzo a hedjayu trafelati e kemei in cerca dell'ufficio denunce ecologiche, lo sguardo gli cadde su un fondoschiena ben arrotondato che lo shendyt riusciva a stento a mascherare. Si lasciò guidare dall'onda morbida di quelle natiche.

In un tratto meno affollato di corridoio, un sibilo prolungato lo distrasse dal polo che fino a quel momento l'aveva reso magnetico. Due hedjayu in divisa, appollaiati al distributore dell'acqua, lanciarono un secondo fischio e un grugnito di apprezzamento al passaggio della ragazza. Uno dei due, basso, pelato, con una gran pancia prominente, batté con ostentazione il sandalo sul pavimento all'indirizzo della collega.

La ragazza si voltò sbattendo gli occhioni e Yannis balzò con entrambi i piedi sulle scarpe dell'insolente trippone, che lanciò un ululato di dolore.

"Sei pazzo?" sussultò l'altro hedja, colto alla sprovvista.

Yannis afferrò la gola del ciccione con una mano e strinse.

"Domanda scusa alla signora."

Quello boccheggiò agitando le mani mentre l'altro tentava di recuperare lo sfollagente.

Continuando a mantenere la presa Yannis estrasse la daga dal fodero e vellicò il naso del magro, che riportò le mani verso l'alto.

"Sss..." sibilò il grassone diventando blu.

"Non ho sentito!"

Allentò di poco la morsa.

"Ssscu...sa."

Si staccò da lui, continuando a tenere la daga ben alta.

"Merde scolorite, tornatevene a inseguire i ladri di galline."

L'hedja magro sostenne il grassone fino all'ascensore, che arrivò subito e se li portò via.

"Dove andremo a finire?" disse, rivolto alla ragazza. "I rappresentanti della legge che fanno i bulli con una collega!"

Anouk era scesa alla darsena e aveva preso un *caimano* senza autorizzazione, firmando l'uscita con un nome e un numero di matricola falsi. Percorse a tutta velocità La Trachea di Osiri, il canale più ampio di Nekhen, superando e schivando le altre imbarcazioni, lasciandosi dietro una scia di ondate traverse che le procurarono una sequela di maledizioni da parte dei timonieri.

Attraverso una serie di canali minori giunse in una zona fra i quartieri Amarna e Sokari; lungo la riva destra del fiume sorgevano una serie di locali notturni, sale da ballo e piccole bische. Puntò senza decelerare verso una spiaggetta e spense il motore soltanto quando l'elica posteriore stava già sollevando una nuvola di granellini bianchi.

Saltò a terra e si diresse a grandi passi verso un colossale baobab. Le radici dell'albero affioravano dal terreno ed erano state livellate e lucidate per formare un tavolato intorno al tronco. Alcuni rami alti formavano le lettere della parola *Keressia*.

All'interno un inserviente ripuliva i tavoli vegetali che sorgevano dal pavimento, altri due potavano l'edera che sosteneva le lampade di ibisco. In fondo alla sala si trovava un palcoscenico per i concerti serali. Alcuni operai stavano scavando alla base del palco, sotto la supervisione di due donne. La più giovane aveva i capelli biondi chiusi in una lunga treccia e portava una candida tunica dritta; la seconda, di origine kushita, aveva la pelle scurissima, il cranio rasato e un pesante corpetto di perline colorate che le avvolgeva il collo e il busto fino alla vita, i fianchi erano cinti da una gonna annodata alla maniera maschile.

Anouk si avvicinò e tutti si voltarono. La donna con la treccia ordinò agli operai di rimettersi al lavoro, ostentando di ignorarla.

"Samtà, E'Lil" salutò Anouk rivolta alla ragazza kushita.

"Discutete con calma" le intimò E'Lil.

La ragazza con la treccia continuava a darle le spalle.

"Nur" la chiamò Anouk, "vorrei parlarti."

"Io no."

"Mi sei mancata."

"La senti, E'Lil? Deve essersi stancata di quell'uomo."

"Yannis non c'entra con noi due."

"Cosa ne pensi, E'Lil? Vive con un uomo e vuole stare con me. Sembra non sapere che in amore tre persone sono una folla."

Gli operai avevano messo a nudo il ceppo del cipresso che formava la pedana e si erano interrotti.

"Allora?" li rimbrottò Nur. "Riusciamo a far ricrescere la base?"

E'Lil prese a braccetto Anouk e la allontanò.

"Torna dopo la Quarta Ora notturna, senza Yannis. Nel frattempo, io le parlo e cerco di calmarla."

"Tu mi capisci, E'Lil" sorrise Anouk. "Sei un'amica."

"Senti, ragazzina, i bisessuali non esistono, esistono i fifoni e gli stupidi. Ancora devo capire a quale categoria appartieni. Fila."

Anouk si diresse verso l'uscita, Nur la seguì con lo sguardo.

"Ah, ecco!" esclamò l'operaio più anziano. "I fori di aerazione dei pneumatodi sono tappati."

Nur fissava ancora l'uscita.

"Perciò la pedana traballa, le radici stanno soffocando. Bisogna ripulire i fori e iniettare un fertilizzante ricostituente."

Nur scattò verso la porta.

Attraversò di corsa il tavolato esterno facendolo risuonare sotto i piedi e raggiunse Anouk, che stava cercando di disincagliare il *caimano* dalla sabbia. Nur l'afferrò per un braccio, l'attirò a sé e la baciò.

Sirah aveva girovagato indeciso per l'ultimo piano della Sfinge. Il mazut sequestrato a Dendera si era dimostrato efficace nel soffocare i dolori di Elin, ma era terminato; sarebbe dovuto tornare nel quartiere, per trovarne altro, e voleva evitare di incontrare Manganello.

Scese al piano di sotto e cercò i distributori di foglie di coca; ce n'erano due, entrambi vuoti.

"Se ti accontenti, un paio di foglie posso dartele io" disse una voce femminile alle sue spalle. Riconobbe la voce di Selima.

"Ne ho ancora qualcuna della mia scorta personale" continuò lei in tono gentile mentre frugava dentro una borsetta di canapa. Aveva smesso la tuta del personale della

Sfinge e indossava un semplice abito di lino giallo; i capelli morbidamente intrecciati dietro la nuca e la sottile riga di khol intorno agli occhi la rendevano incantevole.

"Prendile pure tutte" aggiunse porgendogli una mazzetta di foglie fresche. "Domani il supervisore ce ne dà altre."

Sirah lasciò che gli mettesse in mano le foglie.

"Sono qui con la Seconda Possibilità, mi hanno arrestata per furto."

"Ho cognizione" mormorò lui.

"Voi Sette sapete sempre tutto, eh?"

Sirah annuì.

"Dimmi cosa sto pensando in questo momento."

"Svolare da tua nonna e smurfire la cena."

Lei ebbe un guizzo di stupore.

"Veramente mi sarebbe piaciuto andare a bere qualcosa alla Clavicola di Osiri con un certo hedja, se fosse libero..."

Fece una pausa per dargli il tempo di rispondere, ma Sirah, che aveva difficoltà a mantenere a fuoco l'immagine di lei, scosse la testa. Gli sembrava di stare precipitando in terra, una caduta infinita nel vuoto, senza appigli, senza paracadute.

Accennò un inchino e scappò dentro l'ascensore.

La cabina era affollata.

Due collari di rame, tre quaglie, tre priapi e due tonchi. Al piano successivo i tonchi scesero, sostituiti da due anziani che si scambiavano monosillabi; a mantenere vivace l'aria ci pensavano le voci allegre dei priapi e delle quaglie.

Da alcuni minuti si era accorto che uno dei giovani colleghi spostava volentieri lo sguardo dal suo gruppetto a lui, anzi, approfittando del trambusto di uscite ed entrate, si era avvicinato.

Costui mi brilla. Che gli piacciano i topinambur, al marcantonio? M'invita a nozze.

Per avere conferma, con un movimento impercettibile si accostò al collega e avvertì che questi gonfiava i bicipiti e raddrizzava le spalle, spandendo virilità.

Continua a gallinare con le quaglie, non ritenerti, sarà una conoscenza di primo palpo.

Con dita leggere iniziò a scavizzolare nella tasca dello shendyt del priapo, mentre con l'altra mano gli tastava la chiappa destra, sentendola diventare marmo vivo sotto i polpastrelli. Avanzò leggero fino alla sommità della collina e scese a sfiorare il fondovalle, l'altro scoppiò a ridere in modo esagerato per coprire la sensazione di piacere che lo pervadeva, senza accorgersi che il contenuto della sua tasca era passato in quella di Sirah.

Naïma aveva accettato un bicchiere di vino da Adad, per festeggiare la promozione, e poi era fuggita via con una scusa.

Trovò un angolo tranquillo nel grande e lungo corridoio degli archivi, una selva di alberi di limoni fatti crescere in forma di schedari. Si accovacciò accanto a una stretta finestra chiusa da un vetro fisso, le braccia intorno al busto, raggelata nonostante il calore intenso che arroventava il cristallo e le carezzava le ginocchia.

Una feroce tensione interna la dilaniava, insieme a un senso di disfacimento delle membra che la costringeva a raccogliersi in sé.

Pochi minuti dopo Sadou sedette accanto a lei e posò una bottiglia di liquore sul pavimento, in mezzo a loro.

"Ho cercato in tutti i modi di lasciare la squadra" gli confessò Naïma.

"All'inizio nessuno vuole restare nei Sette" rispose lui. "Il Serdab è un luogo rivoltante, lo stipendio e i privilegi non ti ripagano di quello che facciamo lì dentro. Il capitano ci ha dovuti obbligare."

"In che modo?"

"Elin ha un mandato di cattura internazionale, il capitano ha fatto in modo che l'estradizione fosse rinviata. Sirah ha qualche crimine minore sulla bilancia, Yannis faceva l'esattore per conto di un usuraio e Anouk viola la legge che proibisce i rapporti sessuali contronatura. Larissa conosce gli aspetti segreti delle nostre vite, e li usa, quando le servono."

"Ha ricattato anche me" disse Naïma. Sollevò la bottiglia e tracannò una lunga sorsata.

"Durante il primo anno di accademia frequentavo Tasa, l'avevo conosciuto al Mannello di Lisht. Ero giovane e un po' esaltata."

Sadou entrò nel ricordo di lei, vide la mascella dura e gli atteggiamenti fanatici di Tasa, la sua rigida adesione alle prescrizioni del Partito, che celebrava la vita, la natura, e proibiva l'uso di qualunque metodo contraccettivo.

"Quando mi accorsi di essere rimasta incinta ero disperata. Volevo terminare l'accademia."

"Se Tasa l'avesse scoperto ti avrebbe costretta a sposarlo" disse Sadou.

"Era un tipo così, sapeva sempre qual era il suo dovere. Mi rivolsi al dottor Wandjuk e lui mi aiutò. Non l'ho mai detto a nessuno, neanche a mio marito."

Inghiottì un altro sorso di rum e passò la bottiglia a Sadou.

"Il capitano ha messo su proprio una bella squadra" riprese Naïma. "Tu cosa hai fatto? Qual è il tuo crimine?"

Sadou scosse la testa.

"Larissa non ha nulla su di me."

"Allora perché sei rimasto?"

"Per la giustizia."

"Hanno letto il rapporto sulla missione a Syene?" ripeté Larissa fissando heqa Sabni.

L'uomo fingeva di cercare qualcosa in un cassetto del ginepro.

"Insomma, Sabni, questa faccenda sta durando un po' troppo" lo rimbrottò il dottor Wandjuk. "La squadra ha sicuramente commesso uno sbaglio, ma non può essere trattata alla stregua di qualunque altro reparto dell'hedja."

Sabni fu costretto a sollevare la testa.

"Sapete come sono i Custodi" disse, allargando le mani in un gesto che invitava alla pazienza.

"I Sette sono stati ingannati dalla confessione della vecchia" riprese Larissa. "Nessuno mente davanti a Iside, ed è vero che le intenzioni di quella donna erano omicide. Soltanto la sua ignoranza in fatto di veleni le ha impedito di uccidere il bambino."

"La Medithe è stata informata di tutto" garantì Sabni.

"Allora perché ci mettono tanto a decidere?" si inalberò il dottore.

"Può darsi che si renda necessaria una piccola reprimenda."

Aveva parlato a voce talmente bassa che i suoi interlocutori impiegarono alcuni secondi a decifrare le parole.

Larissa si portò una mano al petto.

"Che reprimenda?" lo attaccò il dottor Wandjuk.

L'aracne sul ginepro emise due brevi note e iniziò a tessere velocemente un comunicato, correndo velocissima in orizzontale, da sinistra verso destra, rendendo compatto il foglio e comprensibili le parole scritte sopra. Sabni lesse il nome del mittente in cima al foglio.

"Viene dal Giuncheto" annunciò. "Sirah è stato denunciato per furto. Yannis è stato arrestato per violenza sessuale e Anouk ha riportato al deposito un *caimano* danneggiato, preso usando nome e matricola falsi."

Senza una parola Larissa scattò verso la porta e lasciò l'ufficio.

"Ti assicuro capitano che non l'ho né costretta né minacciata" si giustificò Yannis da dietro le sbarre della cella. "Dovevamo fare una cosetta in piedi, rapida, ma poi quella ci ha preso gusto. Chiedilo a lei, si scioglieva tutta all'idea di farsela con un Sette."

Larissa neppure lo ascoltava, osservava l'occhio nero, il labbro gonfio e le nocche sbucciate delle sue mani. Giunse il carceriere con la chiave, seguito dal coordinatore degli Affari Morali, un uomo piccolo e magro dall'aria accomodante.

"Chi ha presentato la denuncia?" gli chiese.

"Due hedjayu del Giuncheto. C'è l'aggravante dell'abuso di potere, la ragazza è un'allieva hedja."

"È stato picchiato."

"Ha resistito all'arresto."

"Sono inchiappato in un fetido priapo che mi accusa di avergli sbisciolato il conquibus dalla tasca."

Elin inarcò un sopracciglio.

"Ho i nervi accordati sulle note alte" si giustificò Sirah. "Dovevo oliarmi o m'indragavo."

Con un gesto gli fece capire di tenere la bocca chiusa e ritornò alla postazione dell'hedja che stava tessendo la denuncia.

L'uomo, molto giovane, la invitò a sedersi sul cuscino davanti a lui.

"No, grazie, preferisco restare in piedi."

L'altro si grattò dietro l'orecchio, a disagio.

"Il denaro e i documenti sono stati restituiti" continuò Elin. "È stato uno scherzo tra colleghi."

"Io sono d'accordo con te, signora, ma ho ricevuto il preciso ordine di trascrivere la denuncia sulla bilancia penale dell'accusato."

Elin strinse la bocca, posò una mano sulla spalla di Sirah e lo spinse fuori dal Giuncheto.

"Qualunque obiezione è inutile" gli sussurrò.

"Granito che se gli spollinavo la cappella nel cesso, avrebbe taciuto. Ma io ho chiuso coi cessi, ne ho avuto abbastanza di vecchi priapi che me lo schiaffavano a solleticare l'ugola per cinque deben."

Il capitano li aveva convocati nell'Acquario.

Naïma e Sadou erano arrivati per primi, seguiti da Anouk. Poi erano giunti Elin e Sirah, quest'ultimo stava finendo di raccontare la sua disavventura quando entrò Larissa, seguita da Yannis. Anouk, al vederlo così malconcio, emise un singulto e si precipitò ad abbracciarlo, sfiorandogli le ferite con la punta delle dita.

"L'intera Sfinge ci sta boicottando!" esclamò. "Ho sempre preso i *caimani* senza permesso e nessuno mi ha mai contestata."

"I tonchi ci rodono!"

"Ho ricevuto una nota di richiamo anch'io" rivelò Sadou. "Per ubriachezza."

Larissa sedette dietro il ginepro, austera e silenziosa come sempre.

"Che fine ha fatto il mazut sequestrato a Dendera?" chiese, dopo una breve riflessione.

"L'ho bevuto" rispose Elin con semplicità.

"Sei stata denunciata per occultamento di prove e appropriazione di sostanza stupefacente."

Sulla soglia dell'Acquario comparve la figura smunta di heqa Sabni, teneva in mano un lungo foglio appena tessuto, il bianco del lino scintillava spettrale nella penombra.

"Mi dispiace" esordì. "Mi dispiace veramente."

Le paure dei Sette si condensarono in un'angoscia da animale in trappola.

Larissa gli strappò di mano il foglio e lesse a voce alta:

"Sospesi fino a nuovo ordine. Yannis, Elin, Sirah e Anouk allontanati dall'hedja, dovete restituire le divise e l'ankh. Dalla prossima luna niente stipendio. Naïma e Sadou ritornano ai precedenti incarichi."

Di notte, a una certa distanza, il Keressia appariva come una divinità vegetale. Le molteplici braccia e i vari occhi infuocati si riflettevano nell'acqua scura del fiume. Accostandosi si scopriva che il dio contorto emetteva una musica lenta, malinconica, e il totem del suo smisurato tronco era reso meno ieratico dalle persone che cenavano nella veranda, a lume di candela.

Sulla porta del tempio l'officiante, un individuo di sesso indefinito, alto, dai lunghi capelli verdi, selezionava gli ingressi, accogliendo con un sorriso le coppie o le ragazze e allontanando i giovinastri in cerca di lite o gli ubriachi.

La sala interna era illuminata dai lanternini rossi dei fiori di ibisco che pendevano dalle foglie di edera della volta. I tavoli e le sedie crescevano dal pavimento di terra battuta ed erano tutti occupati, in gran parte da giovani donne. Naïma riconobbe una modella, comparsa sui cartelloni pubblicitari di una marca di abbigliamento. I pochi uomini presenti tendevano a fare gruppo tra loro.

Sulla pedana vegetale una piccola orchestra, composta da batteria, chitarre e basso, suonava la nostalgica, languida "musica del fiume", il cui ritmo cadenzato risaliva al colpo di remi degli antichi battellieri, quando merci e persone percorrevano il Nilo a bordo di piccole imbarcazioni di giunco, mosse soltanto dalla forza delle braccia umane.

Naïma conosceva poco la musica del fiume, era abituata alle melodie facili e chiassose che Fairuza comprava dai negozi virtuali e ascoltava all'aracne di casa. Sadou, seduto dietro la batteria, le palpebre socchiuse, percuoteva lo strumento con morbido vigore. Il chitarrista univa alla musica una voce roca che cantava di amori sbagliati e disillusioni.

C'era un'atmosfera cupa fra i Sette. Sirah sedeva taciturno in un angolo e beveva succo di frutta con la cannuccia, battendo il ritmo con una mano sul piano del tavolino. Elin centellinava il contenuto di una *cipolla* piena di macerato di sů, una mistura di miele e acqua nella quale era stato fatto annegare un granchio delle sabbie. Yannis sembrava trovare interessanti le proprie mani che stringevano un bicchiere di pazu; ogni tanto ne buttava in gola un sorso e poi sollevava lo sguardo per sbirciare Anouk e Nur, sedute in disparte, che parlottavano fitto tra loro.

Naïma provò a concentrarsi sui pensieri di Yannis e si ritrovò nuda, in un letto sconosciuto, sudata, eccitata, avviluppata a Nur e Anouk, e il suo corpo era quello di un uomo peloso, con la barba. Fu una sensazione talmente vivida da spaventarla, per interromperla si alzò per andare al ramo che fungeva da bancone di mescita. Il collegamento mentale si sfilacciò ma non scomparve del tutto.

Dietro il bancone, E'Lil preparava *misture, intrugli e filtri d'amore*, come recitava il cartello alle sue spalle. La scura, alta, E'Lil le era stata presentata da Sadou al loro arrivo al Keressia. Domandò una mistura uguale a quella che aveva appena bevuto.

Anche Yannis si era avvicinato al bancone.

"E'Lil, amore mio, dammi un'altra delle tue pozioni magiche" disse con enfasi, continuando a guardare Nur e Anouk. "E sposami, se non hai altri impegni."

"Non sarebbe un bell'affare" scherzò l'altra. "Tu hai qualcosa di troppo, io qualcosa di meno."

"È l'incastro. La matematica dell'amore funziona così, ragazza mia."

"Mi riferivo all'istinto materno. Tu hai bisogno di una mamma e io non ho la vocazione."

Posò due calici sul banco, uno davanti a Yannis e uno davanti a Naïma. Naïma avrebbe voluto smentirla sulle esigenze materne del collega, ma si trattenne. Il capitano era arrivata.

Sadou aveva ceduto le bacchette a una ragazza e seguito i compagni in una saletta privata, lontana dal palco e dalla musica. Si erano disposti intorno a un tavolino, gli occhi fissi sul capitano, nella stessa posa in cui Naïma li aveva visti la prima volta che si era recata nell'Acquario.

"Non sono riuscita a parlare con la Medithe" stava dicendo Larissa. "Sabni sostiene che la decisione definitiva l'abbiano presa loro. La commissione, nonostante le critiche del Custode e del capitano, propendeva per una sanzione interna."

"C'è un complotto contro di noi" affermò perentorio Sadou. "E Menes è stato la prima vittima."

"Quale sarebbe il movente?" domandò Elin.

"Sono io" rispose Larissa.

Lasciò loro alcuni istanti per riprendersi dalla sorpresa e continuò.

"Se davvero c'è un complotto, è per allontanare me dalla squadra. Sono stata sospesa anch'io, col pretesto dell'insuccesso del caso Senne. Il clima politico è cambiato. In precedenza avevo il pieno sostegno della Medithe, perciò il Consiglio Superiore era costretto a tollerarmi, ora solo Khamsin è dalla mia parte. Inoltre, due lune fa c'è stata una strage in un bar di Khet, il Palo d'Ormeggio."

Naïma ripose il suo bicchiere sul tavolo e si fece più attenta.

"Gli avventori e il barista sono stati uccisi con un colpo di labrys in testa. Unici accusati: i battesimali. Motivo: la protesta nei confronti del divieto di ricerca genetica sulle cellule umane. Ora, già in passato i battesimali hanno commesso qualche crimine, rapine in piccoli spacci, un colpo di un certo rilievo alla Banca Agricola, nessuna vittima, neppure un ferito. D'un tratto, da rapinatori diventano assassini per motivi ideologici. Non mi convince."

"Stamattina, a khepri, alcuni hedjayu hanno fatto irruzione in un appartamento di Karnak" intervenne Naïma. "Hanno sorpreso nel sonno tre battesimali, responsabili della strage al Palo d'Ormeggio."

"E, guarda caso, tutti e tre sono stati uccisi nel corso dell'azione" aggiunse il capitano, rivolgendo loro un'occhiata eloquente. "Non avremo mai una confessione."

"Che cos'ha a che fare tutto ciò con noi?" interloquì Anouk.

"Al Palo d'Ormeggio è stata uccisa un'hedja. Aveva pressappoco la mia età e la mia corporatura" riprese il capitano. "Quella notte dovevo recarmi proprio lì, per incontrare Khamsin. All'ultimo momento l'appuntamento è stato spostato. Volevano uccidere me."

Naïma rivide l'hedja che aveva incrociato quella notte, subito dopo essere uscita dal Palo d'Ormeggio. In effetti la sfortunata collega somigliava molto al capitano. Un sicario, in possesso di una descrizione sommaria, non avrebbe avuto dubbi a identificare Larissa nell'unica donna in divisa presente all'interno del locale. E ricordò la chiamata di emergenza, così opportuna in quel momento, per allontanare lei e Adad da quella zona e dare il tempo all'assassino di agire.

"Credi che i battesimali siano stati manovrati da qualcuno?" domandò.

"Questo dovete scoprirlo voi" replicò il capitano. "La sospensione può giocare a nostro favore, abbiamo tempo per indagare. A Saqqara si trova la sede religiosa dei battesimali delle Due Terre. Avete conservato gli ankh?"

Tutti sollevarono la croce ansata che portavano appesa al collo, nascosta dagli abiti.

"Vi serviranno" approvò il capitano. "Yannis e Anouk, voi andrete a Saqqara a parlare con Apsu e Lahmu, i capi dei battesimali. Fategli vedere questa e scoprite chi potrebbe averla usata."

Posò sul tavolino una piccola labrys, chiusa in un sacchetto di plais; i sigilli portavano i simboli dell'hedja; sul metallo dell'arma si scorgevano macchie di sangue scuro. Naïma dovette trattenersi dal domandarle come l'aveva ottenuta. Anche destituita, Larissa dimostrava di conservare gran parte del suo potere.

"Capitano, la morte di Menes potrebbe rientrare in questo schema" insistette Sadou. "Se è vero che forze occulte premono per destabilizzare i Sette, l'eliminazione fisica di uno solo di noi è un modo per turbare l'equilibrio della squadra."

"Possiamo portare avanti un'indagine parallela" consentì Larissa. "È bene non trascurare alcuna pista. Sadou, tu e Naïma andrete a parlare con Seshen, Menes potrebbe averle confidato qualcosa prima di morire."

Mise sul tavolo un pacchettino avvolto in carta di riso.

"Portale queste, sono arrivate ieri" aggiunse. Sadou intascò il pacchetto senza fiatare.

Yannis era stato fermato dal portiere, che aveva controllato il contenuto del vassoio coperto, due tazze di lotus caldo speziato e due kifel dolci.

"Vado al quinto" aveva dichiarato, "dalla keme Nur."

Il portiere chiese conferma e lo lasciò passare. Anouk lo attendeva dietro la porta dell'appartamento, già vestita, lavata e pettinata con cura.

"Grazie, che tesoro!" lo accolse lei, togliendogli il vassoio dalle mani.

"Con chi parli?" domandò la voce di Nur, dall'altra stanza.

Senza attendere risposta si era fatta avanti, scalza e in sottoveste di pizzo nero. Yannis accennò un sorriso, lei si bloccò e arretrò senza una parola, poi chiuse la porta della camera da letto.

"Mettiti la vestaglia e vieni a fare colazione" le gridò dietro Anouk, posando il vassoio sul tavolino accanto alla finestra e addentando un kifel.

"Forse dovresti andare da lei" suggerì Yannis.

Con la bocca ancora piena, Anouk raggiunse Nur. La ragazza era seduta sul letto disfatto e si copriva la faccia con le mani.

"È stato uno sbaglio" disse con voce soffocata. "Non ce la faccio, non lo reggo."

"Stai guastando una bella mattina."

"Perché è qui?"

"È venuto a prendermi. Andiamo a Saqqara."

"Per quale motivo?"

"Ah, quanto ti piace fare domande!" sbuffò Anouk. "Avresti dovuto fare tu l'hedja."

Si lasciò cadere sul materasso, accanto a lei, e le carezzò l'interno di una coscia.

"Nur, amore mio, io amo te."

"Parli perfino come lui" rabbrividì Nur, scostandosi.

Anouk si levò in piedi e uscì.

"Andiamocene" disse a Yannis, "sta per arrivare il terremoto." In tre sorsate finì il lotus.

Sulla porta furono raggiunti dalla scarica di imprecazioni di Nur. Una statuina di Neith sfiorò la testa di Yannis e si infranse sullo stipite. Ancora in sottoveste, Nur uscì sul pianerottolo per tempestarli con un lancio di tazze e piattini di porcellana. Senza attendere l'ascensore, Anouk e Yannis si catapultarono giù per le scale.

Yannis aveva legato il *caimano* preso a noleggio al pontile più vicino. Vi saltò dentro, inserì la piastrina di plais nella fessura accanto al timone e mise in moto, Anouk prese posto accanto a lui.

"In passato avrei pagato per vedere due donne che litigavano per me" disse, mentre faceva manovra per allontanarsi dalla banchina. "Quant'è diversa la realtà!"

Si portò al centro del fiume e premette l'acceleratore, sterzando per evitare uno scontro frontale con le imbarcazioni che provenivano dalla direzione opposta.

"Sei contromano" lo rimproverò Anouk. "Mettiti a sinistra."

"Sono questi rottinculo che mi vengono addosso."

"A sinistra" ordinò lei. "Abbiamo già abbastanza grane."

Lui obbedì di malavoglia.

La mattina era tersa, il fiume e il cielo erano tutt'uno, resi gemelli dal medesimo tono di azzurro smaltato. Il *caimano* prese velocità e l'aria calda si trasformò in una piacevole brezza.

"Ti sei comportata da stronza con Nur."

"Ho imparato da te."

"Ma io sono uno stronzo simpatico."

"Nur vorrebbe che ti lasciassi."

"Tu fallo, e io mi getto nel Nilo."

"Non scherzare su queste cose" si rabbuiò lei.

Per diversi minuti restarono in silenzio.

"A Saqqara potremmo andare a trovare Nofret" propose Anouk con malizia.

"Pessima idea" replicò lui. "Quando l'umidità aumenta mi dolgono ancora le costole che mi ha rotto poco prima di partire"

Naïma si sentiva ridicola, ad attendere Sadou davanti alle porte della Sfinge, con in mano la gruccia della divisa azzurro intenso. Il ritorno al Giuncheto non era stato indolore, l'unico felice di rivederla era stato Adad.

Finalmente giunse Sadou, affannato, sudato, i sandali impolverati. Indossava una vecchia uniforme da Ambientale e la luce di Rā si era accanita con particolare ferocia sul tessuto, consumando qualunque traccia di colore.

"Scusa il ritardo" ansimò. "Mi hanno rispedito ai bastioni di Karnak. Cos'hai lì?"

"Stamattina mi hanno consegnato la divisa da Sette."

"Che tempismo!"

"Conosci l'ufficiale che gestisce Dotazioni? Lui non sa nulla di sospensioni e cose simili, lui esegue gli ordini: divisa azzurra, foggia femminile, taglia terza."

"Tienila, ormai sei dei nostri."

Il palazzo era un lussuoso condominio fra Khet e Sokari. Al pianterreno si trovavano i bagni collettivi, la lavanderia e i frigoriferi, sorvegliati da un'accigliata portinaia che salutò Sadou con un deferente inchino.

L'ascensore, una gloriosa purpurea che si arrampicava lungo un'intelaiatura di gomma rigida, affondava le radici nel basamento dell'edificio.

I corridoi interni erano pavimentati di micromuschio, ogni passo era attutito e faceva esalare alle piastrelle verdi un gradevole sentore di erba appena tagliata.

La porta dell'appartamento fu aperta da una cameliera. Naïma, che non ne aveva mai vista una, la studiò con attenzione. La cameliera era un vegetale indipendente dal terreno di coltura. Sfiorava i due metri di altezza, i rami bassi si suddividevano in tre segmenti snodabili e terminavano con mani a sei dita. I fiori, bianchi e profumati, si raccoglievano alla sommità, foggiando un delicato viso di petali, che si chinò verso gli ospiti.

"Riconosce le persone dall'odore" le svelò Sadou.

"Parla?"

"Fruscia, più che altro" rispose una voce femminile dal fondo del salone. "Mentre io parlo e rispondo. Sempre che ci sia qualcuno con cui valga la pena di parlare."

Sadou avanzò fino al centro della sala. Una cortina di teli di lino delimitava un padiglione chiuso ai quattro lati. Il tessuto era spesso, impediva di scorgere la figura umana all'interno ma da lì proveniva la voce.

"Samtà Seshen, ti ho portato una visita."

Naïma lo aveva seguito. Il pavimento dell'abitazione era composto da ciottoli bianchi e piatti fra i quali crescevano ciuffi di violacciocche, margherite e tuberose; le finestre, lunghe e strette, si trovavano sul muro esposto a oriente e lasciavano filtrare una serie di lame di luce.

Nella sala si diffondevano gli accordi lenti di una chitarra, mentre una voce maschile, scura e calda, cantava di rimpianti e abbandono, nei toni mesti della musica del fiume. Il legame isiaco le consentì di riconoscere la voce di Menes, mai sentita prima; era lui a cantare e suonare la chitarra, nell'unica registrazione che era stata fatta al Keressia, durante una serata speciale.

Sadou la presentò alla padrona di casa, Seshen Aset, la vedova di Menes.

"Accomodatevi sui cuscini" li invitò Seshen. "Lia vi porterà qualcosa di fresco."

"Ho una consegna per te" disse Sadou, scartando il pacchetto che Larissa gli aveva consegnato la sera prima.

Fece strisciare la scatola sul pavimento e la passò sotto il bordo delle tende. Le dita di Seshen annasparono in cerca dell'oggetto, simili alle zampe di un insetto deforme.

"Sono medicine di contrabbando, Naïma. Le uniche che rallentino la mia malattia" confessò la donna dall'altra parte dei teli, indovinando i suoi dubbi. "Provengono dalle industrie farmaceutiche di Eleusi."

"Hai una malattia autoimmune?"

"Sì. E la nostra amata Medithe fa di me una criminale."

Naïma si schiarì la gola, esitante.

"Noi invalidi abbiamo l'imbarazzante privilegio di poter dire la verità," aggiunse Seshen, "così gli altri si concedono una dose superiore di compassione."

"Non credo che Naïma ti compatirà, dopo averti conosciuta" ribatté Sadou.

"Forse mi giudicherà antirivoluzionaria, se dico che proibire la ricerca sulle cellule umane è un'idiozia. Ma basta parlare di me. Doppia visita, doppio gazzettino. Cosa accade oltre la mia porta?"

"I Custodi della Rivoluzione hanno presentato alla Medithe una proposta di abolizione del gioco d'azzardo" attaccò Sadou, mentre prendeva il bicchiere di succo d'uva che la cameliera gli stava porgendo.

"Sciocchi puritani" giunse dall'altra parte dei teli. "Le Due Terre non potrebbero sopravvivere senza gli introiti delle case da gioco."

"Sono tornati alla carica anche col decreto Horo."

"L'obbligo per le donne in età fertile di partorire almeno un figlio alla patria? Dovrebbero invece suggerire una severa proibizione all'aumento delle nascite e osteggiare le madri singole, l'indice demografico schizzerebbe alle stelle. Cosa ne pensi, Naïma?"

"Stiamo indagando sulla morte di tuo marito" disse Naïma, infastidita da quel cicaleggio. Sadou le fece gli occhiacci.

"La mia collega voleva dire che sospettiamo qualcosa di poco chiaro nella scomparsa di Menes."

"Sadou, riesco a tollerare la parola *morte*."

"Secondo te Menes potrebbe essere stato ucciso?" continuò Naïma.

Sadou appariva seccato dal tono delle domande.

"Non ci ho riflettuto" rispose Seshen, pacata.

"Aveva paura di qualcosa o di qualcuno, nell'ultimo periodo?"

Naïma continuava a battere sullo stesso punto, convinta che la moglie potesse aiutarli.

"Da qualche luna era silenzioso. Qualcosa lo tormentava. Purtroppo non si confidava più con me come in passato. La pietà allontana. Quando tornava a casa preferiva non soffermarsi troppo sulle vostre imprese, suonava qualcosa alla chitarra, oppure mi leggeva un brano da un testo antico."

La voce al di là delle tende, che fino a quel momento aveva gorgheggiato fresca e limpida, si incrinò.

"Mi stava leggendo *Le mille fonti sigillate*."

"Ti prometto che verrò a continuare la lettura" cercò di rincuorarla Sadou.

Naïma avrebbe voluto proseguire ma il collega si alzò in piedi. Riteneva concluso l'interrogatorio.

Nonostante la padrona di casa non potesse vederlo, Sadou indirizzò al padiglione bianco il saluto hedja, si portò la mano destra sul cuore e poi la rivolse, palma in su, verso le tende. C'era qualcosa di intenso, di profondo in quel gesto: stava offrendo a Seshen il proprio cuore, la propria anima; dedizione, affetto, intelligenza, tutto il suo essere era su quel palmo di mano. Naïma si sentì attraversare dal vago pizzicore di un disappunto.

"Adesso capisco" disse Naïma, una volta usciti dall'appartamento.

"Cosa?"

"Perché sei così convinto che Menes sia stato ucciso."

"Non avrebbe mai abbandonato Seshen. Mai."

"Questo è quello che faresti tu. Forse stai confondendo i tuoi sentimenti con i suoi."

"Io o lui è lo stesso."

Erano usciti dal portone, alla luce abbagliante di Rā. Sadou portò lo sguardo su un punto della strada poco discosto dal palazzo e Naïma entrò nel suo ricordo. Rivide tutto quello che era accaduto dal punto di vista di Sadou, come se lei stessa fosse stata Sadou.

Stava andando a trovare Menes e Seshen, aveva le bacchette di legno d'ebano della batteria infilate nella cintura della gonna, e un mazzetto di spighe e papaveri come omaggio per Seshen. Gli hedjayu avevano circondato la zona antistante il portone col nastro di plais e si erano messi di guardia lungo il perimetro, per dissuadere i curiosi più intraprendenti. Si era radunata una piccola folla, gli occhi di tutti erano calamitati dalla forma nascosta sotto il telo azzurro, che non riusciva a coprire del tutto la pozzanghera di sangue.

"Cos'è successo?" aveva domandato Sadou al giovane piantone. L'altro l'aveva invitata a circolare ma Sadou aveva mostrato l'ankh.

"C'è un morto."

"Posso vederlo?"

Il sergente che dirigeva le operazioni conosceva Sadou. Lo accompagnò al punto di attrazione dell'assembramento, spiegandogli che l'uomo doveva essersi buttato dal tetto del palazzo. Si erano abbassati sui talloni, il sergente aveva sollevato il drappo azzurro. Il volto di Sadou era rimasto impassibile mentre l'altro aveva distolto lo sguardo. Le mosche ronzavano.

Una volta, da bambino, aveva visto un vitello schiacciato da un masso precipitato durante un terremoto. Ma la poltiglia sanguinolenta sul terreno non era un vitello.

Era Menes.

Sadou aveva aperto le mani, il mazzetto di papaveri era caduto a terra, Rā si era eclissato e il mondo con lui.

Il dolore svegliò Sirah.

Non era ferito, né malato, eppure qualcosa gli rodeva lentamente le ossa producendo una tensione fisica insopportabile.

Aprì gli occhi. Elin era al suo fianco, distesa sulla schiena. I corti capelli argentei le si erano incollati alla testa per il sudore, dormiva ancora ma ansimava, la bocca semiaperta, alla ricerca d'aria. Muovendosi con cautela, Sirah le sollevò il cuscino e vi mise sotto il proprio, subito Elin prese a respirare più lentamente. Da un ripiano prese uno spruzzatore di vetro e vaporizzò attorno al viso di lei una nuvola di oppio.

Mangiucchiò svogliato un avanzo della cena, si gettò l'asciugamano su una spalla e andò al bagno pubblico del quartiere. Le stanze piastrellate e le vasche piene d'acqua tiepida gli ricordarono che sapeva dove trovare il rimedio alla sofferenza di Elin. Rientrò in casa, controllò che lei fosse tranquilla, le lasciò due righe scarabocchiate con lo stilo sulla busta di carta della friggitoria e uscì.

Il mercato di Dendera possedeva due livelli di merci e di compravendita. Al primo livello, quello del passante distratto, si vendevano frutti, ortaggi, piccoli animali scuoiati, cavallette da friggere e afidi da dessert; vasi di coccio, stoffe tessute ai telai casalinghi, profezie basate sul nome personale e unguenti odorosi.

Il secondo livello si trovava al di sotto delle bancarelle, nascosto dai teli che coprivano i piani di vendita superiori. Una piccola mano grinzosa sbucava da sotto la bancarella e afferrava il cliente per la tunica. Un nanerottolo, alto un cubito, si affacciava da uno strappo nel telo e proponeva al cliente pesce del Mare-di-Sotto, oppure vegetali non modificati, ampolle contenenti profumi mortali, teche di plais trasparente rubate dalle Rimembranze, pronte per essere riutilizzate, pugnali, frecce, tirapugni di metallo, serpenti vivi con la coda a forma di fallo umano e quant'altro non poteva essere commerciato alla luce di Rā.

I clienti potevano rifiutare o mostrare interesse, nel primo caso il venditore raggrinziva fino a sparire sotto il banco, nel secondo indicava il prezzo sollevando alcune delle sue molteplici dita.

Sirah oltrepassò il mercato, rasentò un gruppo di giovani che tenevano un comizio, uno di loro, truccato da palma, il corpo rivestito di corteccia, la testa coperta da fronde di velluto, restava immobile su uno sgabello.

"Noi dobbiamo fare come la palma" declamava un ragazzo. "Vivere di luce e d'aria nel posto che Rā ci ha assegnato, fieri, verdi, maestosi!"

"Essere stanziali è nella natura dei kemei" gli faceva eco una ragazza. "Avvicinatevi e firmate, perché le Due Terre rimangano nel loro territorio. Una firma?"

La ragazza aveva allungato lo stilo a Sirah e lui, confuso e lusingato, come sempre gli capitava quando una fanciulla gli rivolgeva la parola, si trattenne per firmare sul libro di lino la petizione a favore degli Stanziali.

"Fermezza contro il deserto" gridava intanto il ragazzo. "Non fuga! Noi chiediamo opere pubbliche che trattengano la sabbia."

Sirah si lasciò alle spalle la caotica piazza e s'infilò nel vicolo delle *petrose*, i cui muri laterali erano percorsi da una serie di fori scavati nelle sottili pareti di mattoni crudi. Da alcuni buchi più larghi si protesero le mani tentatrici delle *petrose*, Sirah scivolò via con facilità, al bagno si era unto d'olio apposta. A metà della strettoia incocciò un uomo appiattito contro il muro, la veste sollevata, la faccia contratta dalla sofferenza.

"Ehi keme, senti, aspetta, fermati, avresti due deben?"

Sirah fu costretto a fermarsi, la presenza dell'uomo gli ostruiva il passaggio.

"Ti prego, due deben, non ce la faccio più e questa troia non mi molla."

Comprese subito cos'era accaduto, l'uomo aveva pagato, infilato l'uccello nell'apertura della *petrosa* ma non era stato abbastanza veloce a ritirarsi dopo l'eiaculazione, la fessura si era ristretta e lui era rimasto imprigionato.

Si frugò in tasca, inserì i due deben nella crepa accanto all'uomo.

"Rā ti benedica!" proclamò, recuperando il proprio arnese con un sospiro di sollievo.

"Le *petrose* sono per gli svelti" lo prese in giro Sirah.

Scese i gradini che conducevano alla zona degli spogliatoi, in cerca di Manganello. Lo trovò alle prese con un uomo che sbraitava stizzito.

"Ho pagato! Pagato! Certe cose non devono accadere!"

"Te ne mando subito un altro" rispose Manganello. Vide Sirah e per un attimo sul suo volto affiorò una luce maligna.

Con un gesto chiamò un ragazzino dalle guance tonde, che attendeva imbronciato in piedi contro il muro, gli sussurrò qualche breve disposizione all'orecchio e gli affidò l'uomo pagante. Il ragazzino lo prese per mano e si allontanarono verso uno degli spogliatoi chiusi da tende.

"Uff" sbuffò Manganello. "Che fatica contentare la gente. To', guardali, sembrano padre e figlio."

"Magari lo sono pure" aggiunse Sirah.

Gli occhi dell'amico scintillarono divertiti.

"L'hedja ti ha coobato il ka, bella maschietta. Anche noi da passerotti ci facevamo spampinare dai priapi."

Sirah rimase incerto se rispondere, andarsene o minacciarlo di una denuncia per sfruttamento della prostituzione, aggravata dalla pratica contronatura. Manganello gli strizzò il pacco attraverso il gonnellino e fissandolo dritto negli occhi domandò:

"Allora, quale scaturigine ti ruma fin qui?"

"Mazut."

"Abbiamo dovuto raddrizzare la sconciatura, i tuoi compari tonchi mi hanno sfilacciato torno torno, però ho zonzeggiato una bella quantità di mazut" spiegò Manganello.

"Ti è andata di gaza" replicò Sirah. "Potevano farti sanificare questa nestaia di yersinie."

Dopo aver rifornito l'amico di un buon numero di *cipolle* piene di mazut, si erano spostati nell'area aperta del bagno e camminavano sotto gli archi di pietra che circondavano le piscine. Una piacevole brezza da ovest li rinfrescava.

"Ancora kefer" disse Manganello, levando una mano ed esponendola al vento. La pelle abbronzata si coprì in pochi secondi di una patina di sabbia bianca, fine come polvere.

"Dovresti mettere i filtri."

Sirah gli indicò lo spazio vuoto al di sopra delle piscine. Nei bagni, in genere, la zona esterna era protetta da una tettoia di garza che impediva alla kefer di contaminare l'acqua.

Manganello rispose con un'alzata di spalle.

"Sabir che l'hedja ti avrebbe sgretolato. Dovevi tornare da noi, noi siamo la tua bresca."

"Affabuli cantonate. L'hedja mi ha preso in paranza."

"Ecco un lattonzolo inzuccato di te, ripetilo a lui" sorrise Manganello, accennando col mento a qualcuno che giungeva alle spalle di Sirah.

Il ragazzo si voltò e vide Pestello, irriconoscibile rispetto alla figura macilenta che annunciava l'arrivo di cigni immaginari, seduto sulla propria merda, nella cantina del bagno. Il corpo di Pestello era scintillante di pagliuzze dorate, il pene chiuso in un astuccio d'oro che lo faceva apparire più lungo e più grosso, i capelli sbiaditi dalla tintura a base di ossigeno. Era la divisa di lavoro del casino dell'Ippopotama, che offriva *fanciulli e fanciulle d'oro a clienti d'oro*.

"Samtà sirenoide" lo salutò il vecchio amico, palesemente emozionato.

"Samtà" rispose Sirah, restando sulle sue.

"Vado a incartarti le *cipolle*" sogghignò Manganello lasciandoli soli.

"Sabir che sei impantanato col mazut" lo attaccò Sirah.

L'altro si avvicinò di due passi.

"Sirah, mia sottigliezza, possiamo ancora cadere in sintropia."

"Io sono purgato da molti anni" si alterò Sirah.

"Che depentolata! Ho cognizione rovescia. Fai il paredro di una vecchia quaglia."

Sirah vide sulla faccia laminata d'oro di Pestello l'ostinazione per l'amore passato ed ebbe paura di una scenata di gelosia.

"Stai rivettando le notizie in modo pinco" si difese.

"La quaglia è forse il tuo ostio d'origine? Troppo antica. È l'ostio del tuo ostio? Strologheria. È una cibele qualunque e tu coribanteggi per lei."

"Potresti tenerti in parallasse fra noi e l'hedja" insinuò Manganello, ricomparso silenzioso alle sue spalle. Allungò un braccio da dietro e gli fece dondolare davanti agli occhi un paniere di giunco. Le *cipolle* spuntavano dall'orlo.

Sirah afferrò il cesto, abbassò il coperchio e sgusciò di lato, per sottrarsi ai compagni.

"Noi da ragazzi eravamo liberi" disse. "Liberi! Se ci servivano i deben davamo il culo o rubavamo qualcosa, nessuno ci obbligava a spalancare le chiappe a comando, o a infilarlo alle quaglie paganti" si volse a Pestello, sottolineando l'ultima frase.

"Bella cicalata" lo schernì Manganello. "Ma anche tu ti fai mantenere dalla vecchia quaglia, caro palamidone."

"È l'unico tipo di legame che riuscite a concepire. Gerbidi!"

Tepnuf, il capo della sicurezza della Casa dei Giunchi, scortò Larissa fino alla stanza dell'Eccelso Pilastro. La porta dell'ufficio era spalancata, all'interno si trovava una delegazione di agricoltori, i larghi cappelli di foglie di mais sottobraccio, uomini e donne dalle teste rasate, scuriti da Rā, raggrinziti da una vita di fatiche. I loro rappresentanti si toglievano la parola a vicenda. Una donna raccontava come le barriere naturali di paglia, a protezione dei campi, fossero state abbattute dal vento desertico e di come la sabbia avesse invaso i terreni e ucciso le coltivazioni di mais. L'altro si lamentava per la soppressione delle Rimembranze e chiedeva il rispetto della memoria dei loro morti.

Larissa attese in piedi, accanto allo stipite. I visitatori avevano l'accento caratteristico dell'alto Nilo, di sicuro provenivano da Syene, dove di recente c'erano stati alcuni disordini. Il Servitore del Popolo, Sit-Hathor-Yunet, seduta dall'altra parte della scrivania di legno morto, ascoltava paziente, di tanto in tanto faceva qualche domanda per farsi chiarire un passaggio. Due segretari stenografavano ogni parola usando piccole aracne portatili.

Sit non promise nulla ma riuscì a far credere loro che le cose sarebbero cambiate. La delegazione uscì, seguita dai segretari, Tepnuf introdusse il capitano dei Sette.

Larissa accostò i battenti dietro di sé.

"Non mi piace tenere la porta chiusa" dichiarò subito Sit. "Quando mi sono insediata ho promesso che sarebbe rimasta sempre aperta."

"Sono lieta di vedere che hai mantenuto la promessa."

Era rimasta in piedi, Sit non l'aveva invitata ad accomodarsi.

"Esponi, ti ascolto."

"Si tratta dei Sette."

"Naturalmente."

"Non voglio fare appello alla necessità della loro opera, né voglio ricordarti le anime innocenti che sono state recuperate dai Sette. Vorrei solo che tu ragionassi a mente fredda sull'accaduto."

"La Medithe ha preso la sua decisione."

"Sono pronta a revocare tutte le libertà e i privilegi concessi alla squadra, li trasformerò negli hedjayu più seri e rispettosi della Sfinge."

"Non vuoi capire." Sit scosse la testa .

Larissa tacque un istante, quindi riprese a parlare.

"Perché proprio adesso? Perché mi metti i bastoni fra le ruote proprio in questo momento?"

"Tu neppure immagini cosa sono costretta a escogitare, ogni rē, per far sopravvivere questo paese."

"Governo provvisorio" disse Larissa, abbassando la voce. "Eravate provvisori da una luna e già stavate decidendo di essere indispensabili in eterno."

"Sei andata via di tua iniziativa."

"Vi siete trasformati in burocrati."

"Bisogna avere il coraggio dei compromessi, Larissa. Togliti quello sguardo di commiserazione dalla faccia, non ho svenduto i nostri ideali, li ho messi in pratica."

"Sei convinta di dominare il potere e non ti accorgi che il potere ti sta facendo camminare lungo sentieri pieni di fango. Ci sono molti modi di esercitare l'autorità."

Sit ebbe un moto di stizza con tutto il corpo.

"Sussurrare nell'ombra? Occultarsi dietro le sedie del comando e da lì consigliare, incitare, blandire, minacciare? Nascosta, invisibile, odiata perché subdola, maestra di doppiezza e di sotterfugi?"

"Continuo a non capire perché mi ostacoli."

"Larissa, tu vivi in una realtà che non corrisponde al mondo reale. La situazione politica delle Due Terre è cambiata, perciò la politica deve cambiare. Al di fuori della realtà non si fa politica. Hai trascorso troppo tempo a occuparti dei morti, senza accorgerti che i vivi sono mutati."

Larissa rimuginò per alcuni istanti le ultime parole di Sit.

"Che cos'ha a che vedere tutto ciò con i Sette? Dimmi piuttosto che mi intralci perché sai che sono Movimentista, mentre tu e Ahmose siete Stanziali."

"I Sette sono un anacronismo. Il Movimentismo conduce alla guerra, vuoi devastare le Due Terre?"

"La devastazione mette da parte le cose per fare spazio al nuovo."

Sit sollevò gli occhi al cielo.

"Eri cocciuta anche da bambina."

Si erano seduti sotto il telo liso di una chiatta ancorata lungo il fiume, il ponte di legno di palma era lucido di grasso e costellato di lische di pesci d'acqua dolce.

Sadou le aveva assicurato che, nonostante le apparenze, si mangiava bene, e dal fiume proveniva la frescura sollevata dalla brezza. Andò in bagno e quando ritornò al tavolo Naïma gli annunciò:

"Ho ordinato anche per te."

"Ho gusti difficili."

"Aspetta e vedrai."

Rimasero in silenzio a contemplare il confine azzurro tra cielo e acqua. Da bambina Naïma si chiedeva come mai i due elementi, tanto simili nel colore, non si mescolassero, generando un cielo liquido, un'acqua aerea. Pensieri che risalivano al tempo in cui accompagnava i nonni a Nekhen, una volta l'anno, per acquistare semi da piantare, barbatelle e fertilizzanti.

Dov'era finita quella bambina piena di fantasia? I bambini muoiono. Muoiono sempre, anche quando restano vivi.

"Sei ancora tormentata dalla morte di Senne" disse Sadou.

"Abbiamo preso gli esecutori, ma i mandanti ci sono sfuggiti."

"I mandanti, se sono stati veramente i mitriaci, sono gente molto pericolosa."

"Hai paura, Sadou?"

"Certamente. Ne ho paura perché li conosco."

Naïma soppesò quell'affermazione ambigua. Poteva voler dire che li conosceva in quanto tjemhu e anche che li conosceva perché adepto egli stesso.

La cameriera portò i vassoi.

"Proprio quello che desideravo" si sorprese Sadou.

"Legame isiaco" rispose Naïma tutta soddisfatta.

Iniziarono a mangiare.

"Avrebbero potuto ucciderti" riprese lei "e invece si sono limitati a legarti in quel modo complicato."

"I seguaci di Mitra amano i simboli, i gesti magniloquenti, tutto ciò che è scenografico. Possono fare il male e possono fare il bene."

"Volevano ricordarti che sei legato a loro?"

Lui socchiuse gli occhi color miele e poi, inaspettatamente, scoppiò a ridere.

"Per quanto mi riguarda, non sono interessato ad alcun gruppo, né piccolo e mitriaco, né grande e rivoluzionario."

"Hai paura anche di Kheru? Alla fin fine è colpa sua se il figlio è morto."

"Non siamo certi che sia mitriaco."

"Chiediamoglielo."

Il padre di Senne fece fare un bel po' di anticamera a Naïma e Sadou, infine il segretario particolare li accompagnò dentro l'ufficio. Kheru sembrava molto impegnato, ma quando sollevò la testa dai progetti che stava esaminando i suoi lineamenti rivelarono che la morte del figlio aveva scavato dentro di lui fino a raggiungergli il cuore.

"Che cosa posso fare per voi?"

"Abbiamo trovato gli esecutori materiali del delitto" gli comunicò Sadou.

"Ormai... non servirà a restituirmi mio figlio."

"Possiamo comunque ottenere giustizia" affermò Naïma con decisione. "Il tuo giardiniere ha complottato con la bambinaia per avvelenare Senne. Poteva avere qualche rancore nei tuoi confronti, ma perché prendersela con un bambino?"

Kheru si mise sulla difensiva.

"Avreste dovuto chiederlo a loro."

"Siamo arrivati tardi" intervenne Naïma. "Qualcuno ha cercato di trattenerci alla diga di Syene."

"Vi ho già detto che non ho nemici."

"A volte bisogna temere più gli *amici* che i nemici" ribatté Sadou.

L'altro si irrigidì ulteriormente.

"Io... ho molti buoni amici."

"Ne sono certo, e non abbandoneresti mai *gli amici*, dico bene?"

Nonostante l'aria della stanza fosse fresca, la fronte di Kheru iniziò a luccicare per il sudore.

"Quando gli amici si trovano in difficoltà sono pronto a fare tutto quello che mi chiedono, come un bravo soldato."

Fece strisciare la mano destra sul piano della scrivania, protendendo le dita sopra i fogli di un progetto. Sadou si ritrasse.

"Grazie per la collaborazione, keme Kheru."

"Quale collaborazione?" protestò Naïma mentre ritornavano al *caimano*. "Non ci ha detto nulla."

"Ha detto moltissimo, invece. Ha creduto che anche noi fossimo mitriaci, venuti a rammentargli di rigare dritto. Soldato è il terzo grado di iniziazione mitriaca."

"Ci sono mitriaci tra gli hedjayu?"

"Ti meravigli? I mitriaci occupano i posti chiave di ogni città, a qualunque livello, pronti a venire incontro alle necessità di un amico. Puoi avere bisogno di un hedja comune come di un alto funzionario."

"E sono tutti disposti a uccidere, per compiacere gli amici?"

"Se non obbedisci alla richiesta di un amico, ti ritrovi licenziato dal posto di lavoro. Il padrone di casa ti sfratta, oppure ricevi la visita dei ladri ogni rē e ti portano via tutto, il cibo, i vestiti, i sandali. Se presenti una denuncia, l'hedja non le dà seguito. Se vuoi andartene, se ti converti a un'altra religione, ti rapiscono la moglie o un figlio e te li ridanno un pezzo alla volta."

Si fermò e si morse il labbro. Gli era venuta un'idea ma sembrava combattuto.

"C'è qualcun altro a cui possiamo rivolgerci. Un uomo di nome Ser Khyper."

La pallina tracciò nell'aria un perfetto arco invisibile, ricadde sulla sabbia rosa, rimbalzò una sola volta e rotolò lungo una pendenza impercettibile, per arrestarsi a pochi decimi di cubito dalla buca, segnalata con una bandierina viola.

Il pubblico applaudì con discrezione. La giocatrice restituì la mazza appena usata al caddy e il ragazzo le passò un nuovo ferro. Si posizionò di fianco alla pallina, bilanciando il proprio peso sui piedi, il pubblico trattenne il fiato, la ragazza diede un lieve colpetto alla palla, che s'incamminò verso la buca con sferica dignità. Ploc. Il giubilo esplose con un gran battimani e piccole grida, la giocatrice sorrise, il caddy sorrise, anche Sadou non poté fare a meno di sorridere e applaudire.

"Due soli colpi per un par quattro" spiegò a Naïma. "Soltanto una campionessa come Gaial Gadrisse può farlo."

"È uno sport snob e inquinante."

"Chi non lo pratica non può capire" obiettò lui. "Richiede concentrazione, controllo e silenzio."

"Fossi nella Medithe lo abolirei per legge. La sabbia artificiale è malsana, i gabbiani che fanno ombra alla zona di gioco sono sottoposti a ore di volo statico, le aree utilizzate sono troppo vaste. Sapevi che i granellini rosa finiscono per essere trasportati dai venti e sparsi nel deserto? Sono state trovate..."

"... intere dune formate da sabbia artificiale. Lo so. Però la Medithe è ben contenta dei turisti che vengono per veder giocare i campioni. Fra alberghi, viaggi organizzati e manifestazioni di contorno, c'è un flusso di capitali che tu neppure immagini."

"Immagino, immagino. Non strisciare i sandali, non voglio respirare polvere di idrocarburi."

Sadou puntò verso una comitiva di spettatori staccata dal gruppo principale. All'ombra di piccole palme sorrette dai domestici, comodamente seduti su scranni di legno morto, imbottito e rivestito di seta d'importazione, cinque uomini e due donne seguivano la partita con annoiato piacere. I loro corpi erano fasciati di tessuti preziosi e lamine d'oro filato, che il riflesso della luce sulla sabbia faceva splendere di rosei bagliori.

L'uomo più anziano della compagnia, al vedere Sadou, si alzò e gli si avvicinò a grandi passi, inseguito dal servo, che faticava a mantenerlo nel cono d'ombra della palma.

"Samtà, figlio mio" disse, spalancando le braccia e abbracciandolo.

Naïma lo riconobbe subito, sebbene fosse appesantito e ingrigito dagli anni: era l'uomo a cui il padre di Sadou aveva stretto la mano. L'uomo a cui i suoi genitori l'avevano "dato in pegno" da bambino, per suggellare l'alleanza mitriaca.

"Samtà, Ser Khyper" rispose Sadou, mantenendosi impettito.

"È passato troppo tempo dall'ultima volta che ci siamo visti" lo rimproverò il vecchio, posandogli una mano sul braccio, come per sincerarsi che Sadou fosse davvero lì, in carne e ossa.

"Naïma, la mia collega" la presentò Sadou. "Siamo qui in veste ufficiale."

Ser Khyper le rivolse un inchino, fece un cenno al servo e lo rimandò indietro.

"Cosa ti conduce da me, pietra preziosa?"

Il vecchio guardava e riguardava Sadou con gli occhi di una madre desiderosa di compiacere il suo pupillo, ricomparso dopo una lunga separazione.

"Conosci un uomo di nome Kheru Kasekhenui?"

"Sì, certo, gli ho commissionato alcuni progetti per la mia società immobiliare. È una persona perbene."

"Suo figlio è stato assassinato."

"Che orrore."

"Quattro lune fa Kheru ha fatto domanda di un visto per l'espatrio. Voleva lasciare le Due Terre insieme alla famiglia" raccontò Sadou. "Purtroppo la sua richiesta è finita nelle mani sbagliate."

"La Rivoluzione non vuole che i suoi figli migliori si allontanino" sottolineò Ser Khyper.

"Anche Mitra ha in odio coloro che spezzano la sacra alleanza. Perciò gli adepti decidono di punirlo e ordinano a un seguace di nome U'Sen di uccidere il piccolo Senne, l'unico figlio di Kheru."

"Sadou," lo interruppe Ser Khyper "Mitra è il dio dell'amore, tu dovresti saperlo meglio di altri. È impossibile che un iniziato si presti a un atto così turpe."

"Io e Naïma abbiamo inseguito gli assassini del bambino sino al confine col Kush, ma due mitriaci ci hanno preceduti e li hanno sgozzati."

Il vecchio scosse la testa.

"Tu stesso hai abbandonato Mitra e sei ancora vivo."

"Io ho avuto il buonsenso di trovarmi occupazioni inutili."

Sadou si stava irritando mentre Ser Khyper si manteneva pacato, ma sotto l'aspetto bonario celava una leggera irrisione nei confronti del figlio adottivo.

"Eh, tu promettevi meglio di tanti altri. Potevi assurgere al titolo di Padre, ne avevi le qualità morali."

"Erano quelle immorali che mi mancavano."

"Sono rimasto veramente dispiaciuto dall'apprendere che la Medithe ha deciso di sospendere la squadra Sette" continuò il vecchio in tono mellifluo. "Mi auguro che il Consiglio Superiore non stia attuando una ristrutturazione politica, luce dei miei occhi. In passato i Custodi della Rivoluzione si dedicavano con accanimento all'*estirpazione delle male erbe*, in sostanza l'hedja licenziava gli hedjayu schierati dalla parte sbagliata."

"Noi siamo schierati dalla parte della giustizia" rispose Naïma.

"La giustizia è una bandiera che sventola nel deserto. Se ti dovessi trovare in difficoltà o senza lavoro, non esitare a venire dal tuo vecchio, gemma del mio cuore. Io sono tuo amico, gli amici si vedono nel momento del bisogno. Lo dico anche per te, signora" continuò volgendosi a Naïma. "Le persone intelligenti riconoscono sempre da quale parte conviene mettersi, quando il vento gira, per non finire ricoperti di kefer."

Sadou fissava il bicchiere davanti a sé. Sul fondo era rimasta una macchia ambrata di rum.

"Da bambino credevo fosse la migliore persona di questa terra. Mai ricevuto una parola dura da lui, mai una punizione che non fosse meritata. Mi sembrava un uomo giusto. Mi vergogno di ammetterlo ma io... io lo veneravo."

Si erano fermati in uno dei molti chioschi che punteggiavano il lungonilo, una baracchetta ombreggiata da foglie secche di palma e sgabelli di legno morto, roba prerivoluzionaria. Naïma, seduta dall'altra parte del sudicio bancone, una guancia appoggiata alla mano, la testa leggera come un palloncino, gli riempì il bicchiere di rum dalla piccola caraffa e rabboccò il suo.

"Da bambini abbiamo bisogno di idoli. Per fortuna quando cresciamo li buttiamo giù."

Il liquore era di bassa qualità, poco invecchiato e aromatico, ma abbastanza alcolico da coprire le loro frustrazioni.

"Isefet!" borbottò Sadou con voce impastata. "Sono stati loro, gliel'ho letto in faccia. Ser Khyper colpisce sempre negli affetti. Mira al cuore, mi diceva da bambino, e distruggerai l'avversario."

"Anche lui ha il suo punto debole."

Sadou sollevò la testa e parve risvegliarsi dal torpore alcolico.

"Alle Attese ti ha voluto ricordare che sei ancora legato a lui. E lui a te. Per questo i suoi sicari non ti hanno ucciso."

Sadou vuotò il bicchiere guardando fisso davanti a sé.

"Se Judith fosse vissuta avremmo potuto incastrarli. Il processo contro due assassini sarebbe diventato un'accusa per tutti i mitriaci."

"I Sette non sono abituati a essere sconfitti" disse Naïma. "Nel Giuncheto ho vissuto situazioni simili quasi ogni rē. Arresti qualcuno, sai che è colpevole, e devi rilasciarlo per mancanza di prove. Oppure lo cogli sul fatto, ma viene assolto perché può permettersi un avvocato che trova cento cavilli in suo favore. Benvenuto nella realtà, Sadou. Kheru non testimonierà mai contro gli amici e ci mancano prove tangibili del coinvolgimento dei mitriaci. Torniamo a fare gli hedjayu."

In prossimità dei bastioni del presidio di Karnak, Naïma rallentò l'andatura del *caimano*.

Il canale su cui stavano navigando sfociava negli acquitrini della piana di Behdet. Gli alti tifeti ondeggiavano al vento desertico e nascondevano gruppi di trampolieri che, a intervalli irregolari, facevano sparire la testa sott'acqua. Un'ordinata serenità spirava tra i loti aperti, sulle cui foglie piatte saltellavano le giovani rane.

Sadou rovistò in uno scomparto del *caimano* e trovò un binocolo. Lo puntò verso l'orizzonte, regolò il fuoco delle lenti, poi lo passò a Naïma.

La catena lontana delle dune le apparve molto vicina, distinse la morbidezza sabbiosa dei pendii, la doratura intensa del versante illuminato da Rā, le gole in ombra, le cime, simili a vertebre di serpenti in movimento, che declinavano sinuose verso la palude.

"Quando il kefer soffia per molti rē nella stessa direzione, si formano le barcane a serpentina. Sono uno spettacolo ineguagliabile."

Lei sorrise. Gli entusiasmi di Sadou avevano sempre qualcosa d'infantile e di coinvolgente.

Accelerò per infilarsi in una diramazione del canale che conduceva sotto la fortezza degli Ambientali. Da quegli spalti gli hedjayu sorvegliavano la palude dai cacciatori di frodo e da quelli che tentavano di rovesciarvi dentro scorie inquinanti, come accadeva ai tempi della Dinastia.

Una saracinesca di plais sbarrava l'accesso alla darsena interna. Sadou trasmise la parola d'ordine con l'aracne di bordo e la chiusa si sollevò.

Naïma bordeggiò lungo la banchina e si fermò accanto alla scaletta.

"Be', ci sentiamo" borbottò, improvvisamente dispiaciuta di vederlo andare via.

Lui le fece un cenno con la testa, salì due gradini, poi si voltò, frugandosi in tasca.

"Quasi me ne dimenticavo..."

Le lanciò un libriccino e lei lo prese al volo. Guardò la copertina, era un kauja tripla k.

"In ritardo, hedja Sadou" lo accolse il sergente sugli spalti.

L'aveva osservato arrivare col *caimano* in compagnia di Naïma, e seguito con occhi furenti mentre saliva alle postazioni di controllo.

"Ho preso un permesso" rispose Sadou.

"Hai chiesto due ore, ne sono trascorse quasi cinque. Ti farò detrarre le ore in più dalla paga."

Sadou si mise sull'attenti, rassegnato, e gli rivolse il saluto.

"Sento un forte odore di alcol provenire dalla tua persona. Hai bevuto in servizio."

Sadou restò in silenzio.

"Due rē di consegna per condotta indecorosa."

Replicò il saluto, stava per girarsi e andarsene quando l'altro lo fermò per la terza volta.

"Sei frettoloso nei confronti dei superiori. Quattro rē di consegna per atteggiamento irrispettoso."

Sadou strinse la mascella e continuò a tacere.

"È finita la pacchia per i Sette."

Saqqara comparve all'improvviso dopo un'ansa del fiume. I palazzi spingevano la loro mole fin sull'acqua, su ognuno svettava una foresta di antenne dritte e lunghe, simili a canne cresciute su giardini pensili.

Anouk consultò sull'ostrakon la pianta della città e diede le indicazioni a Yannis per raggiungere il centro attraverso i canali, fin dove gli argini consentivano il passaggio del *caimano*. Attraccarono a un ormeggio autorizzato, segnalato da un grande ibis di plais rosso acceso. Avevano appena messo piede sul pontile e stavano legando il *caimano* a una bitta, quando si ritrovarono avvolti da una nuvola di semi alati.

"Sono del movimento per il Movimento" trillò un ragazzo vestito di bianco. "È tempo che le Due Terre prendano coscienza."

Anouk scoppiò in una raffica di starnuti e colpi di tosse.

"Se non sparisci, ti faccio prendere coscienza del mio sandalo sul culo."

Yannis mostrò i pugni al Movimentista, quello indietreggiò ma non si perse d'animo e gettò una seconda manciata di semi.

Con uno scatto felino Yannis gli allungò una sberla tanto violenta da farlo girare su se stesso.

"Ti piace il movimento? Muoviti!" ringhiò, mentre appioppava un calcio alle terga del ragazzo, facendolo cadere in ginocchio.

"Chiedigli dove possiamo trovare la comunità dei battesimali" disse Anouk, coprendosi il naso con un fazzoletto.

Yannis artigliò i lunghi capelli neri del Movimentista e gli sollevò la faccia da terra.

"Dove si trovano i battesimali, fiore di cardo?"

"Aa... all'Aiuola" balbettò l'altro. "Dritti da quella parte, la pri... prima svolta a destra."

"Bravo, hai fatto qualcosa di utile per le Due Terre" e gli batté con forza una mano sulla guancia, arrossata dal precedente schiaffo.

Le abitazioni dell'Aiuola erano circondate da un muro alto cinque metri, irto di acacie spinose. L'unico accesso era una grande porta trapezoidale, sormontata dal simbolo della labrys, scolpito in rilievo sul frontone. Ai lati della porta due hedjayu controllavano i documenti di chi entrava e usciva. Anche Yannis e Anouk dovettero sottoporsi all'ispezione.

"Come mai questo quartiere è isolato dagli altri?" domandò Anouk.

"Misura precauzionale dell'Agrimensore di Saqqara" rispose una delle giovani sentinelle. "Nessuno può uscire dall'Aiuola prima di khepri, nessuno può rientrarvi dopo atum. Proteggiamo i battesimali."

Yannis e Anouk si scambiarono un'occhiata scettica.

Il quartiere era piccolo per la sua popolazione, le case tondeggianti parevano sdoppiarsi e moltiplicarsi in bolle più piccole, collegate fra loro, troppo fitte e troppo vicine; le piazze erano pressoché inesistenti, le costruzioni talmente alte che le strade risultavano buie, il selciato esibiva una spessa patina di muschio e l'aria era appesantita da miasmi nocivi.

La casa dei capi della comunità possedeva una corte interna, alla quale si accedeva da un arco di trachite rossa, su cui spiccava un cartello con i glifi dell'acqua e dello scarabeo e la scritta: APSU E LAHMU – FORNITURE IDRAULICHE.

Al loro ingresso una bambina con i capelli fulvi, intenta a scrivere su una tavoletta, sollevò la fronte. Portava una labrys tatuata fra le sopracciglia.

"Chiama i tuoi genitori" le ordinò Anouk.

La bambina corse dentro casa, Yannis prese in mano la tavoletta, un pannello gommoso sul quale era attaccata una piccola mantide verde smeraldo. Picchiettò con l'indice sul dorso dell'insetto e la mantide scrisse due punti sulla superficie morbida, usando la punta di una zampa.

"Samtà, cari ospiti" li salutò una voce maschile. "Divertente, vero? L'ho inventato io per rendere piacevole l'apprendimento della scrittura alla mia bambina."

Apsu era un uomo ancora giovane, alto, colorito, sorridente, la sua larga faccia e i suoi occhi luminosi ispiravano simpatia; anche lui aveva una piccola labrys color ocra tatuata sulla fronte.

"Per noi imparare a scrivere è una tradizione. Purtroppo alcuni smettono di esercitarsi e perdono l'abilità tecnica, altri invece si appassionano talmente che finiscono per scrivere di tutto, perfino storie inventate."

Strizzò un occhio con fare complice.

"La nostra religione ci impone di scrivere soltanto la verità."

"La verità è proprio quello che ci interessa" interloquì Anouk, mostrandogli l'ankh. "Apparteniamo alla squadra Sette e stiamo svolgendo un'indagine su alcuni fatti accaduti a Nekhen."

"I Sette? Quale onore!" si animò Apsu. "Venite, nel mio laboratorio staremo più comodi."

Gli fece strada oltre la tenda di perline di vetro che chiudeva l'ingresso. Attraversarono un corridoio buio e fresco, guidati dalla voce del padrone di casa, che continuava a parlare..

"Battesimali e Sette condividono gli stessi ideali. L'ultimo nemico a essere sconfitto sarà la morte, dicono le Scritture."

Sbucarono in un ampio locale, illuminato da finestre a feritoia e arieggiato da centinaia di foglie di palma che oscillavano dal soffitto di canne intrecciate.

"Questa è la mia modesta officina."

Lunghi tavoli di pietra occupavano la stanza in file parallele; sui piani si trovavano attrezzature degne del miglior laboratorio di biologia. Al loro ingresso uomini e donne in camice bianco, chini sui microscopi, sollevarono a malapena gli occhi. Su ogni fronte era impressa una labrys.

"I nostri animaletti sono molto richiesti. Questi sono subphylum incrociati con dynastes hercules." Apsu indicò una ventina di grossi scarabei viola, chiusi dentro una scatola di plais trasparente. "Riescono a trovare e riparare una falla nelle condutture dell'acqua in poche ore."

Gli animali si muovevano in modo caotico, salendo gli uni sopra gli altri, in un impossibile tentativo di fuga.

"Mentre queste myrmekes spigolatrici sono in grado di raccogliere fino all'ultimo chicco di grano in un campo di tre ettari."

Su un tavolo erano allineate diverse formiche, grandi quanto gli scarabei. Le zampe rosse brillavano fosforescenti e i ventri di ognuna erano aperti, in attesa di ricevere un pezzo mancante fra i visceri esposti.

Una donna abbandonò la sua postazione e si avvicinò agli ospiti.

"Lahmu, mia moglie" la presentò Apsu. "I kemei sono della squadra Sette."

Lahmu curvò la bocca, cercando di abbozzare un sorriso, ma la fronte corrugata lasciava trasparire la sua ansia.

"Un lotus alla menta?" propose Apsu.

"Prima di iniziare con le domande, dovete assumere queste pillole."

Anouk posò due capsule turchine sul vassoio, accanto alle tazze della bevanda.

Apsu e Lahmu rimasero interdetti per qualche secondo. Sui loro volti si leggeva una mescolanza di timore, ansietà e desiderio.

"Non abbiamo nulla da nascondere" dichiarò Apsu, rompendo gli indugi. Prese la capsula e la deglutì con un sorso di lotus. Sua moglie lo imitò con titubanza.

"Ora presumo si debba attendere per quindici minuti."

"Agiscono in trenta secondi" la corresse Anouk.

Lahmu spalancò gli occhi per lo stupore e suo marito batté le mani come se gli avessero dato una buona notizia.

"Perché portate la labrys sulla fronte?" domandò Yannis.

"Ordine dell'Agrimensore di Saqqara" rispose Apsu. "Ogni battesimale deve essere immediatamente riconoscibile."

"Insolito" commentò Anouk. "La Rivoluzione Verde accoglie ogni forma religiosa senza fare discriminazioni."

"Alcuni confratelli si sono distinti per azioni scorrette."

Le ultime parole costarono un evidente sforzo muscolare alle mascelle di Apsu.

"Stai facendo resistenza" disse Yannis. "Di' pure rapine, la verità è più facile."

Apsu sorrise.

"Perché il vostro simbolo è un'ascia a due lame?" continuò Anouk.

"È un'ascia ma anche una farfalla. La farfalla ci ricorda che la nostra anima deve essere leggera, per volare fino a Dio, l'ascia che l'uomo deve saper dividere le azioni giuste dalle ingiuste, l'infamia dalla rettitudine."

"E l'anima dal corpo" concluse Yannis. "Due lune fa, al Palo d'Ormeggio, un locale di Nekhen, tre battesimali hanno battezzato sette persone, tra cui un'hedja."

Lahmu corrugò le sopracciglia.

"Non capisco. Ci accusate di aver fatto proselitismo?"

"Battezzati con questa."

Yannis tolse da una borsa la piccola labrys che il capitano gli aveva affidato e la posò sul vassoio, accanto alle tazze vuote. Era ancora sigillata nel sacchetto di plais.

Apsu si fece serio, prese la piccola ascia e se la rigirò più volte tra le mani, per osservarla meglio attraverso il plais trasparente, quindi la passò a sua moglie.

"Questa è una maldestra imitazione" disse lei, dopo averla esaminata.

"Permettetemi di andare nella cella e vi mostrerò una labrys sacra" aggiunse Apsu.

"Ti accompagno" consentì Yannis, alzandosi in piedi.

Qualche minuto dopo tornarono con un'ascia d'argento, molto più piccola di quella che proveniva dal Palo d'Ormeggio.

"Vedete" spiegò Apsu, "le due lame sono prive di filo, il battesimo è un atto simbolico. La labrys viene posata sulla fronte del battezzando in questo modo..."

La accostò alla testa di Yannis, che si ritrasse di scatto e gli bloccò il braccio afferrandolo con una mano.

"Rilassati, keme Sette."

Yannis lo lasciò andare e Apsu gli appoggiò la piccola ascia di piatto in mezzo alla fronte.

"L'officiante dice: io ti battezzo col ferro ma Dio ti battezzerà col fuoco."

"Va bene, abbiamo capito." Yannis si tirò indietro.

"Torniamo alla strage del Palo d'Ormeggio" intervenne Anouk.

"Con tutto il rispetto, keme Sette, credo che i vostri assassini non fossero battesimali" disse Apsu.

"Puoi provarlo?"

"Perché avremmo dovuto uccidere degli sconosciuti in un bar?" replicò Lahmu. "L'Agrimensore non attende che un pretesto per spianare il quartiere, con noi dentro."

"Perché ce l'ha con voi? Gli avete pestato i calli?" domandò Yannis.

"In un certo senso è colpa della legge 12" rispose Lahmu. "Una casa a ogni keme delle Due Terre. I terreni adatti alla costruzione sono pochi, ormai, e l'Aiuola si trova in una posizione ideale per essere rasa al suolo e sostituita da palazzi antisismici."

"Dunque secondo te qualcuno vi vorrebbe addossare la colpa del massacro" concluse Anouk.

"Non sarebbe la prima volta che ci usano come capro espiatorio."

Prima che potessero continuare l'interrogatorio, la bambina che avevano incontrato sotto il portico entrò trafelata nella stanza.

"Gli hedjayu sono qui!"

Lahmu le sussurrò qualcosa e la bambina scappò via di corsa per ritornare poco dopo con alcune provette vuote, spine ipodermiche e lacci emostatici. Sotto gli occhi allibiti dei loro ospiti, i padroni di casa si scoprirono un braccio e iniziarono a prelevarsi il sangue a vicenda.

"Abbiamo l'occasione di analizzare i metaboliti della vostra droga" disse Apsu. "Voi Sette possedete sostanze chimiche che farebbero la gioia di qualunque biologo."

"Ma... non potete..." obiettò Anouk.

"Perché? Non ve le abbiamo mica rubate. Ce le avete date, sono nel nostro sangue, sono nostre" replicò Lahmu.

La bambina rivolse ai Sette un sorriso furbo, mostrando una chiostra di denti sottili, aguzzi e cartilaginei. Alla vista di quei denti, Yannis si alzò in piedi carico di rabbia.

"Fate esperimenti sul dna umano!"

"È la nostra unica trasgressione" disse Apsu. E subito dopo si portò una mano alla bocca, come a trattenere ciò che aveva appena confessato. La droga scioglilingua continuava ad agire.

"Io sono modificata" confessò con orgoglio la piccola.

La madre la strinse tra le braccia, come se temesse che Yannis e Anouk gliela portassero via da un momento all'altro.

"Che cosa ti hanno fatto?" continuò Yannis.

"Mi hanno fatta nascere sana" replicò la bambina.

"Ho effettuato una mappatura cromosomica dell'embrione prima della nascita" si arrese Apsu.

"Potresti essere esiliato solo per questo" osservò Anouk.

"Scoprii che la bambina avrebbe sviluppato una delle tante malattie autoimmuni che devastano le Due Terre."

"Ho modificato io stessa il suo dna" intervenne Lahmu. "Volevo che fosse sana come gli altri miei figli, questa è la verità. Ora potete arrestarmi."

"Adesso capisco" ridacchiò Yannis. "Capisco le rapine. Comprate le attrezzature biologiche dalla Grecia e le fate entrare di contrabbando."

"I costi sono molto elevati. Noi guadagnamo bene col nostro lavoro, ma alcuni confratelli si finanziano con le rapine" sospirò Apsu.

Anche Anouk si alzò. L'interrogatorio era concluso.

Sotto la tettoia della corte c'erano quattro hedjayu in attesa.

Apsu e Lahmu consegnarono sereni i polsi ai loro apep.

"Perché li arrestate?" domandò Anouk.

"Misura precauzionale" rispose l'hedja che comandava il gruppo. "Domani ci sarà il discorso pubblico dell'Agrimensore."

"Dopo ventiquattro ore ci lasciano andare" disse Apsu.

Partirono a passo di marcia in mezzo agli hedjayu.

"Mi chiedo perché non si ribellino" constatò Yannis.

"Anche noi arrestiamo persone innocenti" gli fece notare Anouk.

"Sì, ma non le obblighiamo a vivere rinchiuse e marchiate come bestie."

Anouk guidava il *caimano* attraverso canali sempre più stretti e infine si fermò accanto a un pontile mezzo crollato.

"Dove siamo?" chiese Yannis.

"Vieni."

Risalirono una breve scalinata che li condusse a un cortile, attraversato da file parallele di lenzuola stese ad asciugare. Oltre quelle cortine proveniva la voce sommessa di una donna che sembrava perorare una causa. Come molteplici sipari, scostarono i teli a mano a mano che avanzavano finché raggiunsero una piccola assemblea di quartiere. Uomini, donne e bambini, chi in piedi, chi seduto su una seggiola di legno morto, qualcuno a gambe incrociate sul selciato, ascoltavano una giovane donna che indossava il corto mantello porpora degli avvocati. Probabilmente il quartiere aveva chiesto un parere legale su qualche nuova regola introdotta dall'Agrimensore. Yannis riconobbe Nofret e impallidì. Cercò di nascondersi dietro un lenzuolo ma lei lo aveva già visto.

"Questa me la paghi" sussurrò all'orecchio di Anouk.

Nel pomeriggio, mentre terminava di pranzare in una mensa pubblica, Anouk fu raggiunta da Yannis. Due giovani con la divisa da studenti di medicina si erano seduti accanto a lei e la intrattenevano con le loro facezie.

"Ronzate su altra carne, squartatori" li apostrofò Yannis, prendendo posto accanto ad Anouk.

I due studenti sussultarono per la sorpresa.

"Avete le orecchie pregne? Andate a leccarvi un cadavere."

Uno si levò in piedi, pallido e tremante.

"Stai offendendo la signora."

Per tutta risposta Yannis gli diede un cazzotto nello stomaco, tanto forte da provocargli un rigurgito. Lo studente dovette portarsi le mani alla bocca per trattenere il vomito, il compagno, spaventato, lo prese per un braccio e si allontanò con lui.

Anouk, serafica, gli fece un breve cenno di saluto con la mano.

"Solo perché Nofret non te l'ha data, non era il caso di prendersela con quei poveretti."

"Umpf" grugnì Yannis, appoggiando i pugni sulle guance e i gomiti al tavolo. "Stava andando tutto così bene, era perfino contenta di vedermi, non l'avrei mai creduto possibile. Poi, sul più bello, mi abbassa la gonna e vede la cintura di orione."

"Yannis, sei un porco" disse Anouk con dolcezza.

"L'ha detto anche Nofret, insieme a un canestro di parolacce. Chi ci pensava alla cintura? Io la porto sempre."

"Appunto, sei un porco. Gli uomini perbene la mettono soltanto poco prima di fare l'amore, anzi, se la fanno cingere dalla propria donna."

"Perché il mondo è così complicato?"

Il kauja che Sadou aveva regalato a Naïma raccontava le vicende di Aconito e Capelvenere, amanti infelici che non potevano coronare la loro storia d'amore perché lo sperma di lui era velenoso e perciò strazi, separazioni, infelicità. Aconito trovava sollievo fottendo le fessure degli alberi, che subito dopo rinsecchivano e morivano. Capelvenere, bisognosa di costante umidità, si faceva consolare da misteriose creature acquatiche che vivevano nei ruscelli.

Era arrivata quasi alla fine dell'episodio quando Adad si avvicinò alla sua postazione.

"Naïma, c'è una persona che ti cerca."

Lei sollevò gli occhi dalle pagine e incontrò la disapprovazione di Adad per la tripla k stampata sulla copertina. Con noncuranza abbandonò Aconito e Capelvenere sulla scrivania e si allontanò.

Anche di spalle riconobbe immediatamente il dottor Wandjuk.

"Brutte notizie" esordì lui senza preamboli. "Larissa è stata internata nell'ospedale di Abido."

"Quando?"

"Stamattina a khepri. Mi è stato chiesto di certificare che ha avuto un crollo psicofisico e che necessita di cure mediche urgenti. Vogliono che sembri un problema estraneo alla squadra. In quanto medico assegnato ai Sette non ho potuto rifiutare."

"Chi ha dato l'ordine?"

Il dottore si levò il sigaro dalla bocca.

"La Medithe, ovviamente. Sit ha spinto perché l'inchiesta si chiudesse con la sospensione della squadra, solo Khamsin ha tentato di difendervi. Larissa dava fastidio e l'hanno voluta mettere fuori gioco. Bada a come ti muovi e tieniti fuori da questo gioco al massacro."

"Sei in pericolo anche tu."

"Cosa mi possono fare? Sono un vecchio coccodrillo che odia la palude in cui abita" bofonchiò lui. "Se mi licenziano, tanto meglio. Me ne starò a casa a coltivare le rosafenice."

"Menes non è stato licenziato."

"Oh, oh. La morte non è il peggiore evento della vita."

Naïma lo guardò con simpatia, in tanti anni era rimasto lo stesso, acido e beffardo.

"Quale sarebbe, allora?"

"La stupidità."

Il dottore si ricacciò il grosso iberico in bocca e si allontanò senza salutarla. Non le aveva mai perdonato di aver lasciato la carriera medica per diventare una Sabbia Fine.

"Solo dieci minuti, Suprema Porta" sussurrò l'infermiera.

Sit annuì e si chinò sul soffice baccello di cotone imbottito che si era appena schiuso all'altezza del viso.

Larissa emerse dal sonno a poco a poco. La pelle riacquistò colorito, le palpebre tremarono, la mascella ritrovò la sua linea severa. Aprì gli occhi e mise a fuoco il volto di Sit.

"Maya" biascicò. "Dovevo immaginarlo."

"Sono il tuo parente più prossimo" ribatté Sit. "È giusto che mi occupi di te."

"Che cosa vuoi farmi?"

"Voglio solo che ti riposi, ti sei affaticata troppo con i Sette."

"La giustizia non può affaticare."

"Sei sfibrata da troppi anni di lavoro intenso. Ho promesso ai nostri genitori che mi sarei presa cura di te."

"Sei invidiosa."

"Tutt'altro. Io ti ammiro, Larissa."

"Cos'hai intenzione di fare alla squadra?"

"Quale squadra? I Sette, senza di te, sono navicelle alla deriva."

La rivelazione del dottore l'aveva turbata. Naïma era tornata alla sua postazione e aveva ripreso a lavorare ma di tanto in tanto smarriva il filo della denuncia che stava trascrivendo, costringendo l'aracne a tornare indietro e a tessere sopra il tratto di documento già scritto. Si formava così una riga di tessuto più spessa.

Indecisa se disfare tutto e ricominciare da capo, Naïma sollevò la testa: il Giuncheto era pervaso dalla consueta animazione. Uomini e donne in divisa: i suoi colleghi. Aveva trascorso più tempo con loro che con Elias e le bambine, e nessuno con cui potesse confidarsi. Neppure Adad, impegnato a dare ordini a quattro hedjayu sull'attenti; lui, così intransigente e idealista, non mostrava alcun rimpianto per la sistematica disgregazione dei Sette. Il governo aveva deciso di fare a meno delle resurrezioni e le loro Sublimi Porte avevano sempre ragione.

Un uomo trafelato si fermò davanti alla sua postazione.

"Volevi parlarmi. Che cos'è successo?"

Sadou era davanti a lei, in abiti civili. Non lo aveva chiamato, ma il legame isiaco agiva anche a distanza. Lui aveva percepito il suo turbamento ed era accorso, subito dopo aver smontato dal servizio.

Naïma gli riferì ciò che aveva appreso dal dottore.

"Il capitano aveva ragione, la Medithe vuole eliminarla, era davvero lei l'obiettivo del Palo d'Ormeggio."

"Secondo te possiamo liberarla?"

L'ostrakon di Sadou gorgogliò.

"Non l'hai restituito?" si meravigliò Naïma.

"No, naturalmente. Tu sì? Ha ragione Yannis, sei davvero Madama Legalità."

Aprì la conchiglia e lesse il messaggio.

"Squama è nei pasticci. Me ne occupo più tardi."

Richiuse le valve e lo posò sulla scrivania, l'ostrakon riprese a emettere il suo sgradevole suono.

Infastidito, Sadou lo riaprì, lesse il nuovo messaggio e lo porse a Naïma con un'espressione di stupore.

"Leggi anche tu."

Sullo schermo di madreperla galleggiavano due frasi: *so che sei occupato, Sadou, ma ho qui un oggetto appartenuto a Menes. Lo darò soltanto a te.*

"Sono stato uno stupido" disse Sadou. "Qual è il luogo migliore per nascondere una conchiglia?"

Trovarono Squama in una cella del primo piano. Era accusato di essersi introdotto senza autorizzazione nel Mare-di-Sotto e vendita di pescato pericoloso per la salute pubblica.

"Ci hanno presi tutti poco prima di atum" raccontò. "Ci aspettavano sull'isola. Siamo riemersi e hanno sequestrato le reti e il pesce."

"Quando è stata l'ultima volta che hai visto Menes?" gli domandò Sadou.

"Quattro lune fa. È venuto a mangiare ostriche."

"Era solo?"

"Sì" rispose Squama. "È arrivato già bevuto, molto bevuto. Però scherzava come al solito."

"Ti ha dato lui l'ostrakon?"

"Sì. Al momento di pagare ha tolto i soldi dalla tasca della gonna e ha trovato la conchiglia. Ha detto: questa te la regalo, Squama, fattici una zuppa."

Sadou si sfregò la nuca con una mano, Naïma aveva imparato a interpretare quel gesto come segno di perplessità.

"Ma io ho pensato che l'ostrakon poteva essere utile, prima o poi" sogghignò Squama.

"Ti farò rilasciare oggi stesso."

Naïma tirò il collega per un gomito, si appartarono in un angolo della cella.

"Non hai più l'autorità per disfare la denuncia."

"Speravo avresti usato il tuo ascendente sul coordinatore."

Lei immaginò come si sarebbe rabbuiato Adad, se si fosse presentata con una simile richiesta.

"È un gran bacchettone, ma per te lo farà" le assicurò Sadou.

Tornarono dal ragazzo.

"Allora, Squama, dimmi dove si trova l'ostrakon."

"Ce l'ha mia sorella, Corallina."

Corallina era rinchiusa nella cella accanto a quella del fratello, piccola e magra come lui, aveva il collo e le orecchie adorne di corallo rosso.

"Allegra, pesciolina!" la salutò Squama appena entrarono. "La rete ci stringe, ma possiamo tagliarla usando un'ostrica."

Corallina aggrottò la fronte e ingobbì le spalle.

"Tu hai detto di far sparire le ostriche."

"Le hai gettate nel fiume dopo aver visto gli hedjayu?" si adombrò Squama.

"Le ho mangiate."

Sadou si fece scappare un'esclamazione di disappunto.

"Anche l'ostrakon di Menes?" insistette il ragazzo, vedendosi sfuggire la libertà.

Corallina si dondolò sui talloni, quindi allungò una mano chiusa a pugno e aprì le dita, sul palmo sporco luccicava una perla candida, grande quanto un acino d'uva.

"Ti rendi conto di cosa mi stai chiedendo?" proferì Adad a denti stretti.

"Sono state arrestate dieci persone, ti chiedo di liberarne due. Sono dei poveracci, Adad."

"Da quando sei diventata pietosa verso questa gente? I pescatori del Mare-di-Sotto provocano la fuoriuscita di liquidi pericolosi e micro organismi che aggrediscono la fauna del Nilo. E infastidiscono le creature sotterranee, obbligandole a spostarsi per scappare. Qualche studioso ritiene che siano questi spostamenti a provocare i terremoti."

"Ti prego. Non crederai anche tu alle cazzate degli archeobiologi marini!"

"Noto con dispiacere che il tuo linguaggio ha subito una degenerazione, da quando frequenti certe compagnie."

La frecciata giunse alle orecchie di Sadou, che assisteva alla scena appoggiato allo stipite dell'ingresso del Giuncheto.

"Farò tre turni di notte in più, questa luna."

Naïma sapeva che il Giuncheto si trovava a corto di hedjayu per un'epidemia di febbre rossa. Adad, con un sospiro di resa, frugò tra le carte della scrivania, scovò il rapporto sull'arresto di Squama e con un gesto deciso afferrò l'estremità dell'ultimo filo in basso, la tirò e il foglio si srotolò trasformandosi in un gomitolo di lino.

"Grazie" sorrise lei.

Mentre ritornava da Sadou Adad le gridò dietro:

"Inizi dal prossimo turno!"

"Il tuo supervisore ha cercato di uccidermi. Con lo sguardo."

Sadou camminava accanto a Naïma lungo il corridoio, le mani in tasca e l'aria divertita.

"Adad è una persona onesta, ci ha fatto davvero un grosso favore."

"Quell'uomo crede di conoscerti e pensa che diventare Sette ti abbia cambiato. Mentre io so che imprecavi fra te e te anche prima, leggevi i kauja sconci di nascosto e non eri così fedele alla Rivoluzione Verde come mostravi di essere."

"Anche io conosco te, Sadou, e so che sei meno duro e freddo di quello che fingi di essere."

Lui preferì non rispondere, tolse di tasca la perla che gli aveva consegnato Corallina e la osservò controluce.

"Dobbiamo estrarre i dati."

"Non ti dimenticare del capitano."

"Da Ser Khyper ho imparato una cosa: più il problema è grave, più in alto bisogna salire per risolverlo."

"Ho pensato spesso alla squadra Sette, in queste ultime lune" disse Khamsin.

"Sublime Porta, noi speravamo..."

"Lascia perdere le formalità, hedja Naïma, abbiamo fatto una rivoluzione per eliminarle" replicò Khamsin. E continuò: "Le Due Terre vivono un momento difficile. Vi siete trovati in mezzo a un conflitto di idee. Una corrente di pensiero contrastante fa più danno di cento attentati contro la Medithe stessa."

"Il nostro capitano è stato internato ad Abido con un pretesto" sottolineò Sadou.

"Larissa ha agito in modo avventato. Le avevo consigliato di attendere."

"Sono sopraggiunti alcuni fatti di cui abbiamo dovuto tenere conto" continuò Sadou.

"Quali fatti?"

"Sospettiamo che il nostro compagno, Menes, sia stato *obbligato* a uccidersi."

Khamsin si fece più attento.

"Abbiamo motivo di credere che avesse scoperto qualcosa d'importante e ciò abbia sollecitato l'intervento di *qualcuno*."

"Chi?"

"Siamo qui per questo, Sublim... Khamsin" disse Naïma. "Dobbiamo indagare e per farlo ci serve la libertà di cui disponevano i Sette."

"Cosa vi occorre?"

"Due cose" replicò Sadou. "Accedere alla Foresta e riavere il nostro capitano."

Khamsin svegliò l'aracne della sua scrivania, rapidamente le fece tessere un foglio, lo staccò dal supporto, lo firmò con lo stilo e lo marchiò col proprio timbro a secco.

"Eccovi un lasciapassare per la Foresta."

"Ti ringrazio, keme Khamsin" rispose Sadou.

"Mantenete la segretezza, ogni nuova informazione mi dovrà essere comunicata da voi personalmente."

"Per quanto riguarda il capitano?"

"Farò tutto ciò che è in mio potere."

Vista dall'alto dei suoi innumerevoli ponti sospesi, la Foresta appariva come un groviglio di serpenti lignei, irrigiditi da un incantesimo nel mezzo di una contorsione. Fra i tronchi scuri e umidi degli alberi più grossi emergevano strisce di terra giallastra, compatta e asciutta in alcuni punti, melmosa in altri.

"Hai ripristinato i sentieri" notò Elin, sporgendosi dal parapetto.

"Sembra che un tracodonte con la diarrea abbia sbisciolato fra le verzure" sorrise Sirah.

"I sentieri sono utili per recidere i polloni superflui" replicò Ges, risentito dal commento di Sirah. "Ma sono precari, le mie piccole odiano essere divise da materia solida."

Giunti a una piattaforma di pietra, scesero per una scaletta scolpita nella roccia sino a uno spiazzo fangoso costellato di piccoli vasi di terracotta, nei quali vegetavano alberi che erano la replica in miniatura di quelli che dominavano la caverna.

Ges scelse un esemplare in vaso, sciolse la perla dell'ostrakon di Menes nel liquido di una provetta che aveva portato con sé, infine rovesciò con cautela il contenuto sulle radici del piccolo albero.

"Ci vorranno almeno quarantotto ore."

Sirah si girò verso Elin e vide che non era più accanto a lui.

"Methyer!" gridò.

Colse il balenio della veste viola di lei al di là di alcune fronde.

"Elin!" sbottò Ges. "È pericoloso avventurarsi nell'intrico!"

"Ho bisogno di muovermi." La voce di Elin giungeva lontana, attutita dal fogliame. "Questo luogo mi ricorda la mia giovinezza."

"Elin!"

"Methyer!"

Il battito leggero del suo bastone, che saggiava la consistenza del terreno, si stava allontanando.

"Le mie bambine non sono avvezze a bipedi che tambureggiano sopra le loro radici!" si inferocì Ges.

"Incombusto, barbiglio di sughero" cercò di rabbonirlo Sirah. "Da qualche luna siamo un po' scollegati. Scavallo con lei, ho timenzia che le verdeggianti maligne la slunghino."

Ges rimase in piedi, i pugni sui fianchi, la bocca aperta, a osservare la schiena di Sirah che scompariva nell'ombra della Foresta.

"I Sette! Credi di conoscerli e scopri che sono pazzi!"

Elin udì i tonfi dei sandali di Sirah, che facevano vibrare l'incerto sentiero, ma continuò ad avanzare col suo passo malfermo, saggiando la consistenza del terreno col bastone. Il ragazzo l'affiancò e per diversi minuti rimasero in silenzio fendendo l'aria densa di umidità, la luce crepuscolare.

"Da qualche rē emetto lo stesso sogno" iniziò lui. "Vedo un bosco florido e intorcinato, gemello a questo, però saburrato di pasta bianca, soffice, leggera. La cincischio e diventa acqua nel mio palmo."

"Si chiama neve."

"Incedo sviticchiando tralci e lumo che il sentiero è placchettato di plais azzurro rilucente e su di me nuvolano luci elettriche..."

"L'hai percorso?"

"Cerco di farlo, ma mi sveglio prima di finire."

"Meglio così. Per più di quarant'anni sono vissuta nelle Due Terre e solo ora mi accorgo di avere nostalgia dei boschi innevati."

"Scantiniamo! Ci spantaniamo piotti piotti con due passaporti speciali per la vecchia Borea. Noi due, in parallasse."

"Il mio reato non si prescrive."

"Nugelle, signora. Ges ti fa zampillare una nuova identità con un innesto."

Cammina sempre al centro della strada, le aveva insegnato Adad. Muoviti lenta, osserva con attenzione l'ambiente, tieni il manganello in mano senza giocherellarci; dobbiamo trasmettere solidità e affidabilità, non minaccia. Viso sereno, mai torvo o pensieroso, la gente deve sentirsi rassicurata in nostra presenza.

Per quanti sforzi facesse, Naïma si rendeva conto di aver disatteso ogni regola. Concentrarsi sulle strade e i canali di Khet, mantenersi vigile, le costava una gran fatica.

Come aveva pattuito con Adad, si era presentata volontaria per i turni di ronda. Le avevano assegnato un nuovo collega, Paneb, ventitré anni e una fiducia incrollabile in se stesso. Impossibile avere uno scambio di idee con lui, gli mancava il materiale da barattare, perciò la guardia notturna si era trasformata in un silenzioso vagare fra le case.

Il Palo d'Ormeggio era stato riaperto, la sua vetrata lucente splendeva ancora, simile a una stella fissa, ma vicina, accogliente, priva dello smisurato orgoglio dei corpi celesti. Dietro il bancone la pianta del lotus sbuffava e al posto del vecchio proprietario c'era una donna di mezza età dagli occhi tondi e sporgenti, così fissi da sembrare senza palpebre.

All'interno nulla ricordava ciò che era accaduto. Naïma provò la sensazione di essere tornata indietro nel tempo, prima del massacro, prima del sangue.

Paneb, salutista, ordinò un lotus semplice, lei chiese un lotus corretto col rum. Lo buttò giù insieme al collega, lo stesso gesto, il gomito alla stessa altezza.

"Ah, come scalda!" dichiarò Paneb, ristorato.

Naïma guardò dentro la sua tazza, come per sincerarsi che contenesse proprio la bevanda che aveva chiesto. In genere il lotus del Palo d'Ormeggio le provocava l'effetto di una bomba che allargava la potenza della deflagrazione in cerchi sempre più ampi, dallo stomaco alla punta delle dita; quella notte il risultato era stata una flebile sensazione di calore e un retrogusto acre. Per cancellare il primo, Naïma chiese un secondo lotus, più carico, che brillò ancora meno del precedente; le sembrò un bastoncino di fosforo, di quelli che i bambini accendevano l'ultima notte dell'Heb-Sed per guidare la barca di Osiri verso la luce e la vittoria, una fiamma fredda, innocua.

Sull'uscio del Palo d'Ormeggio la notte le gettò sopra le spalle un mantello di gelida umidità che le attraversò il derma, i muscoli, i fasci di nervi e tendini, per andare a stamparsi sulle ossa.

All'Ora Decima della notte il turnò si concluse.

Paneb la lasciò al pontile 3, in attesa della chiatta, ma lei non aveva alcuna voglia di aspettare. Il freddo l'assaliva, le mordeva i polpacci, la costringeva a muoversi. Decise di tornare ad Amarna a piedi e si avviò di buon passo.

La Lingua di Osiri era illuminata dalle canne trasparenti che crescevano lungo i parapetti e formavano un nastro di luce bianca da un argine all'altro del fiume.

Due gatti le attraversarono la strada. Una donna, velata dalla testa ai piedi, scortata da due energumeni armati di bastone, la accarezzò con l'effluvio caldo della mirra. Dal giardino pensile di una palazzina sul lungonilo provenivano il chiacchierio sommesso di gente lieta e una musica in sottofondo.

La notte le dava l'impressione che qualcuno, in un luogo remoto, avesse lanciato un messaggio. Un eremita rompeva il voto della solitudine e inviava la sua richiesta di aiuto su frequenze sconosciute, e lei era l'antenna che lo riceveva, spezzato, supplichevole.

Il messaggio era sempre presente, ma alla luce di Rā il frastuono del mondo confondeva il segnale; la notte, con la sua gelida quiete, permetteva alle onde della solitudine di giungere sino a lei.

Attraversò il fiume passando sulla Lingua e si arrestò dall'altra parte, vicino alle scalette che conducevano all'acqua. Percepì una presenza accanto a sé, portò la destra sull'impugnatura del manganello ma subito si rilassò. Un uomo si era appoggiato al muretto, le mani affusolate sul bordo del parapetto.

"Sopde è già visibile" le disse a voce bassa. Nello spazio di un respiro, Naïma ebbe la certezza che lui possedesse il codice per decifrare il messaggio notturno.

"Sembra una frase da kauja di spionaggio. Quale dovrebbe essere la mia risposta?"

"Di' soltanto sì."

L'intero edificio sembrava disabitato. Il piano terra, dietro una facciata rispettabile, nascondeva due appartamenti sventrati, le porte sbriciolate, i tramezzi abbattuti, detriti ovunque, brulicanti di scarabei e topi; soltanto la scala era rimasta indenne. Il secondo piano sorprese Naïma. Una sabbia pulita e livellata ricopriva il pavimento di un unico ambiente, ampio e arioso. Le finestre erano sbarrate all'esterno da tavole inchiodate, l'aria notturna entrava da un lucernario rettangolare del soffitto, contornato dagli stucchi lineari e rigorosi della Decima Dinastia.

Il letto era un materasso imbottito di foglie di mais. All'altro angolo della stanza una tubatura spezzata fuoriusciva dal muro, sgorgava all'interno di un bacile di cemento lisciato, confluiva in una grande vasca sinuosa e da questa defluiva libera attraverso una canaletta in un rivolo silenzioso che poi la sabbia inghiottiva e faceva scomparire.

In un angolo si trovava un largo braciere di ottone mezzo affondato nella sabbia; tizzoni accesi rosseggivano all'interno. Sadou si chinò, vi soffiò sopra e le fiammelle salirono contente a salutare il padrone ritornato. Mise sul fuoco una bottiglia rotonda di vetro spesso, vi gettò dentro una stecca di cannella spezzata, alcuni grani di pepe bianco, un frammento di scorza di cedro, un pezzetto di noce moscata e infine, travasandolo da una bottiglia più piccola, il rum ambrato. Naïma e Sadou sedettero in silenzio davanti al fuoco, ascoltando il borbottio dell'alcol e il piacevole crepitare dei legnetti.

Dopo che l'alcol si fu ridotto della metà, Sadou divise il liquore in due basse tazze di porcellana. Era caldo, speziato, toccava lo stomaco con delicatezza e poi deflagrava in mille teneri serpenti che avvolgevano ogni parte del corpo in spire di piacere.

Posò la tazza sul bordo del braciere e con una mano, distrattamente, frugò dentro un cesto; ne estrasse una corda di canapa. Senza una parola se la avvolse intorno al polso. La mano di Naïma tremò, la sua tazza cadde, il resto del liquore se lo bevve la sabbia.

Albeggiava, quando Naïma rientrò a casa.

Si tolse i sandali, i granelli di sabbia appiccicati alle piante dei piedi le pungevano la pelle. Avanzò al buio, da un'alcova proveniva il respiro regolare di Elias; dall'altra quello delle bambine.

Si tolse la divisa lentamente, la ripiegò sullo scranno, s'infilò sotto il lenzuolo e non rabbrividì. In passato, ogni volta che tornava a casa dopo una notte di ronda, il contatto con il letto la faceva tremare. L'umidità, l'avvilimento, i pensieri accumulati nelle ore buie si condensavano in quell'involontario tremito.

Si stese sulla schiena, la pancia s'incavò, nel dormiveglia le sembrò che qualcuno le mettesse dei carboni accesi dentro l'ombelico, diventato largo quanto il braciere di Sadou.

Da una buona mezz'ora Sirah conduceva una trattativa con un piccolo venditore al secondo livello del mercato di Dendera.

"'iente 'azut" diceva con voce nasale il mezz'uomo. "'enduto 'utto. 'isogna 'tendere 'e i *esoni* 'icadano 'ul 'ucleo 'erchè 'prano 'uovo 'assaggio."

La bocca era un taglio sbilenco, al di sotto di un nasino trasparente, che faceva fatica a emettere l'aria.

Era disponibile il macerato di sù, a prezzo esorbitante.

"Cinquecento deben" ripeté Sirah. "Ultima offerta."

"'tocento! 'tocento" ribadiva la creatura sotto il banco dei fiori.

"Scamuzzolo ronchioso" masticò Sirah sottovoce. "Flotto altrove."

Fece l'atto di andarsene, le manine vischiose del venditore lo trattennero per i lacci dei sandali.

"'inquecento" squittì. "'inquecento 'eben 'n 'ontanti."

Sirah tornò ad abbassarsi e gli contò dentro una scodella di coccio dieci tessere da cinquanta deben con incisi sopra i glifi dell'ape e del giunco, i simboli della Medithe.

Con fare dispettoso l'altro gli consegnò un'orchidea gonfia di sostanza odorosa.

"Malflusso" bisbigliò puntandogli contro il dito mignolo.

"Iside ti protegga" lo salutò Sirah.

Si rialzò spolverandosi il gonnellino, fece sparire l'orchidea dentro la sporta, fra le verdure già acquistate, e ritornò in mezzo alla folla vociante. Una voce femminile lo chiamò più volte. Dall'altra parte di un tavolo di legno morto, Selima gli sorrideva come una luce nell'oscurità.

"Aiuto la nonna" gli spiegò. "E ne approfitto per vendere i miei prodotti."

La bancarella reggeva a stento numerosi vasi di terracotta, di tutte le dimensioni, alcuni al naturale, altri dipinti; la nonna di Selima, poco distante, seguiva con sollecitudine due clienti indecisi tra un orcio panciuto e un'anfora snella.

"Cosa zigrini?"

"Cosmetici" rispose con orgoglio la ragazza. "Li preparo io. Uso erbe, terre purificate e grasso vegetale."

Gli mostrò un vasetto colmo di una pasta rossa per tingere le labbra, un secondo recipiente conteneva una polvere turchese, un terzo un amalgama untuoso, nero come carbone.

"Ho grandi progetti. Voglio aprire un negozio tutto mio, ho iniziato a studiare chimica e sto imparando a produrre gli stabilizzanti per i cosmetici."

"Tripudio."

"Si chiamerà *La rugiada di Hathor*. Ho presentato una pianificazione degli obiettivi alla Banca Agricola: tempi di produzione, quantità da immettere sul mercato, grafica delle confezioni e pubblicità via aracne. Sono in attesa della risposta."

Sirah la ascoltava con occhi sognanti.

"Frinisci ancora, rosolida, mi paranzi."

La nonna li risvegliò dall'incanto, richiamò Selima al lavoro e allontanò Sirah dicendogli di andare a medusare altrove. Le rughe sorridenti della vecchia gli riportarono alla mente Elin, che attendeva il suo antidolorifico.

Salutò nonna e nipote e corse via.

Il macerato di sŭ impiegò un'ora, prima di far sentire i suoi effetti.

"Brutto segno" disse Elin, sdraiata sul letto. "Solo poco tempo fa agiva in un quarto d'ora."

"Tersa, methyer, purgherò altro mazut a Dendera."

Anouk aveva invitato la squadra a pranzo nel suo appartamento, un attico con giardino pensile in un lussuoso palazzo di Khet. Naïma rifiutò per stare con la famiglia, Sadou, saputo che lei non ci sarebbe andata, inventò una scusa.

La cuoca aveva preparato un banchetto, al quale gli ospiti fecero poco onore per motivi differenti. Elin sentiva ancora un residuo di nausea, Sirah pensava a Selima e aveva lo stomaco contratto, Yannis era percorso da una scontentezza indefinita che lo spingeva a ingurgitare alcol piuttosto che cibo, Anouk rimuginava sull'ennesima lite avuta con Nur.

A fine pranzo il mutismo raggiunse il culmine. Sirah tentò di rimediare mettendo sulla mensa i Sassi di Amon, che aveva acquistato d'impulso al mercato di Dendera.

"Sembra carbone di pessima qualità" disse Anouk guardandoli con diffidenza.

"Coobano il futuro."

Yannis ne soppesò uno sulla mano.

"Come funzionano?"

"Vanno combuste."

"Te lo dico io, il nostro futuro" obiettò Anouk. "Torneremo nel Serdab. Restituiremo l'anima alle vittime innocenti e la toglieremo ai loro carnefici."

"Ben detto" approvò Yannis.

Sirah tolse dal fornello portatile il recipiente della salsa rossa, che ancora sobbolliva, e gettò tutti i Sassi nel fuoco. Da azzurra, la fiamma diventò verde, i Sassi iniziarono a sibilare e a emettere un mormorio ripetitivo, come se una persona sofferente si lamentasse a intervalli costanti.

"Io preferirei vedere il passato" disse Elin.

"Il passato è morto" replicò Anouk.

La fiamma scolorì fino a diventare bianca. Anche i Sassi di Amon schiarirono, passando dal nero a un grigio brillante, un fumo odoroso e denso si diffuse nella sala da pranzo.

"Buon profumo" disse Elin, inspirando a pieni polmoni.

"Cosa succede adesso?" domandò Yannis. "Avremo una visione?"

Una foschia grigiastra li avvolse.

"Ti depentolo una verità, Anouk. Anche nel nostro futuro scaturiginano i morti."

Quasi Sirah avesse detto una spiritosaggine, gli altri iniziarono a ridere, dapprima con ritegno, poi in modo rumoroso.

"Noi siamo carnaggio da morti" aggiunse il ragazzo.

Le risate aumentarono, si contagiarono dall'uno all'altra. La porta d'ingresso si aprì. Nur possedeva la chiave dell'appartamento di Anouk e aveva scelto quel momento per tentare una riconciliazione; se la trovarono davanti, sbalordita e accigliata.

"Sembrate ragazzini alla scoperta del mazut" disse, esaminando uno per uno i volti congestionati della combriccola. Nur diede un'occhiata sprezzante al contenuto del fornello, che continuava a spandere odore. "Ve lo predico io il futuro: sarete soli, sbandati, privi di uno scopo, incapaci di vivere, incapaci di morire. Invecchierete rimpiangendo il tempo in cui avevate il potere di resuscitare i morti."

Anouk storse la bocca. Le parole di Nur suonavano inesorabili e veritiere ma qualcosa le impediva di prenderle sul serio. Si premette le mani sulle labbra, strinse i denti. Niente. La cascata era irrefrenabile. Esplose in una risata sonora che le fece sussultare tutto il viso. Gli altri la seguirono, dondolandosi sui cuscini, gettandosi per terra con le lacrime agli occhi. Ridevano tanto forte che spostavano col fiato le nuvolette prodotte dai Sassi.

Nur si girò impettita e se ne uscì sbattendo la porta.

I Sassi di Amon erano diventati bianchi e sottili come gusci d'uova, con un leggero puf saltarono in aria diffondendo una polverina candida, lieve, che scese su di loro come un'inattesa benedizione. Elin restò a lungo col viso in su, desiderando una seconda nevicata.

Nell'Ottava Ora diurna Naïma si trascinava svogliata al seguito della famiglia per le chiassose Gallerie Tij, come al solito affollate e chiassose. Le bocche di aerazione diffondevano aria fresca, profumata di lavanda e rosmarino, mentre in superficie Rā rendeva incandescente il selciato e i palazzi.

Due ragazze suonavano il flauto davanti all'atelier *Il manto della Vacca Sacra* e un gruppo di Movimentisti, circondati da una nuvola di semi alati, distribuiva sottili fogli di papiro ai passanti, intrattenendo quelli dall'andatura lenta con una raffica di parole sulla necessità di abbandonare Le Due Terre, corrotte dall'avanzata del deserto.

Il cocco ammanicato esibiva le nuove borse estive di scorza di palma filata al telaio, la gelateria *Sottoghiaccio* prometteva sorbetti d'uva di Tiro e crema di datteri di Siwa.

Yseti era riuscita a farsi comprare dal padre un pezzo di canna da zucchero e lo succhiava con impegno, Fairuza s'incantava davanti a ogni vetrina.

Incontrarono Caleb, il fratello di Elias, sua moglie Sarah e i loro tre figli e dovettero fermarsi per i convenevoli.

"Naïma cara" flautò Sarah, "c'è dispiaciuto tanto che non siate venuti per Pesach."

"Ero di turno."

"Oh certo, adesso che sei stata promossa Sette avrai ancora meno tempo."

La voce della cognata si confondeva nel brusio generale. Musica, profumi, parole le giungevano ovattati e lontani, una campana di vetro la estraniava dal mondo.

"Con Caleb pensavamo che sarebbe bello… non subito, si capisce, non appena avrai un po' di tempo, pensavamo che sarebbe bello resuscitare i suoi e i miei genitori. Dopotutto mia madre si è fatta imbalsamare ed è in perfetto stato. L'ho vista proprio ieri, aveva una cera che l'avresti detta viva!"

"Vaffanculo" sillabarono le labbra di Naïma. Il rumore evitò che l'epiteto raggiungesse Sarah, la quale continuò a magnificare l'agenzia di imbalsamazione a cui si era rivolta e la fortuna di averlo potuto fare prima che la legge cambiasse.

"Fatti imbalsamare anche tu" mormorò Naïma, e mentre lo diceva osservava il marito, impegnato in una discussione col fratello. Una rabbia acre le faceva desiderare di prendere a pugni le facce abbronzate dei parenti, spaccare le vetrine, orinare sui costosi oggetti esposti.

Un boato cupo fece tremare il pavimento delle Gallerie. Il movimento incessante della folla si fermò per un istante, le piastrelle sussultarono ancora, in modo inequivocabile. Allora le volte luminose delle Gallerie Tij risuonarono di urla e richiami convulsi. Quelli che avevano bambini piccoli li presero in braccio, quelli che avevano fatto acquisti strinsero le buste variopinte al corpo, e tutti cominciarono a correre verso le uscite di sicurezza.

"Di là" gridò Elias indicando un cartello lampeggiante.

Caleb, Sarah e i loro figli si diressero da quella parte, Elias aveva stretto con forza la mano di Yseti traendola a sé, Fairuza si era messa sulla scia degli zii. D'istinto, Naïma convogliò a gesti il flusso umano verso il rifugio antisismico.

"Niente panico!" si sgolava. "Calma, kemei. Seguite le indicazioni luminose."

Dopo anni di terremoti di piccola entità, gli abitanti delle Due Terre si erano abituati alle fughe precipitose. L'effluvio campestre dell'aria era stato soppiantato dal soffio del Mare-di-Sotto, che usciva dalle crepe dei muri e aumentava la paura, tuttavia i kemei si affrettavano verso le uscite in modo ordinato. A un tratto la folla emise un urlo di raccapriccio e invertì la direzione di fuga.

In fondo alla Galleria, poco prima dell'ingresso del rifugio antisismico, s'intravedeva uno svolazzare di teli di juta, che chiudevano un'area in ristrutturazione: quel punto stava rigurgitando acqua nera e salata.

La marea invase il pavimento della Galleria, aumentando l'odore acuto dei banchi di alghe azzurre che marcivano nelle cavità sotto le Due Terre.

"Ecco la prova, kemei!" urlarono i Movimentisti. "Bisogna abbandonare le Due Terre!"

Elias e Yseti furono risucchiati dallo spostamento repentino della moltitudine cieca.

"Mamma! Mamma!" strillò la bambina voltandosi.

Naïma dovette appiattirsi contro un'insegna per non finire travolta. Distinse i capelli a strisce bianche e fulve di Fairuza e della cugina, in mezzo alle teste impazzite che fuggivano. I negozianti avevano abbassato le serrande, le splendenti vetrine erano sparite dietro una cortina di plais temperato.

Rimase immobile, spalle all'insegna, paralizzata dall'esalazione talassica che le salì su per il naso, prese possesso del cervello e sbatté contro la calotta cranica, come se volesse sfondarla. Si sforzò di strisciare lungo il cartellone, il profumo del mare era sempre più stordente, si tappò il naso con le mani, vacillò, l'acqua nera l'aveva quasi raggiunta e stava per bagnarla. Due mani l'afferrarono saldamente, si sentì sollevare da terra e perse i sensi.

Rinvenne all'interno della gelateria, una donna di mezza età la scrutava con ansia.

"Ha aperto gli occhi. Come ti senti, povera cara?"

Naïma mosse la testa e scoprì che doleva come se le avessero dato una randellata. Accanto a lei c'era Sadou, in abiti civili, la maschera di protezione gli pendeva sulla camicia di lino, insieme all'ankh.

"Ci vuole un bel lotus caldo" decretò la gelataia levandosi in piedi.

"Sarebbe meglio un rum al vetro" disse lui.

Naïma cercò di parlare, dalla gola le uscì un gemito strozzato.

"Non ti sforzare."

Con fragore la serranda del locale si sollevò, dall'altra parte della vetrina gli uomini in tuta rossa del pronto intervento ripulivano la pavimentazione dall'acqua di mare, asciugandola con i compressori ad aria. Naïma volle alzarsi e Sadou la sostenne verso l'uscita, la gelataia li inseguì con la tazza di lotus fumante in mano ma lei la rifiutò. Il risucchio energico delle pompe vegetali, che prosciugavano la Galleria, le provocò un conato allo stomaco, afferrò i lembi della camicia di Sadou.

"Portami via" farfugliò, "portami fuori."

Gli ascensori erano fuori uso. Risalirono lentamente le scalinate e si fermarono sotto la tettoia di plais riflettente che le ombreggiava.

"I tuoi ti staranno cercando" accennò Sadou, scrutandole ansioso il volto.

L'aria esterna, nonostante fosse bollente, le fece riprendere colorito.

"Ho paura, Sadou. Cosa ci sta succedendo?"

Si aggrappavano per le braccia, l'uno all'altra, scossi da un terremoto interiore che non accennava a calmarsi.

"Non lo so."

Il loro incontro alle Gallerie Tij non era stato casuale, Naïma percepiva un groviglio di sensazioni, un'estremità iniziava in Sadou e l'altra finiva in lei.

"Non desidero tornare da loro. Non li voglio vedere più. Ma non capisco... non capisco se questo sentimento sia mio o tuo."

Lui cercò con tutte le sue forze di dipanare la matassa interiore.

"È il Serdab" disse infine. "Non puoi sapere cosa ti tira fuori il Serdab."

Terminata la cena, Naïma aveva sparecchiato velocemente, infilato le stoviglie sporche nei cassetti ripulitori, riempito il serbatoio con due misurini di polvere di riso e messo in funzione la lavastoviglie.

Guardò la margherita che cresceva sul muro della cucina, la Seconda Ora notturna era trascorsa da qualche minuto e lei sarebbe dovuta già essere al Keressia.

Mise a soqquadro i cesti, alla ricerca di uno shendyt pulito, preferiva indossare la divisa anche se non era in servizio. Trovò l'uniforme azzurro scuro che le era stata consegnata dopo la sospensione della squadra e decise di verificare se fosse davvero della sua taglia.

"Speravo avresti trascorso la serata con noi" bofonchiò Elias dai cuscini del soggiorno. Giocava a coccodrillo con Yseti.

Naïma si fermò sulla porta di casa per allacciarsi meglio i sandali d'ordinanza, lisciò le pieghe dello shendyt e uscì senza una parola.

Giunse trafelata al Keressia, davanti all'ingresso si era formata la solita ressa.

Aggirò la fila, si sollevò sulle punte cercando i compagni.

"Siamo qui" strascicò la voce aristocratica di Anouk.

Si voltò e li vide in disparte, assiepati sul bordo del patio ligneo.

"Quasi non ti riconoscevo, con la nostra divisa" aggiunse.

"Signora, sei una marza!"

"Finalmente uguale a noi" disse Elin.

"Non illuderti" le rispose Sadou.

"Perché siete fuori?" domandò Naïma.

"Nur non ci vuole più fra i piedi" disse Anouk.

"Di' la verità" intervenne Yannis. "Non vuole più vedere te e perciò estende il veto anche a noi."

"Ci sono tanti posti lungo il fiume" suggerì Naïma.

Finirono su una brutta chiatta dipinta d'oro, i tavoli di plais bagnati di umidità e il vino annacquato.

Elin distribuì uno scartafaccio di fogli di papiro rigido, cuciti con spine di agave. Vi erano riportati tutti i messaggi, inviati e ricevuti, e tutti gli appunti memorizzati nell'ostrakon di Menes, estratti da Ges con i suoi metodi vegetali.

"Pezzi d'antiquariato" commentò Yannis, agitando divertito il mazzetto di papiri.

"Ges scosa le aracne" disse Sirah. "I fogli di lino per lui sono il sudario delle linacee."

"Purtroppo i dati sono stati estrapolati a frammenti" spiegò Elin. "Ges dice che è una questione di differente organizzazione biologica fra l'ostrakon e le sue piante."

"È un guazzabuglio di parole, numeri e codici" disse Naïma scorrendo i fogli.

"Diciannove fff, Cinque ff ss, Dodici mmm aaa..." lesse Anouk.

"Sembra qualcuno che gode" ironizzò Yannis.

"Non è difficile" riprese Elin. "Diciannove, Cinque, Dodici sono i Giudici dei Morti. Le lettere sono annotazioni trascurabili. Più interessanti i commenti successivi: *conoscono e disprezzano la condizione umana, superbia malcelata, sminuiscono l'importanza dello scorrere del tempo...* Menes stava facendo ipotesi sulla personalità dei Giudici."

"C'è un elenco di terreni" disse Sadou.

"Terreni?"

"Aree libere da edifici all'interno della città" riprese Elin. "Sono distribuite in tutti i quartieri. Abbiamo chiesto a Ges di fare un'ulteriore ricerca e abbiamo scoperto che si tratta di Rimembranze, statali e private."

"Ci sono anche appunti personali" osservò Naïma. "*La nuova cura le sollecita la retina, perciò la luce notturna le provoca forti mal di testa. Ce ne stiamo stesi sulla schiena, al buio, in silenzio. Mi pare quasi di poter sentire le sue cellule che si disfano, col suono di un castello di sabbia che si sgretola."*

"Sta parlando di Seshen" disse Elin.

"Quanti, in questo momento, stanno morendo? Ogni rē che passa è un altro mattone nel muro della morte. E i Sette non possono fare nulla. Sarebbe come svuotare una diga con un bicchiere."

"Il vecchio Menes tornava solitario" mormorò Sirah.

"È comprensibile, con la moglie in quelle condizioni..."

"Ah! Venisse il terremoto finale! La terra dovrebbe aprirsi e inghiottirci tutti. Cibo per il Mare-di-Sotto, ecco una degna riuscita."

"Sono affermazioni tipiche di Seshen" disse Sadou. "L'ho sentita spesso invocare una catastrofe finale che liberi il mondo dall'umanità."

"Sembra che condividessero l'opinione" disse Naïma.

"E allora?" si irritò Sadou. "È colpevole di malinconia controrivoluzionaria?"

Naïma replicò con un'occhiata fredda.

"Voltate pagina" ordinò Elin.

Voltarono rumorosamente le pagine.

"Ho sottolineato questa domanda: *hai varcato lo stretto di Ilion il Secondo Anno della Quattordicesima Dinastia?* Diciannove ha risposto: *c'è la guerra tra la Grecia e le colonie del Ponto Eusino. Ilion ha chiuso il canale perché si è schierata con le ribelli."*

"Mi ricordo" disse Sadou. "Diverse lune fa, Menes pose la domanda a Diciannove, durante la fase iniziale del contatto."

"Voi non fate domande ai Giudici" osservò Naïma.

"Era un'idea di Menes" le spiegò Anouk. "Far parlare i Giudici in modo generico all'inizio del contatto, per stabilizzare il segnale."

"Diciannove parla al presente" considerò Naïma, "mentre la guerra tra la Grecia e le colonie è finita da una decina d'anni."

"Io credo che l'uso dei verbi al presente sia dovuto al disprezzo del tempo da parte dei Giudici. Menes lo accenna nei suoi appunti" disse Elin, e continuò:

"Purtroppo mancano molte righe. Sotto Menes scrive: *Diciannove è entrato nelle Due Terre da Tanis e lì deve essere stato registrato come rifugiato di guerra. Verificare.*"

"Strabilio. Menes scavizzolava i Giudici."

"Già. La domanda è: perché?"

"Dovremo scoprirlo noi" concluse Elin.

"Vuoi andare a Tanis?" si stupì Sadou.

"Cazzo, andare a rovistare archivi a Tanis non è mica uno scherzo" esclamò Yannis. "Durante la guerra saranno entrati migliaia di profughi."

"Andremo io e Sirah. A Tanis in questa stagione c'è la fioritura delle ninfee giganti."

"Noi ci dividiamo l'elenco delle Rimembranze" suggerì Naïma, "e interroghiamo i proprietari."

Poco prima dell'alba il battello per Tanis si fermò.

Un inserviente bussò perentorio in ogni cabina.

"Prepararsi a scendere" ordinò a un insonnolito Sirah, che si era affacciato sulla soglia.

"Siamo già alla banchina?" chiese dall'interno la voce ben sveglia di Elin.

"Non so" farfugliò il ragazzo, sfregandosi gli occhi gonfi.

Sul ponte scoprirono che la stazione fluviale distava duemila cubiti. Il battello si stava lentamente accostando a un vecchio pontile di pietra, smuovendo l'acqua del fiume, rossa, densa di fango e detriti vegetali. Un viaggiatore di commercio, che faceva la spola tra Nekhen e Tanis, spiegò loro che spesso il canale di accesso alla città era intasato dalla ke-lua, sabbia desertica, rossa e granulosa.

Una volta a terra, i passeggeri, tra borbottii e imprecazio-ni, arrancarono a piedi verso la stazione, tirandosi dietro i bagagli. Sirah ed Elin erano fra loro.

La dogana era l'edificio pubblico più affollato di Tanis. Chiunque volesse entrare o uscire, in modo legale, dalle Due Terre doveva passare da lì. L'atrio presentava due file distinte di varia umanità. Nella prima, sconfortati, silenziosi, le brac-cia gravate da molta carta di lino da esibire agli occhi fiam-meggianti del funzionario, militavano coloro che avevano presentato domanda di espatrio.

Nella seconda fila erano schierati quelli che chiedevano un visto d'ingresso, ciarlieri, sorridenti, sicuri di essere accet-tati perché Le Due Terre avevano bisogno di manodopera.

Elin consultò le radici aeree del filodendro, che formava-no un complesso pannello esplicativo delle mansioni svolte all'interno della dogana e scoprì che un suo vecchio allievo, del periodo in cui insegnava matematica a Nekhen, occupava un posto di responsabilità.

L'uomo l'accolse con spontanea cordialità e, dopo i con-venevoli, affidò gli ospiti alla coordinatrice dell'archivio sto-rico. Questa squadrò con sufficienza Elin e Sirah da dietro i suoi occhiali e li accompagnò in un ufficio. La stanza, spoglia e tiepida, aveva al centro un tavolo rotondo di porfido. Al centro del tavolo si apriva un foro.

"Quale periodo?" domandò in tono burocratico la donna.

"Il Secondo Anno della Quattordicesima Dinastia" ri-spose Elin.

La funzionaria impostò la data su alcuni pulsanti incisi sul bordo del tavolo, dopo qualche secondo un cilindro di gomma fece capolino dal foro e venne sputato fuori; ne seguì un altro, e un altro e un altro ancora. Sirah svitò il tappo del primo ma si paralizzò, sorpreso dalla quantità di cilindri che il buco dispensava, senza accennare a una pausa.

"Ce ne sono ancora molti?" chiese Elin, condividendo i timori di Sirah.

"Il periodo richiesto è ampio. Ogni cilindro corrisponde a un rē, vi troverete le generalità di tutti i rifugiati politici.

"Be', principiamo."

Sirah capovolse il cilindro e si ritrovò sul palmo della mano un rocchetto di filo di lino.

"Conserviamo i documenti in forma svolta" disse la funzionaria. "Ordine dell'Agrimensore di Tanis. Sono meno soggetti a deterioramento da kefer, insetti o umidità."

"Procuraci un telaio" le ordinò Elin.

La lista di terreni ricavata dall'ostrakon di Menes non era aggiornata.

"Guarda" disse Anouk, indicando alcuni punti sulla mappa di Nekhen. "Molti privati hanno venduto. Le zone che prima erano occupate da Rimembranze sono diventate quartieri residenziali."

"Tutte?" domandò Yannis, avviando il *caimano*.

"No, qualcosa è rimasto. Queste Rimembranze, per esempio, si trovano proprio al centro della città, fra la zona ovest di Khet e Amarna" continuò lei, puntando l'indice sulla carta.

"Chi è il proprietario?"

"Sono due, fratello e sorella, Shimun e Yaël, residenza I Cedri, decimo canale a sinistra della Clavicola."

"Quando la musica è finita spegni la luce? 'azzo di verso è?"
Vlad sollevò gli occhi dallo spartito, guardò il cantante e lui si appellò ai componenti del gruppo, aspettandosi che qualcuno parlasse. Il bassista finse di essere impegnato ad ac-

cordare il suo strumento, il batterista si strinse nelle spalle e cercò di nascondersi dietro la grancassa, sulla quale avevano dipinto a lettere viola il nome del complesso: Le Porte dell'Acqua.

"È metaforico" intervenne Yaël.

"Io le canzoni le devo vendere" brontolò Vlad. "Le parole devono essere semplici e chiare, devono dire esattamente ciò che vogliono dire."

"Sono chiare" insistette la ragazza.

"Menate intellettuali" reagì Vlad, sempre più infastidito.

"Se non ti piace si può cambiare" si affrettò a rimarcare il cantante. I suoi soci annuirono come se avessero avuto una molla al posto del collo. Fino a poco prima avevano suonato in seminterrati e piccoli bar. Vlad li aveva sentiti e aveva proposto loro il salto di qualità: una registrazione della loro canzone più orecchiabile, da trasmettere sulle frequenze di musica dell'aracne governativa. Le Porte dell'Acqua lo ritenevano un dio e si prostravano davanti a qualunque sua decisione.

"Esprime con le parole ciò che la musica dice con le pause e il ritmo, è allusivo" s'intestardì Yaël.

"Non vogliamo allusioni, di nessun tipo" la rimbeccò Vlad. "L'ultima volta ho avuto un sacco di casini con la censura per i Redivivi e il testo di Liquore di Fica."

"Hai prodotto i Redivivi?" sbalordì il cantante delle Porte.

"Quello era un testo volgare, non alludeva, diceva chiaro e tondo, come tu ritieni si debba fare."

Vlad sollevò l'indice rivolto a Le Porte, un minuto di pausa. I musicisti si rilassarono mentre lui trotterellò vicino alla sorella.

"Mi pento di averti chiesto aiuto" le sussurrò torvo.

"Sai che ho ragione."

"Tu devi solo controllare che la qualità del suono sia accettabile. E basta."

La ragazza aprì la bocca per replicare, il fratello alzò nuovamente l'indice.

"E basta!"

Yaël strappò dall'aracne la teletta appena tessuta e gliela gettò addosso.

"Stronzo presuntuoso! E voi, se gli date ascolto, siete più imbecilli di lui."

Uscì sbattendo la porta.

Il complesso mantenne un imbarazzato silenzio.

"Ha le sue cose, niente di grave" li tranquillizzò Vlad, prendendo posto dietro il registratore. "Ne facciamo un'altra, stavolta voglio più grinta, ragazzi, fate scorrere l'elettricità."

Vlad stava riordinando per numero di serie alcuni kauja con protagonista la versione disegnata di Gaial Gadrisse, la campionessa di golf. Il campanellino della porta trillò, Yannis e Anouk entrarono nel negozio.

"Sei Shimun?" chiese Yannis.

"Preferisco essere chiamato Vlad."

"Dunque, Shimun" riprese Yannis, "sei il proprietario delle Rimembranze qui vicino?"

"Voi agenti immobiliari non vi stancate mai?" disse l'altro in tono arrogante.

Anouk e Yannis gli mostrarono l'ankh quasi in contemporanea, Vlad assunse un atteggiamento meno aggressivo.

"Sì, le Rimembranze sono mie e di mia sorella."

"Mi pare di capire che sei stato già contattato da una società immobiliare" disse Anouk.

"Tre muni fa la Rinascita ha mandato un suo agente."

"Quanto ti hanno offerto?"

"Un milione e mezzo di deben."

"Ti sarai affrettato ad accettare" disse Yannis.

"Yaël è contraria" rispose Vlad con una smorfia.

"Possiamo parlare con tua sorella?"

"La troverete alle Rimembranze, trentesimo blocco, sesto livello, lastra n. 43. Va sempre lì quando è di cattivo umore."

Le Rimembranze occupavano una zona collinare, verdeggiante di alberi e cespugli, poco lontana dal negozio. Un alto muro circondava l'area, un cancello di plais color bronzo, spalancato, introduceva a un giardino curato, suddiviso in aiuole, ognuna dotata di un impianto di irrigazione a goccia. Enormi magnolie fiorite ombreggiavano piccole pozze in cui crescevano i papiri. Le prime teche comparvero a una svolta del sentiero. Erano muretti trasparenti di plais, spessi mezzo cubito, suddivisi in riquadri di un cubito per un cubito, sorretti da cornici dello stesso materiale. Sopra ogni lastra era inciso il nome, o i nomi, del defunto. In alcune erano state aggiunte alcune frasi prese dal *Libro dei Morti*, invocazioni a Osiri e a Iside, colei che poteva far resuscitare i defunti. La luce e la kefer avevano reso opaco il plais, ma dentro ogni teca si riusciva a scorgere un nucleo tondeggiante di cenere bianca, circondato dagli articoli più disparati: bambole di stoffa, biglie di vetro, serpenti di legno, punzoni, bulini, fili colorati, aghi, spolette, collane, dadi, piccoli oggetti d'oro.

Alcune teche erano inserite in supporti vegetali o avvolte dai tralci esuberanti di un rampicante. Da lontano davano l'impressione che la natura avesse stillato un umore solido e geometrico, per conservare in eterno l'accozzaglia variopinta e multiforme imprigionata nel plais.

La collina, suddivisa in gradoni, ospitava file e file di lastre commemorative. Yannis e Anouk salirono per lo scalone di syenite e raggiunsero il sesto livello, l'ultimo. Una balaustra vegetale faceva da parapetto e riparava altre pareti di plais. Si avvicinarono a una ragazza, ferma davanti a una teca. Lei si volse, scuotendo i lunghi capelli rossi: aveva le guance bagnate di lacrime ma non accennò ad asciugarsi, né a nascondere il viso, conficcò spavalda gli occhi smeraldini e il mento aguzzo verso di loro.

Yannis e Anouk si qualificarono.

"Abbiamo parlato con tuo fratello" esordì Anouk. "Vorremmo farti qualche domanda."

Yaël restò in attesa.

"Qual è la procedura nelle Rimembranze private?"

"In primo luogo bisogna morire" rispose la ragazza in tono beffardo. "Poi bisogna essere stati amati, perché gli eredi o gli amici decidano di ricordarti. Qui entriamo in scena noi. Noi ci occupiamo della memoria. Si pagano cinquanta deben in anticipo. Prepariamo la lastra di plais, identica per tutti, stesse dimensioni, stesso volume, ci mettiamo dentro le ceneri e qualche oggetto appartenuto al defunto; incidiamo il nome, o i nomi, del morto e poi saldiamo la teca accanto alle altre. Rispetto alle Rimembranze statali si paga un affitto, cinque deben a luna, o cinquanta l'anno."

"Poco redditizio."

"In realtà io e mio fratello campiamo grazie al negozio di kauja."

"Shimun ci ha detto che vorrebbe vendere."

"È venuto un agente immobiliare e noi ci siamo entusiasmati dalla promessa di tutti quei soldi. Lui sogna di spostare il negozio in una zona più centrale e di ampliarlo, io... be', ho i miei progetti."

"Perché hai cambiato idea?" chiese Anouk.

"Nostra madre non ne voleva sapere. Diceva che un popolo che non ricorda i propri morti è un popolo selvaggio."

"Quindi la vera proprietaria è vostra madre."

Yaël scosse la testa.

"Non più."

La ragazza indicò una teca, fra le molte che componevano il muro. Inglobato nel plais, dietro l'incisione del nome, si scorgeva il ritratto a colori di una donna di mezza età.

"Io rispetterò il suo desiderio."

"Hai conosciuto un keme di nome Menes?" domandò Yannis.

"Mai sentito."

"Nessun hedja è mai venuto a parlare con te o con tuo fratello?"

"No." Yaël li guardava strizzando gli occhi con diffidenza.

Le fecero qualche altra domanda, senza scoprire niente che potesse ricollegarsi a Menes o ai Giudici dei Morti, quindi la salutarono.

Mentre si allontanavano, Anouk si voltò a più riprese.

"Non ti piacerà quella triglia con gli occhi da gatto?"

I loro sandali scricchiolavano sulla ghiaia.

"Yannis, subito dopo la morte di Menes hai pianto?"

Lui rifletté per un istante.

"Ho preso a pugni un muro e mi sono fatto sanguinare le nocche. Però no, non ho pianto."

"Neanche io. Noi non piangiamo per i morti."

Yannis le passò un braccio intorno alle spalle e la strinse al suo fianco.

"Forse ne abbiamo visto troppi."

"Forse" gli fece eco Anouk. Dopo qualche passo aggiunse:

"Yaël non è poi così brutta."

"Se ti piacciono i pesci."

"Hai l'odore delle cattive notizie" lo salutò Seshen.

Sadou si era appena accomodato sui cuscini e tergiversava, cercando le parole adatte per non turbarla. Ma Seshen possedeva una sensibilità particolare che suppliva alla mancanza degli altri sensi.

"Il capitano è stata ricoverata in una clinica. Non so come farò a procurarti altre medicine da Eleusi."

Lei rimase in silenzio per alcuni secondi.

"Forse è meglio così" disse.

"Abbiamo ritrovato l'ostrakon di Menes."

Dall'altra parte dei teli ci fu ancora silenzio.

"Non ne abbiamo cavato gran che, tranne che Menes era molto depresso."

"Quando si vive a contatto con la morte si finisce per vedere morti ovunque" sentenziò Seshen. "Al bar, sui moli, davanti alle vetrine dei negozi. Morti che leggono un kauja, morti che escono da scuola in fila per due, morti che cercano di venderti pesce fresco, morti che spalancano la bocca e ridono. Ci dibattiamo dentro melma morta, Sadou."

"Perché parli così?"

"Parlo con cognizione di causa, mio caro. Anche io sono morta. Sono morta e mi sto decomponendo, un pezzetto alla volta, oggi un frammento di unghia, domani un intero dito. La differenza fra me e te consiste nella velocità di disgregazione. Pensaci, ogni volta che inspiri l'aria ti consuma la carne, ti corrode l'anima e le interiora."

"L'anima non può essere corrotta dall'aria."

"Voi isiaci siete così semplici" sospirò Seshen. "L'energia dell'universo non è altro che una grossa bestia palpitante e frammentaria. Tiene coesi gli atomi e sostiene i pianeti, ma è del tutto priva di pensiero e di logica. La sua volontà fa agitare la coda della lucertola, dopo che è stata mozzata."

Una disperazione profonda si impadronì di Sadou e gli strinse il cuore in una morsa. Avrebbe voluto ribattere, avrebbe voluto trovare le parole giuste per ridare luce a se stesso e a Seshen. Non le trovò. Faticava a restare seduto con la schiena eretta, mentre un artiglio lo afferrava e provava a schiantarlo.

"A volte sono stanca di agitarmi" aggiunse Seshen.

Il futuro complesso edilizio sorgeva dal fracasso. I martelli degli operai picchiavano sulle intelaiature di pietra che facevano da supporto alle travi vegetali. L'armatura, radicata in profondità nel terreno, sarebbe cresciuta in breve tempo e avrebbe reso flessibile l'intera struttura, garantendo la resistenza ai terremoti. Una scavatrice preparava la buca in cui sarebbe cresciuta la cabina dell'ascensore. La polvere di cemento, il calore intenso ricoprivano esseri umani e cose.

L'agente immobiliare, un uomo senza collo, il cranio rasato luccicante di sudore, attendeva Naïma e Sadou all'ingresso dell'unica palazzina completata. I due hedjayu si erano presentati in abiti civili, perciò l'uomo li accolse col sorriso stereotipato che riservava ai possibili acquirenti. Si asciugò il viso in un fazzoletto e il khol sbavato lasciò un alone nero intorno ai suoi occhi.

"Notato il giardino?" disse, mostrando con orgoglio due aiuole, in cui crescevano sparuti ibischi tagliati a cespuglio, bianchi di polvere, rosi dalla kefer.

Nell'atrio insistette perché vedessero i bagni e i frigoriferi collettivi.

"Qui tutto è isolato da robuste pareti di cemento idraulico" dichiarò gioviale bussando con le nocche sul muro dei bagni. "Niente sorprese dal Mare-di-Sotto."

Salirono al decimo piano su un'euforbia cava.

"Porta d'ingresso in plais rinforzato" illustrò l'agente con orgoglio. "Pavimenti in muschio flottante a ricrescita spontanea. Prego, da questa parte ci sono le camere da letto."

Lo seguirono.

"Due camere, nel caso desideriate allargare la famiglia."

Entrambi rimasero silenziosi.

"Io dico sempre: cos'è una famiglia senza bambini?"

"Vita senza rogne" gli rispose Naïma.

L'uomo rise di gusto, come se lei avesse fatto una battuta divertentissima.

Sadou aveva scostato un'impannata di plais ed era apparso il panorama delle Rimembranze, a pochi metri dai balconi del palazzo. Strutture alte cinque o sei metri, raggiungibili attraverso scale vegetali, che racchiudevano file e file di teche trasparenti, assediate da profonde trincee e montagnole di terra asportata.

"Non datevi pensiero delle Rimembranze" intervenne l'agente immobiliare con piglio allegro. "Fra venti rē saranno scomparse, l'Agrimensore ha già firmato la demolizione."

"Come si chiama la società di costruzioni?" chiese Naïma.

"Rinascita. Vorrei richiamare la vostra attenzione sulle finestre anti-kefer..."

"Chi la dirige?" lo fermò Sadou.

"Il keme Kheru Khasekenui, uno dei migliori architetti della città."

"State costruendo su un giardino delle Rimembranze che apparteneva allo Stato" gli fece notare Naïma.

"È tutto in regola, signora. La Medithe ha autorizzato il cambiamento del piano urbanistico in base alla legge rivoluzionaria numero 12. Qui abbiamo gli armadi a muro..."

Lo lasciarono blaterare.

"Qui c'è la cucina, fornita di una dotazione di pregio, la lavastoviglie a sabbia di riso..."

Gli occhi di Naïma saltellavano sugli angoli dell'appartamento, posandosi appena. Il soffitto era basso, il caldo ristagnava negli ambienti, eppure lei tremò.

"Andiamo via" bisbigliò a Sadou, "mi manca l'aria."

L'agente li congedò augurando loro di rivederli al più presto per firmare il contratto d'acquisto.

L'ultimo filo era stato tessuto, il foro del tavolo aveva smesso di sputare l'infinito rendiconto nominativo di tutte le persone entrate nelle Due Terre il Secondo anno della Quattordicesima Dinastia. Sirah si alzò in piedi e le giunture delle gambe scricchiolarono. Elin cercò di imitarlo, ma per quanta leva facesse sul bastone, il corpo non le ubbidiva. Il ragazzo dovette tirarla su di peso.

"Qui occorre uno smurfo potente, methyer."

"Hai ancora qualche foglia?" domandò lei, stringendo sottobraccio l'elenco, arrotolato come un tappeto.

Sirah rovistò le tasche e trovò soltanto qualche pezzetto di foglia di coca. Per sostenersi avevano dato fondo a tutta la scorta che gli aveva regalato Selima.

Nei dintorni del porto fluviale affittarono una stanza in una pensione, le finestre guardavano verso il fiume. La corrente appariva scura, melmosa, le onde si alzavano e si abbassavano come la schiena di un animale primordiale al galoppo.

Elin, sfinita e dolorante, si addormentò. Sirah uscì in cerca di cibo.

Sul lungonilo una venditrice ambulante offriva frittelle e panini imbottiti. Il ragazzo ordinò una grande quantità di frittelle d'orzo e mentre le ricopriva di salsa di sesamo, rifletteva su come procurare a Elin altro mazut. Le ossa gli dolevano, riflesso del dolore di lei.

"Ti sgraveresti di crostacei vivi?" chiese disinvolto alla venditrice.

Quella lo fulminò con gli occhi, fece finta di non aver sentito e domandò a due nuovi clienti cosa desiderassero.

Sirah finì di mangiare e rimase a lungo seduto su uno degli sgabelli a fungo che crescevano ai lati del chiosco. La luce rosea della bella di notte, intrecciata alla tettoia di giunchi. gli parve l'unica cosa viva e bella di quel momento. Il fiume lo chiamava con uno sciacquio discreto e monotono.

Ormai sazio, balzò giù dal fungo e raggiunse il bordo della banchina. Guardò in basso. L'acqua appariva cupa, respingeva perfino le luci dei loti galleggianti. Lentamente una luce risalì dal fondo, tanto chiara e potente da riempire di sé tutta l'oscurità a mano a mano che veniva su. Irradiò tutta l'acqua facendola diventare turchese e Sirah ci si tuffò dentro vestito.

Il liquido trasparente gli diede l'impressione di stare dentro una bolla d'aria e di luce. Riemerse e galleggiò sulla schiena, il viso al cielo, finché una parte di sé iniziò a staccarsi da lui e a salire verso l'alto. Riusciva a vedersi, tra i flutti, da un'altezza crescente. Ascendeva lieto e inconsistente come vapore finché distinse l'acqua azzurra in cui ondeggiava il suo corpo, racchiusa da una vasca tonda, cinta a sua volta da una seconda vasca a forma di mandorla, colma di acqua lattiginosa, poi vide le palpebre, le rughe sabbiose, la fronte, la guancia, i capelli, il volto immobile di Elin, dall'occhio sbarrato, e lui era una pagliuzza umana che vi nuotava dentro.

Si risvegliò in un sussulto.

Era disteso sul banco. Due portuali sbocconcellavano i panini e lo osservavano divertititi. Sirah si sollevò, gettò indietro i capelli con l'abituale scossa della testa e domandò altre frittelle da portare via.

Ritornò in albergo accompagnato da un brutto presentimento. Entrò nella camera e vide Elin sveglia, seduta sul letto, che gli sorrideva radiosa. L'abbracciò posandole la testa in grembo, com'era solito fare.

"Mi sento bene" disse lei. "Ho anche fame. Cosa mi hai portato?"

Sirah scartò il pacchetto delle frittelle.

"È tardi per le ninfee" disse Elin tra un morso e l'altro. "Potremmo andare a vedere lo spettacolo sul ghiaccio."

Anouk era già sulla porta di casa ma la voce di Yannis la fermò.

"Facciamo una partita a coccodrillo?"

"Più tardi."

"Mi sarebbe piaciuto andare a cena al Keressia. Potresti fare pace con Nur."

"Ne riparliamo."

Nell'attraversare di corsa il pianerottolo Anouk sentì il cuore balzarle in gola. Nell'atrio sostò davanti al grande specchio, noncurante della portinaia, per truccarsi gli occhi e la bocca. Dal petto cavò una sopragonna di organza bianca che indossò sull'abito, le dispiaceva non aver potuto mettere i sandali d'oro, ma Yannis si sarebbe insospettito.

La chiatta che la portava ai Cedri parve ad Anouk insolitamente placida. Batteva spazientita il tallone destro sul ponte, sperando che il negozio fosse ancora aperto.

Quando entrò, Vlad stava conversando allegro con tre ragazzi; Anouk ricevette un'occhiata di ammirazione da tutti e quattro, li scansò con indifferenza per volare incontro a Yaël.

"Vorrei comprare un kauja" esordì, sfoderando il suo miglior sorriso.

"Non c'è fretta" rispose Yaël. "Oggi facciamo l'orario notturno, chiudiamo all'Ora Sesta."

Nei pressi del Palazzo di Ghiaccio c'era molta animazione. Ancor più all'interno: adolescenti in branco sorbivano cioccolato bollente con le cannucce, spostandosi da una sala all'altra; bambini di ogni età tiravano nonni e genitori in varie direzioni; coppie indecise consultavano il programma esposto nell'atrio, scolpito su una lastra di ghiaccio.

"Alla sala 5 fanno le evoluzioni sui pattini" lesse Elin.

Sirah approvò con un cenno del capo.

I biglietti erano scaglie di acqua ghiacciata. Bruciavano le dita e dovevano essere consegnati alla maschera prima che si sciogliessero.

Presero posto su una gradinata circolare di plais lucido, in mezzo a una folla vociante. L'arena era occupata da gigantesche onde cristalline, paralizzate dal gelo, che si arricciavano in alto, formando vertiginose pareti curve, e si spianavano in basso, dando luogo a un intreccio di percorsi labirintici. Le luci si spensero quasi subito, le onde si illuminarono dall'interno, diventando rosa. Alcuni colpi di cembalo e quattro figure rosse emersero da una botola centrale e iniziarono a scivolare leggere sui pattini in mezzo al ghiaccio.

In un'ora di spettacolo le evoluzioni dei pattinatori, su e giù per le onde, strapparono oh! e ah! di stupore al pubblico. Sirah rabbrividiva, per scaldarsi e applaudire imitava gli altri spettatori, che battevano freneticamente le mani e i piedi.

Il finale fu un tripudio di scivolate artistiche, salti acrobatici e getti d'acqua sparati dal pavimento dell'arena a ritmo di musica. Poco prima di toccare il soffitto, l'acqua si cristallizzava in colonne di ghiaccio. Gli ultimi due getti esplosero e si aprirono a ombrello, solidificandosi un attimo prima di ricadere sui pattinatori. La musica cessò, la coreografia si concluse e il pubblico strepitò di gioia.

Mentre si avviavano all'uscita la folla separò Elin e Sirah.

Sirah, ancora stordito dalle luci, dai colori e dalla musica, si ritrovò da solo nell'atrio, che andava svuotandosi. Attese Elin accanto all'ingresso della sala 5, vide uscire gli ultimi spettatori e domandò all'inserviente, che stava per chiudere le porte, se fosse rimasto qualcuno in sala.

"No, era l'ultimo spettacolo."

Provò ai bagni, poi al bar, fra i divani di plais morbido che imitava i cubetti di ghiaccio.

"Forse è già uscita e ti aspetta fuori dal Palazzo" gli suggerì un uomo della sicurezza. Crollava dal sonno e non vedeva l'ora di metterlo alla porta.

"No. No. Lei scavalla. Ora la sento. Scavalla nella verzura, in mezzo alla... alla..."

Sirah vide con chiarezza la fredda polvere bianca che da qualche tempo compariva nei suoi sogni. Elin camminava in mezzo a quei fiocchi minuscoli e gelidi, ma Sirah non riusciva a ricordarne il nome. Un misterioso sopore lo costringeva a calare le palpebre e a raggomitolarsi in se stesso. Gli addetti al Palazzo di Ghiaccio si scambiarono un'occhiata d'intesa e chiamarono il medico.

Il medico riscontrò che Sirah aveva un principio di assideramento, le sue parole furono prese per deliri. Lo portarono nell'infermeria, gli somministrarono un tranquillante e lo ficcarono sotto una coperta termica.

Vlad porse un granello soporifero all'aracne e la chiuse sotto una campana di protezione.

"Torno all'Ora Sesta" ammiccò alla sorella.

Yaël gli rispose con un cenno della mano.

"Che genere di kauja ti interessano?"

"Devo fare un regalo" mentì Anouk. "Vorrei qualcosa di lusso, a colori."

"Un regalo a un adulto? Ho degli ottimi ero a buon prezzo. O preferisci i sen?"

"Ero? Sen?"

"Erotici o sentimentali. Se cerchi qualcosa di forte ci sono i miti. I greci e i babilonesi sono più erotici, quelli etruschi molto cupi e sanguinolenti. Altrimenti ho qualcosa sul feticismo dei piedi."

Aprì un kauja in bianco e nero.

"Questo l'ho disegnato io."

Anouk lo sfogliò con interesse.

" Caspita, sei brava!"

"I piedi sono la prima cosa che noto in una persona. I tuoi sono splendidi."

Elin percorreva il sentiero tra gli abeti innevati appoggiandosi al bastone di cristallo. Il tracciato terminava in una radura occupata da una grande macchina di metallo. Una sacca orizzontale, rigida, simile a una goccia di resina trasparente, fuoriusciva da un'estremità. Al suo interno, sospeso in una gelatina verdognola, giaceva un corpo maschile. Una serie di tubi e tubicini collegavano gli organi vitali dell'uomo alla macchina, che emetteva un leggero sibilo ogni volta che il corpo inspirava ed espirava.

Elin si piegò per sedersi e una sedia la accolse, là dove un attimo prima c'era stato il nulla. Concentrò la sua attenzione sul volto quieto dell'uomo e le parve di essere sempre stata lì, come se gli ultimi quarant'anni li avesse trascorsi nell'ospedale della capitale dell'Iperborea, invece che nelle Due Terre.

"Sono qui, Aage. Sono venuta per restare."

"Se non hai bisogno d'altro, io vado."

La domestica, una robusta donna di mezza età, era ferma davanti alla porta d'ingresso dell'appartamento.

"Anouk è tornata?" le domandò Yannis, riscuotendosi. Si era appisolato per noia sui cuscini.

"Non l'ho vista. Samtà."

Yannis si rigirò sulla pancia sbuffando.

Naïma si era tormentata a lungo, in un crepuscolo che non era sonno e non era veglia, aggrovigliando le lenzuola e finendo legata da esse. Dovette fare uno sforzo per aprire gli occhi, restò inerte sulla schiena, le membra insensibili.

"Sono morta" pensò, "sono morta e mi sto raffreddando."

Il soffitto di pietra, alla luce tremolante del focolare, le pareva più basso, una lastra tombale che scendeva lentamente per toglierle l'aria.

Con una mano tastò il materasso alla sua sinistra e scoprì che Sadou se n'era andato.

Elin sedeva composta e assorta. A tratti sollevava le palpebre e contemplava i lineamenti lontani del marito.

"Forse i medici non te l'hanno detto, ma Erik è morto. Ho chiesto all'infermiera dove fosse mio figlio e lei ha fatto una smorfia. Tu sei stato fortunato, in un certo senso, uno sperone di roccia ha fermato la caduta, la tua corda non si è spezzata e ha rallentato l'impatto. Erik invece è precipitato nella faglia. Potrebbe essere stato incenerito dal magma al centro della terra, nessuno sa quant'è profonda la Ruga di Freya. Non importa. Per me il risultato è lo stesso, tu sei qui, nostro figlio è lì. Ho un solo corpo su cui piangere."

Anouk allungò il collo e tentò di baciarla, Yaël si sottrasse con delicatezza.

"Sono ai tuoi piedi solo per disegnarli" disse, senza smettere di tratteggiare il chiaroscuro sul foglio.

"Vuoi essere corteggiata" rise l'altra.

"Non da te."

Il sorriso di Anouk si spense.

"Non mi piacciono le storie a tre, qualunque sia il sesso del terzo. La prima volta che ti ho vista ho capito subito che eri in intimità col tuo collega."

"È vero, ma non come pensi tu."

"Bella mia, quel modo di guardarsi si ottiene con un unico genere di intimità."

"Sono stata ingiusta con te, Aage. Ho creduto di agire per il tuo bene. Per te sono andata contro le nostre leggi, per te ho commesso un crimine e mi sono assolta."

La luna era tramontata, i canali erano a malapena illuminati da qualche canna luminosa che cresceva ai bordi, le svolte non erano segnalate. Naïma riusciva a guidare il *caimano* seguendo una mappa interiore. Le case si diradavano, i canneti si moltiplicavano, separati da isolette di terra sulle quali facevano il nido gli hurr che, disturbati dal suo passaggio, aprivano le ali ed emettevano i loro versi.

All'orizzonte apparve la mole scura dei bastioni del presidio ambientale, disegnata da una fila di luci. Il canale terminò bruscamente su un muro di mattoni, le onde vi sballottavano contro un *caimano* con le insegne dell'hedja.

Spense il motore, gettò l'ancora sul bassofondo e saltò a terra. Aveva con sé una corta canna di bambù luminoso, ne indirizzò il fascio verso il terreno e distinse una fila di impronte di sandali, in mezzo all'ondulazione uniforme della keagi. Da lì iniziava il deserto vero e proprio.

Raggiunse Sadou dopo una camminata a passo sostenuto, oltre il varco tra due basse dune, incoronate da cespugli spinosi.

"L'oasi di Dakhla è troppo lontana per essere raggiunta a piedi" disse lei.

Lui si aggiustò meglio lo zaino sulle spalle, afferrando le cinghie con entrambe le mani.

"Chi speri di trovarci?"

"I nomadi sono abitudinari, stessi luoghi negli stessi periodi" ribatté Sadou col tono di chi sa quello che fa. "Tra nove rē sarò a Dakhla."

"Che cosa vuoi? Vendetta?"

"Credevo di agire per amor tuo" sussurrò Elin fissando i lineamenti immobili del marito. "Credevo fosse la tua volontà, Aage. Iside non aveva ancora rimescolato la mia acqua. Ora sono torbida e finalmente vedo. Eri stato tu a insistere perché Erik venisse con te alla Ruga di Freya. Il nostro unico figlio."

Yannis girellò svogliato per l'appartamento, grattandosi il petto. Giocherellò con un soprammobile sferico, palleggiandolo tra le mani, finché gli cadde e s'infranse.

"Merda" borbottò.

Oltrepassò i cocci, rovistò nella dispensa, scovò un sacchetto di sfogliatine di mais e prese a mangiucchiarle, lasciando una scia di briciole in ogni stanza.

Nella camera da letto di Anouk aprì l'armadio, affondò il naso tra i vestiti di lei e aspirò con forza. Sul pavimento del mobile qualcosa scintillò. Si chinò a raccoglierla, era la labrys che gli aveva consegnato il capitano. La sfilò dalla busta trasparente e la sollevò alla luce, le lame mandavano bagliori argentei.

"Cosa speri di ottenere da tua madre? Ammesso che la ritrovi, cosa ti aspetti?" disse Naïma. Si era messa davanti a Sadou e gli sbarrava il passo. "Vuoi farle vedere che sei diventato un semidio di pietra, che padroneggi i sentimenti come il timone di un *caimano*? Vuoi ricambiarla con il tuo gelo?"

"Tu non puoi capire."

Lei si chinò, raccolse due manciate di sabbia e gliele gettò contro. Sadou le ricevette sul petto, i granellini scivolarono sulle strisce rigide del corpetto e s'infilarono nelle fessure tra i listelli.

"Pagherei una fattucchiera perché ti trasformasse in acqua" gridò Naïma, "e io potessi berti, per spegnere l'ardore che mi brucia. Qui."

Si toccò la bocca dello stomaco.

"Io e Yannis non siamo semplici hedjayu. Siamo Sette."
Yaël sollevò la testa dal foglio, sorpresa da quella rivelazione.
"Vedete Iside e parlate con i morti!"
Anouk storse la bocca.
"Iside non è un bello spettacolo, quanto ai morti... non è questo che ti volevo dire. Il Serdab esercita un potere insolito su di noi, all'inizio... il primo anno, io e Yannis eravamo felici. Passavamo il tempo assieme, a fare nulla, a dire niente. A un certo punto ci siamo convinti di dover perfezionare l'unione. Ho preso una stanza all'albergo Bresca Dorata, cinque stelle, suite di lusso. Lascio detto in portineria di non disturbarci e ci chiudiamo in camera."
"Me l'immaginavo" scosse la testa Yaël.
"Ci spogliamo e giocherelliamo un po', poi, al dunque, non riusciamo a eccitarci. Penso che sia l'emozione del momento, ordino un costoso champagne di contrabbando. Giunti al fondo della bottiglia ricominciamo, altre carezze, altri baci, nessuna reazione. Siamo esausti. E freddi come cadaveri. Nel Serdab ogni sua cellula si fondeva con le mie, lì, in quelle lenzuola da mille deben a notte, eravamo ritornati soli, nudi, di una nudità brutta, di cui ci vergognavamo. Abbiamo dormito e non ne abbiamo parlato più."
Yaël picchiettava nervosamente la matita sul foglio.
"Non l'ho mai raccontato a nessuno."

"Non pensavo alle conseguenze del mio gesto, Aage, sapevo che sarei dovuta scappare da Iperborea. Quello che non sapevo era il motivo per cui ho fermato la macchina. Tu eri responsabile della morte di Erik, tu eri salvo e lui era morto. Morto. A quattordici anni. Vedevo il suo corpo che precipitava, le mani che cercavano un appiglio, la schiena inarcata. L'ho visto cadere in eterno, per lune, l'ho visto cadere per anni. Ha toccato terra nel Serdab. Ha toccato terra quando ho capito di averti ucciso per vendicare Erik. Vedi, Aage, la verità è che io ti odiavo. Ti odiavo di un odio profondo quanto la Ruga di Freya."

Lanciava la labrys con la mano destra e la riprendeva con la sinistra, dopo averla fatta roteare in aria per tre o quattro volte. Ogni volta riusciva ad afferrare il manico con fulminea precisione. Il giochetto lo divertì finché non sbagliò, allungò la mano prima che la rotazione fosse completata e una lama gli passò rasente il palmo.

Yannis si guardò la mano, sorpreso di non vedere il taglio, ma quando la capovolse tre gocce di sangue sporcarono il muschio albino del pavimento.

La neve scendeva con solennità, indugiando nell'aria, quasi restia a posarsi, come se provasse piacere a vorticare in ampie spirali al di sopra degli alberi.

Elin si appoggiò meglio alla spalliera della sedia, gli occhi fermi sulla capsula sospesa che conteneva il corpo di Aage. Udiva soltanto il soffio sibilante della pompa dell'ossigeno che si sollevava con l'inspirazione e si riabbassava con l'espirazione. I fiocchi invece non facevano alcun rumore.

Rā spuntò e delineò le sagome squadrate dei palazzi di Karnak, accendendo l'acqua bassa delle paludi di luce turchina. Il calore vinceva l'umido notturno. Alla levata corrispose, dalla parte del deserto, l'arrivo del vento. In principio lieve ma già portatore di disordine, pronto a smuovere la cima fragile delle dune, ad accarezzare le caviglie di Naïma e Sadou, velandole di polvere.

Si videro. Uno di fronte all'altra, come due pietre antiche, lui spalle al deserto, lei spalle alla città. Dritti e verticali nel luogo in cui la materia era orizzontale e solo lo spirito aereo del vento poteva sollevarsi.

Torna con me, avrebbe voluto dirgli Naïma. Dimentica il tuo passato, abbandona ogni sofferenza. Sei mio, ormai. Siamo una cosa sola.

"Se restiamo fermi a lungo, diventeremo statue di sabbia" disse Sadou.

In quel momento capirono cos'era accaduto.

Un inserviente del Palazzo di Ghiaccio trovò una donna nella sala 1, la selva artica. Era seduta su un ceppo nel mezzo di una radura, congelata e ricoperta di neve. Pareva una statua.

Diede l'allarme. Il corpo di Elin fu trasportato all'infermeria, cercarono di scaldarlo, il medico le stimolò il cuore con alcune scariche elettriche, inutilmente.

Sirah si svegliò e la vide accanto a sé. Sembrava piccola, conchiusa in posizione fetale, perché non erano riusciti a distenderle le ginocchia. Non si meravigliò. Sapeva che lei non l'aveva voluto portare con sé, in fondo a quel sentiero che per lungo tempo, in sogno, l'aveva perseguitato. Svanito, sciolto come neve. Neve! Ecco come si chiamava quel bianco pulviscolo. Tutte le parole non pronunciate gli si presentavano davanti, semplici, ubbidienti, perfino quelle sconosciute, perfino quelle mai dette. Erano venute per lui. Nella sua testa c'era un tale raduno di vocaboli che aveva timore di rovesciarle sul pavimento, se si fosse mosso.

Restò sdraiato su un fianco, a esaminare quella parte di sé che si era tagliata da sé.

Terza parte

I tjemhu controllarono il lasciapassare firmato da Khamsin con insolita minuzia, Sadou e Naïma rimasero in ansia per tutto il tempo.

Avevano lasciato Sirah in compagnia di Yannis e Anouk, a casa di quest'ultima. Non c'era stato bisogno di spiegazioni o resoconti, il ragazzo si era presentato con un'urna funeraria sottobraccio e un lunghissimo elenco di nomi. Naïma gli aveva chiesto come si sentisse, lui aveva risposto:

"Sto bene. Ho mangiato sulla barca che mi ha riportato a Nekhen."

Si erano meravigliati che il gergo di Dendera avesse lasciato il posto alle parole comuni, e l'avevano giudicato un segno dello stato di turbamento in cui si trovava Sirah.

Ges aveva l'aspetto di una pianta bisognosa di innaffiatura.

"Lo so" disse, prima ancora che parlassero. "Ho raccolto la foglia."

"Quale foglia?" domandò Sadou.

"Venite con me."

Attraversarono uno stretto budello scavato nella roccia e giunsero in una caverna illuminata dai muschi rossastri che crescevano sulle pareti. Davanti a loro si estendeva una prateria di foglie secche, grandi e piccole; alcune smozzicate, altre integre, altre ancora bucherellate. Qui e lì si poteva cogliere il brulichio di molti vermi neri. Saltellavano allegri, mordicchiando le foglie e producendo un gracidio monotono e costante. Qui e lì emergevano minuscole piramidi rosse, i loro escrementi.

"Ogni rē nella Foresta spuntano nuove foglie, mentre altre cadono rinsecchite" spiegò Ges. "Ogni nuova foglia una nascita, ogni foglia secca un decesso. Io so su quali piante crescono le vostre, le foglie dei Sette. Ogni ventiquattro ore ripulisco le mie piccole e ieri ho trovato la foglia di Elin, gialla, accartocciata, senza linfa."

"Tu le raccogli e le metti in questo... archivio morto" disse Sadou.

Ges sollevò le spalle.

"Quando uno muore, è ovvio che muoia anche il suo nome."

"Questo complica le cose" osservò Naïma.

Srotolò la lista di nomi che era stata tessuta da Elin.

"Dobbiamo analizzare la vita di questa gente, sapere chi sono e soprattutto se sono ancora vivi."

Ges le rivolse la medesima occhiata diffidente con cui l'aveva accolta.

"Hedja Naïma, ci sono due motivi che mi impediscono di aiutarvi" cominciò il coltivatore di nomi. "Il primo lo vedete coi vostri occhi, i nomi dei morti sono impossibili da analizzare. In secondo luogo, la scomposizione di tanti nomi consumerebbe tutti i miei reagenti vegetali. Sono prodotti dalla Foresta stessa, che li secerne dai tronchi degli alberi. Posso prelevarne solo piccoli quantitativi, per non provocare l'inaridimento."

Naïma e Sadou si guardarono sgomenti.

"Ges, ci stai dicendo che il lavoro di Elin è stato inutile" obiettò Sadou. "Ha esaurito le sue ultime forze per tessere quei nomi."

Ges si tappò le orecchie con le mani e chiuse gli occhi.

"Tutti i rē trovo foglie cadute" replicò stizzito. "E tutti i rē le raccolgo una per una, le pigio in un secchio e le rovescio qui. Prima erano nomi vivi, dopo nomi morti. Nomi, non esseri umani. Conoscere il nome dà un grande potere ma io me ne frego del potere. Me ne frego della gente. Io faccio quello che mi dite di fare e dormo tranquillo."

Naïma sobbalzò, come se si fosse appena risvegliata da un letargo. Qualcosa risaliva lentamente dal fondo della coscienza.

"Tu conoscevi Elin!" si intestardì Sadou. "Lei non era un nome, era carne e sangue, come me e te!"

Ges si premette con maggiore forza le mani sulle orecchie.

"Non è più divertente lavorare con i Sette. Non lo voglio più fare."

"Ges, hai detto che conoscere il nome dà potere" lo interruppe Naïma. "Che genere di potere?"

Il vecchio si acquietò e riprese l'aria di superiorità che gli era propria.

"Ma è ovvio. L'individuo è formato da cinque parti: il ka, il ba, l'akh, l'ombra e il nome. La conoscenza di uno soltanto di questi elementi permette di legare l'altro e costringerlo a parlare di sé. In passato, quando eravamo un popolo civile, le persone possedevano almeno due nomi, uno pubblico e uno privato. Solo gli amici intimi conoscevano e usavano quello privato."

"Supponi che io organizzi una seduta spiritica" continuò Naïma infervorata dall'idea che la assillava. "Supponi che voglia parlare con mia nonna, ma lei non voglia parlare con me."

"Perché?" Ges sbatté le palpebre bianche sugli occhi giallastri, colmi di ingenua curiosità.

"Perché... perché è offesa con me. Era una tipa irascibile, la vecchietta, e avevamo litigato prima che morisse. Ma io ho quell'unica occasione per sentirla, perché la medium domani se ne tornerà nel Kush, perciò voglio che l'anima della nonna mi risponda."

"Oh, be', in questo caso è sufficiente che tu pronunci il suo nome completo e lei dovrà restare per tutto il tempo in cui dura il contatto."

"Il suo nome pubblico o quello privato?" domandò Naïma.

Ges fece un gesto di noia con la mano.

"Pubblico, privato, dall'altra parte è tutto uguale, non ha importanza quale nome usi. Ha rilevanza, invece, pronunciarlo all'inizio e alla fine di ogni frase, perché così l'anima è obbligata a rispondere a ogni tua domanda o affermazione. Ma cosa le vorresti chiedere?"

"Chi ha ucciso Menes."

"Dovevate vederla" ripeté Sadou con orgoglio. "Si è rigirata Ges come una frittella d'orzo. Il vecchio sughero è talmente solo che qualunque bufala per lui diventa una storia interessante."

"Non comprendo il tuo tripudio" mormorò Sirah con voce spenta.

"Menes stava cercando di scoprire il nome di Diciannove, il suo nome da vivo, quello con cui è stato registrato al suo arrivo nelle Due Terre come profugo di guerra."

"Il problema è soltanto cambiato" osservò Anouk. "Perché Menes voleva soggiogare la volontà di un Giudice dei Morti?"

"Perché i Morti conoscono il futuro" disse Sadou. "Se conosciamo il loro nome, li possiamo obbligare a svelarci informazioni su quello che accadrà."

"Forse Menes lavorava per conto di qualcuno" aggiunse Naïma. "C'è gente che farebbe carte false per sapere cosa capiterà da qui a un muni."

"Che stupidi!" esclamò Yannis. "Io vorrei sapere una sola cosa: su quale *caimano* da corsa scommettere."

"Un politico, però, avrebbe un grande vantaggio dalla conoscenza del futuro. Saprebbe in anticipo quali decisioni prendere. Soprattutto se è giovane e pieno di ambizioni" disse Naïma.

"Di chi state parlando?" chiese Anouk.

"La nostra Sublime Porta, l'Eccelso Pilastro delle Due Terre, Khamsin-Seth-Uadjt" spiegò Sadou.

"Durante il colloquio ha mostrato un blando interesse per la sorte della squadra" continuò Naïma, "ma appena Sadou ha accennato all'ostrakon di Menes gli ho visto una luce cupida negli occhi."

"Tu credi che Menes..." cominciò Yannis.

"Perché no?" riprese Naïma. "Menes poteva essersi messo in contatto con Khamsin e avergli proposto di barattare la conoscenza del futuro in cambio di cure per Seshen, tanto per fare un esempio."

"Sì" approvò Sadou. "Io l'avrei fatto, lui l'avrebbe fatto. Se Khamsin è davvero interessato al nome del Giudice, dovrà fare in modo di liberare il capitano."

"Perché?"

"Senza Elin è impossibile riformare la configurazione Osiride. Non possiamo tornare nel Serdab e parlare con i Morti. Ma Larissa sa chi potrebbe sostituirla. Faremo ciò che sappiamo fare meglio: uno scambio."

Naïma intuì prima degli altri la proposta di Sadou.

"Il capitano in cambio del nome del Giudice."

"Non ce l'abbiamo, il nome" si stupì Yannis.

"Sì, ma Khamsin non lo sa."

Raggiungere il segretario particolare di Khamsin non fu facile. Naïma e Sadou dovettero passare attraverso una fila di burocrati della Casa dei Giunchi, che pretesero di registrare la loro richiesta di udienza.

Infine, si trovarono davanti a un segretario imberbe e sussiegoso.

"In questo momento la nostra Suprema Porta sta conferendo con altri membri della Medithe" li informò con voce grave. "Non sono autorizzato a interromperlo."

"Digli che Sadou e Naïma sono qui, ti scuserà."

"Potete lasciare a me la vostra comunicazione, keme Sadou."

"Sarebbe preferibile parlare direttamente con lui."

"Come ti ho già detto..."

Naïma prese per un braccio il collega e lo allontanò dal ceppo d'ulivo che formava la scrivania del segretario.

"Lasciamo i nostri nomi al segretario e facciamoci desiderare, se ha fame abboccherà."

"Merda" imprecò l'hedja Stij.

"Cosa c'è?" bofonchiò il collega seduto poco distante, le guance gonfie del kifel alla crema di cui si stava abbuffando.

"Ho dimenticato di nutrire l'aracne."

Sollevò per una zampetta l'animaletto stecchito, raggrinzito come una prugna secca.

"Ero convinto l'avessi fatto tu."

"Sono quattro rē che abbiamo finito il cibo per aracne" disse l'altro continuando a masticare.

In disparte, appoggiato al davanzale della grande finestra del presidio di Karnak, Sadou sorvegliava la palude attraverso i binocoli e ascoltava distratto le parole dei colleghi.

"Oh, ma abbiamo qui il nostro Osiri di fiducia" disse il mangiatore di kifel. "Ehi, collega, facci vedere cosa sei capace di fare."

Il tono era irridente e nello stesso tempo speranzoso di assistere a un miracolo.

Sadou finse di non aver sentito.

"Lascialo in pace, Enoch" lo rimproverò Stij ma l'altro continuò.

"Dai, non essere timido, cosa ti costa? Una minuscola aracne, dovresti resuscitarla in un batter d'occhio."

Sadou posò il binocolo, si avvicinò a Enoch a passi lenti, i pugni serrati; sovrastava entrambi i colleghi per mole e altezza. I due hedjayu trattennero il fiato, Stij spinse all'indietro la sedia su cui era seduto, Enoch sollevò il kifel all'altezza del viso, come se il dolce potesse proteggerlo. Con due dita Sadou diede un colpetto all'aracne morta e la fece cadere nel cestino dei rifiuti organici.

"Non tutto può essere resuscitato."

Si erano appena seduti a un tavolo del Palo d'Ormeggio. Paneb, il giovane collega, blaterava qualcosa a proposito di arresti effettuati dai Sabbia Fine quella mattina. Naïma, rintanata nel castello dei propri pensieri, rivedeva Sadou, disteso nudo sulla pancia, come l'aveva visto l'ultima volta che erano stati insieme. Quell'immagine si mescolava alla discussione che aveva avuto con Elias. Le figlie assistevano in silenzio ai loro battibecchi, negli ultimi tempi sempre più frequenti. Quando terminavano, Fairuza la guardava con occhi sfuggenti, Yseti con timore. Entrambe cercavano di capire se l'unione familiare fosse in pericolo. Naïma, invece, si sentiva sempre più indifferente. E priva di senso di colpa.

Con leggerezza poteva contemplare i muscoli lisci di Sadou, lasciarsi andare al desiderio del suo corpo, assaporarlo sino in fondo come un bicchiere di rum, parimenti con leggerezza recepiva i rimproveri di Elias, i suoi bronci, la scontentezza.

Eppure, in alcuni momenti, Naïma guardava verso il basso e allora vedeva di stare camminando su un filo. Sotto di lei c'era un precipizio.

Sollevò lo sguardo, una figura imbacuccata in un mantello scuro era appena entrata nel locale e aveva preso posto a un tavolo vicino all'ingresso. Naïma si alzò e sedette di fronte a lui.

"Non abbiamo molto tempo, hedja Naïma" le bisbigliò una voce d'uomo, "perciò dimmi rapidamente ciò che mi devi dire."

Riconobbe la voce di Khamsin e vide che alla mano sinistra portava l'anello d'oro col sigillo della Medithe.

"Abbiamo individuato il nome di un Giudice" replicò lei.

Gli occhi dell'altro, seminascosti dal drappeggio del manto che gli avvolgeva la testa, brillarono di esultanza.

"Cercherò un modo per farvi rientrare nel Serdab."

"Il nostro capitano?"

"Ci sto lavorando."

"C'è qualcosa che non sai. Elin è morta, siamo in cinque, il collegamento è impossibile e solo il capitano può scegliere un sostituto."

Khamsin trasalì.

Fine del turno. La chiatta per Amarna passò in anticipo e Naïma si affrettò a salutare Paneb.

Osservando il corteo ordinato delle luci lungo il canale, considerò che spesso agiva in modo meccanico, seguendo il tracciato sicuro della consuetudine. Era giunto il momento di rompere con le abitudini. Dopo due fermate scese e s'incamminò a passi leggeri verso la casa di Sadou.

Le tele degli amplificatori misuravano quasi mezzo cubito ed erano inserite in due casse di risonanza vegetali, sferiche, che crescevano nella sabbia. Sadou acquistava musica illegale scaricandola da frequenze non autorizzate. Quest'ultimo gruppo, Le Porte dell'Acqua, gli era piaciuto subito. Le canzoni erano lunghe, piene di parti strumentali, eseguite con chitarre dalle corde di metallo e una vera batteria metallica. Il ritmo fuoriusciva potente, a ogni colpo di grancassa gli amplificatori sobbalzavano.

Sadou aveva una microaracne in un orecchio, sintonizzata sulle stesse frequenze di quella della stanza e si faceva invadere dalla musica. Naïma era esasperata.

Era giunta da lui sospinta da un'ondata di gioia, un sentimento elementare, limpido, il distillato di felicità che beveva da bambina. Sadou si era lasciato portare in alto da lei, su quel filo sospeso sopra il mondo in cui Naïma camminava da quando era diventata Sette, poi aveva guardato giù, si era spaventato ed era corso a nascondersi in se stesso.

Naïma sentiva di avere tra le mani una bambola di creta, poteva modellarla, poteva bagnarla coi suoi liquidi rendendo morbida la pasta, poteva avanzare attraverso la massa soffice, immergere le mani nel punto in cui ci sarebbe dovuto essere il cuore e accorgersi, sgomenta, che il nulla animava la creatura di argilla.

Con rabbia strinse le funi di canapa annodandole doppie intorno al corpo di lui, fece scorrere i laccioli secondari tra le dita delle mani, avviluppò le braccia e le gambe in una spirale di corda che risaliva al petto, obbligava i capezzoli a spingersi in fuori, attraversava la bocca in senso orizzontale, costringendo Sadou a tenerla semiaperta.

"Oggi cambiamo" sussurrò. Allungò una mano verso le dotazioni hedja, di cui si liberava prima di spogliarsi, prese l'apep scarlatto e glielo gettò in faccia, lui scosse la testa cercando di scrollarselo di dosso, emettendo un suono di gola basso e roco, poiché aveva la lingua trattenuta dalla canapa; l'apep gli si appiccicò sopra occhi come una benda.

"Non ti agitare" disse Naïma. "Cosa potrei farti che non ti ho già fatto?"

Lui trattenne il respiro, il cuore gli batteva all'unisono con la batteria della canzone che gli risuonava nelle orecchie. Percepì le dita di lei sui propri fianchi, glieli stava cingendo con una fettuccia sottile che, a contatto con il calore del corpo, si fece morbida, setosa, una *cintura di Orione*.

Divenne una competizione. Lei spingeva tutta se stessa nelle stanze di lui, inseguendolo, sperando di fargli perdere l'orientamento e di essere condotta in luoghi più intimi; lui fuggiva, si sottraeva, resisteva.

In ultima Naïma dovette arrendersi, abbandonò il deserto e si tuffò nell'acqua fresca dell'orgasmo. Riemerse ansimando sul petto di Sadou.

"Liberami" la implorò lui col pensiero. "Liberami, ti prego, liberami."

Con gesti lenti Naïma sciolse i nodi, fece scorrere via le funi, ma gli lasciò la benda. Voleva che se la togliesse da sé, come quella volta, la prima volta che l'aveva visto nudo e desiderato. Sadou si girò sul fianco, boccheggiante, rotolò fuori dal materasso, lei lo inseguì, si distese davanti a lui, aspettando trepidante di vedergli lo sguardo, voleva cogliere il piacere dalle iridi di lui. Sadou rimase bendato, tremò con tutto il corpo ed emise un gemito soffocato, la sabbia diventò umida, Naïma abbassò le palpebre.

"Dovremmo smettere di vederci" disse lei, infilandosi la divisa.

Sadou si era seduto sul bordo del materasso, i gomiti sulle ginocchia e la testa tra le mani.

"È tutto così irreale, quando non ci occupiamo di Menes e della squadra. Qui con te, a casa con la mia famiglia, mi sembra di vivere in un sogno. Mi aspetto da un momento all'altro di aprire gli occhi e trovarmi nel letto. Poi mi chiedo: quale letto, se tutto è finto?"

Sadou si era inginocchiato accanto al braciere, alimentava le deboli fiamme con qualche legnetto secco che produceva un lieto crepitio e un odore pulito, di forno da pane.

"Tu non sei l'amore della mia vita. Sei qualcosa che ho fantasticato. Sai esattamente cosa desidero, sai dove toccarmi e come toccarmi. E io non sono la donna che hai sempre aspettato, quella che sa dove toccarti e come toccarti, è una finzione del Serdab, è colpa di Iside e dei suoi fili."

Gli rivolse un'occhiata sbieca. Nella luce bianca dell'alba che cadeva dal lucernario le apparve piccolo e spaurito, come lei, naufrago su un'isola sconosciuta, come lei, incapace di chiedere aiuto, come lei. Poi ripensò a come l'aveva fatta sentire, negandosi, e una rabbia sorda la invase.

Calzò a metà i sandali e lasciò il rifugio.

I due medici erano rimasti in piedi davanti alla scrivania di Sit, aspettandosi una lavata di capo.

"Gli intrusi portavano una divisa?" domandò lei, dopo una breve meditazione.

"Gonnellini corti e scuri, Suprema Porta" replicò uno dei due medici. "Non avevano segni di riconoscimento, ma da come hanno agito si capisce che erano addestrati a svolgere operazioni del genere."

"Armi?"

"Hanno addormentato gli infermieri con piccole frecce caricate di sonnifero."

"Sono andati dritti al baccello di Larissa o ne hanno aperto altri per cercarla?"

"Sicuri di ciò che facevano, signora. Un infermiere li ha visti uscire dalla sala di terapia intensiva, altrimenti non ci saremmo accorti del rapimento prima di khepri."

"Vorrei rinnovarti il nostro dispiacere" intervenne l'altro, "per essere stati incapaci di proteggere la paziente che ci avevi affidato. Se avessimo saputo che era in pericolo, avremmo messo due guardie armate all'ingresso del reparto."

"Vi avrei dato io stessa due tjemhu" ribatté Sit. "Mai avrei pensato che mia sorella potesse essere sequestrata."

"A questo proposito, Suprema Porta, ci poniamo il problema di... della..."

"La clinica dovrebbe presentare una denuncia all'hedja" tagliò corto il primo medico.

Sit scosse la testa.

"Questo colloquio è la vostra denuncia." Sollevò la cartella che i due le avevano consegnato. "Tutto qui il fascicolo su di lei?"

"Sì, signora."

"Ci sono altre copie nell'archivio della clinica?"

"No, signora."

"Potete andare."

Da una finestra a feritoia, Sadou spiava i due giovani, fermi davanti al vialetto che conduceva alla casa. Sirah aveva l'aria affranta, Selima gli carezzava le guance e cercava di consolarlo.

Infine si separarono. Sirah entrò in casa e Sadou gli tolse di mano con impazienza la sporta di giunco piena di provviste.

"Senti un po', non avevamo detto di agire con prudenza?"

"Selima è dalla nostra."

"Nessuno è dalla nostra, cucciolo."

"Vi siete inzuccati voi su questo posto."

"Questo è l'unico nascondiglio possibile" ribatté Sadou con severità. "In futuro non farti seguire da quella misura da un quarto."

Sirah sollevò le spalle e si rintanò fra due cuscini sul tappeto. La squadra si era installata nell'abitazione che aveva condiviso con Elin e lui non era per niente contento.

Naïma sbucò dalla tenda che divideva la minuscola casa in due stanze.

"Bisogna farle mangiare qualcosa di liquido, temo che sia disabituata all'alimentazione solida" comunicò agli altri.

"Ti ha riconosciuta?" le chiese Anouk.

"Vaneggia. Ho l'impressione che creda di parlare a qualcun altro."

"L'hanno ridotta male" borbottò Sadou, e nel mentre frugava nella sporta cercando le erbe che aveva chiesto a Sirah di comprare.

"Dov'è la *coda di Hathor*?"

"Avevo finito i soldi" mormorò il ragazzo.

Sadou sbuffò seccato.

"Perché non l'hai detto, te ne avrei dato io."

"Sei ricco, Sadou?" lo prese in giro Anouk. "Io sono in arretrato con gli stipendi della servitù, mi toccherà licenziare."

"Sei sempre stata una manibuche" la rimproverò bonario Sadou, intento a sbucciare un tubero.

"Mi piace vivere comoda. Solo che prima il mio conto era una tana di serpente, adesso è una faglia che arriva al centro della terra."

"Oh, io ci vivo, sul bordo della faglia" disse Naïma. "I figli sono mangiasoldi naturali."

Sadou sbirciò Sirah, raggomitolato nel suo angolo, e si rammentò che gran parte del suo ultimo stipendio e di quello di Elin erano serviti per comprare i costosi antidolorifici proibiti che tenevano a bada gli effetti della malattia autoimmune di lei. Pensò a Seshen e sospirò. Non appena la zuppa fu pronta, la travasò in una ciotola e la portò a Larissa.

La seconda stanza della casa somigliava a un magazzino. Il pavimento era occupato da materassi di foglie di mais arrotolati, cesti ammuffiti, sandali vecchi, due giare per olio vuote e altri recipienti più piccoli. Dal soffitto pendevano festoni di datteri e fichi secchi.

Uno strato di stuoie di juta isolava dalle piastrelle un sottile pagliericcio rivestito di cotone. Larissa sedeva sul materasso a gambe incrociate, rigida come un idolo di pietra.

Una lunga tunica celeste, appartenuta a Elin, le ricadeva molle sul corpo smagrito. I capelli, che le erano stati rasati completamente poco prima del ricovero, stavano ricominciando a spuntare e formavano una calotta scura sul suo cranio.

Quando Naïma e Sadou entrarono, Yannis si alzò in piedi vivacemente.

"Finalmente! Non sopporto di vederla in questo stato."

"Ci vorranno molti rē prima che spariscano gli effetti dei tranquillanti" disse Sadou. "Chiunque l'abbia fatta chiudere nel baccello deve odiarla parecchio."

Larissa emise un basso suono di gola. Yannis abbandonò la stanza, esasperato.

Sadou si inginocchiò davanti all'inferma e le offrì la scodella di zuppa. Il capitano la prese con la sinistra e rimase ferma in quella posizione, le labbra paralizzate in una smorfia che poteva essere un sorriso abortito o un'espressione di disgusto. Naïma le sollevò la mano destra e gliela portò sul manico del cucchiaio che sporgeva dalla ciotola, Larissa chiuse le dita attorno all'utensile, stringendo con troppa forza, senza tuttavia riuscire a sollevarlo.

"Capitano, devi mangiare" la incoraggiò Sadou. Con delicatezza, guidando con la sua mano quella scarna di Larissa, le fece sollevare il cucchiaio e l'aiutò a portarlo alla bocca. I movimenti della donna erano lentissimi, impiegò alcuni secondi per aprire le labbra e per deglutire.

"Se in questo momento entrasse qualcuno che non ti conosce" osservò Naïma, "penserebbe che sei pieno di sollecitudine e pazienza verso una donna in difficoltà, e si farebbe un'opinione sbagliata di te. In realtà ti stai occupando di Menes."

Lui continuò ad aiutare Larissa a prendere una seconda cucchiata.

"Ci stai trascinando nella tua ossessione, Sadou. Potremmo scoprire qualcosa di poco piacevole, sei pronto ad accettarlo?"

Lui non rispose.

"Il diario di Menes ti ha sconvolto. In realtà ti nascondeva i suoi veri sentimenti. Tu non hai mai sospettato cosa stesse muovendo per far curare Seshen. Forse voleva perfino portarla a Eleusi."

Si udiva soltanto il cucchiaio che batteva sul fondo della ciotola e il risucchio di Larissa che sorbiva la zuppa.

"Sei gelosa di Menes" rispose Sadou.

Come in un sogno, Naïma udì la sua voce che diceva:

"Menes non c'è più. Io sono qui, vicino a te."

In quel momento Larissa sollevò la testa e un barlume di consapevolezza le si accese in fondo agli occhi.

"Iside" bisbigliò.

Sadou posò la scodella sul pavimento.

"Capitano!" chiamò. "Riesci a ricordare? Ricordi i Sette?"

I lineamenti di Larissa si alterarono, lottava con tutte le sue forze per aggrapparsi alle parole che le venivano rivolte e tornare a galla.

"Iside" ripeté.

Sadou e Naïma si protesero in avanti.

"Iside, Iside, Iside."

I globi oculari ruotarono verso l'alto, il bianco riempì l'orbita, la mascella perse vigore e lasciò che la bocca si spalancasse, Sadou fu lesto ad asciugare la saliva e il residuo di zuppa che colarono fuori.

Anouk era sgattaiolata fuori dall'appartamento, scalza per non fare rumore. Yannis si era scolato un bel po' di birra e finalmente era crollato addormentato, lo sentiva russare fin sulla porta.

Indossava un sofisticato abito bianco di lino ritorto, tutto cordicelle che s'intrecciavano, strette e lasche, in una danza elegante attorno al suo corpo snello; i capelli erano incorniciati da un diadema sottile formato da tessere piatte di lapislazzuli. Nell'ascensore infilò i sandali d'oro. La gola le pulsava forte, faticava a deglutire e un misto di irritazione e allegria le saltava in petto.

La portinaia sedeva nella guardiola davanti al piccolo telaio, apparentemente presa dalla tessitura. Anouk le passò davanti senza salutarla, convinta di essere invisibile. In realtà la donna aveva seguito i suoi movimenti fin dall'apertura delle porte dell'ascensore e si chiedeva come mai uscisse senza Yannis, dal quale, in tanti anni, era stata inseparabile.

Yaël la attendeva accanto al botteghino del teatro. Aveva raccolto i capelli rossi in una treccia, appuntata a cercine intorno alla testa, e indossato un abito verde scuro dal taglio dritto e semplice.

"In puntuale ritardo" la accolse.

Anouk sorrise.

"Per giunta ritieni che il tuo sfacciato, incantevole sorriso debba assolverti da ogni colpa."

"Io non ho peccati né colpe."

"Neppure quella di aver lasciato solo il tuo collega?" la stuzzicò Yaël.

L'espressione di soave appagamento di Anouk trasmutò in fastidio.

"Vorresti conoscerlo? È un maschilista volgare e privo di tatto."

"Avete molto in comune."

Si misero in coda davanti alla cassa. Quando fu il loro turno Anouk posò la propria carta di credito sul piano di marmo.

"Due."

Il cassiere inserì la carta tra le foglie carnose di una piantina succulenta alla sua destra, che la sputò quasi subito. Riprovò, ma la pianta la rifiutò ancora, emettendo una leggera bava verdastra.

"Mi dispiace, la tua carta non è valida" le disse freddamente l'uomo restituendogliela.

"Impossibile" replicò Anouk.

"Possibilissimo. Soprattutto quando mancano i soldi."

Anouk frugò nella borsa, trovò due piastre ceramiche da cinquanta deben e gliele mostrò.

"Come vedi possiedo il contante per pagare, keme coglione, ma mi è passata la voglia di teatro."

Se ne andarono ridendo.

"E adesso?" domandò Anouk.

"Il pomeriggio è lungo."

"Questo è il saldo del tuo conto, keme Yannis."

Il funzionario della banca gli mise sotto il naso una striscia di lino appena tessuta dall'aracne.

Yannis osservò il conteggio con sospetto, senza prenderlo in mano.

"Ci sono ancora trecento deben" calcolò.

"Oh, no, quella è la colonna debiti."

"Mi dovete trecento deben?"

"Li devi tu a noi."

"Non li ho."

"In tal caso sono davvero spiacente, ma le nostre regole prevedono la chiusura del conto. Posso rimandare per dieci rē, dato che sei uno dei nostri migliori clienti e a noi dispiacerebbe perdere..."

"Meno vaselina" lo fermò Yannis. "Chiudi il conto e va' a farti fottere."

Si alzò dal tulipa e fece per andarsene.

"Faremo un'azione di recupero del debito" minacciò il funzionario alle sue spalle.

Senza voltarsi, Yannis alzò una mano e gli mostrò il dito medio sollevato.

Discese le scale per tornare nel salone al pianoterra e quasi inciampò nelle gambe di due uomini di mezza età, stesi sul pavimento, immobili, gli occhi sbarrati. Respiravano a fatica. Accanto a loro, morte, c'erano due grosse vespe dal corpo giallo-oro. Si accostò alla rafflesia in cerca di un impiegato e un ragazzo, il volto coperto da una rigida maschera azzurra, gli cadde addosso.

"Ehi! Che ti prende?" esclamò, afferrandolo sotto le ascelle.

L'altro si sfilò la maschera e la lasciò cadere a terra, era giovanissimo, imberbe, e boccheggiava in cerca d'aria.

"Aiuto!" gridò Yannis, mentre il ragazzo si aggrappava a lui, cianotico.

Ogni individuo presente nel salone si trovava a terra, alcuni sussultavano, altri tentavano di raddrizzare la schiena, tutti sembravano presi da un violento attacco d'asma.

Dalla cassaforte spalancata uscirono tre ragazzi, maschere chitinose dai colori sgargianti, rosso, verde e giallo, gli coprivano il volto.

"Kimi è stato punto!" gridò Verde con voce femminile.

Giallo minacciò Yannis con una lunga spada d'oro.

"Lascialo andare!"

"Se lo lascio cade a terra."

"Allora cammina verso l'uscita!"

Obbedì e con la coda dell'occhio vide che Verde e Rosso trascinavano due sacchi ciascuno, pieni di deben.

Rosso si fermò a metà del salone, trasse di tasca una bomboletta vegetale e iniziò a disegnare una figura alata sul pavimento della banca.

"Elem! Lascia perdere!" gli strillò Verde.

I varchi di uscita erano presidiati da un'alta siepe di opunzie, Giallo costrinse Yannis a oltrepassarla, insieme al ragazzo di nome Kimi, facendoli seguire da Rosso e Verde col loro pesante fardello. Dopo aver dato un'ultima occhiata alla sala, ed essersi accertato che tutti fossero ancora a terra, Giallo si buttò nel passaggio e le spine delle piante scattarono in fuori. Le pale laterali gli infissero la punta degli aculei nelle spalle, negli avambracci e nei fianchi.

"Inarash!" urlarono Verde e Rosso.

"Taglia tutto!" gli suggerì Rosso.

"No" si oppose Yannis. "Il succo delle opunzie è velenoso, morirà ustionato."

I due mascherati si volsero sorpresi.

"Getta la spada" proseguì Yannis. "Le piante sono sensibili al metallo."

"Era nella cassaforte" obiettò Inarash, dibattendosi tra le spine. "Vale almeno diecimila deben".

Gli aculei gli straziarono la carne, il sangue rigò la pelle.

"Gettala da questa parte, coglione di un battesimale."

Passando davanti allo specchio dell'androne, Yannis si accorse di avere la gonna e la fascia copriaddome macchiate di sangue. Nonostante Inarash si fosse liberato della spada, aveva dovuto strapparlo alle spine con violenza. Per ringraziarlo, il giovane battesimale gli aveva regalato un sacchetto di denaro.

Arrivato a casa, chiamò Anouk più volte, senza ottenere risposta, cercò due asciugamani, la bottiglietta del sapone, nascose il sacchetto nell'armadio della camera di lei e scese al bagno collettivo del palazzo.

Rientrò nell'appartamento ripulito e odoroso di vetiver, avvolto nei teli di lino. Notò subito i sandali d'oro di Anouk gettati da una parte.

Trovò la ragazza seduta sul letto della propria stanza, si rigirava fra le mani la carta di credito.

"Ho prosciugato il mio conto senza accorgermene" gli disse.

"Sono stato in banca, questa mattina" replicò Yannis, strizzandole l'occhio. Aprì l'armadio, prese il sacchetto di stoffa e rovesciò i deben sul letto: erano tutti pezzi da cento.

"L'hai rapinata, per caso?"

Yannis si stiracchiò e intrecciò le mani dietro la nuca, sporgendo il petto con orgoglio. Il respiro di Anouk divenne sempre più affannoso, mentre il ricordo di Yannis affiorava alla sua coscienza: i battesimali, la loro fuga dalla banca, i rapinatori che lo ricompensavano dell'aiuto con quel denaro.

"Sei pazzo. Loro erano mascherati e tu no. Qualcuno potrebbe averti visto, potrebbe descriverti agli hedjayu."

"Erano tutti fuori combattimento."

"Di' la verità, lo fai apposta. Ogni volta che ti lascio solo ti metti nei guai per farmi dispetto."

"I soldi non c'entrano. Mi è piaciuto. Mi sono sentito nuovamente vivo, come non mi sentivo da tempo. Prima eravamo sempre in movimento, indagare, interrogare, pestare qualcuno... adesso siamo stagnanti come acqua marcia."

"Hai il cervello marcio!" inveì lei, ributtando nervosamente i deben nel sacchetto. "Questi devono sparire, ormai saranno segnati."

"Conosco uno che ha una lavanderia."

Anouk aggrottò le sopracciglia.

"Tu gli porti roba sporca e lui te la ripulisce."

Anouk gli gettò il sacchetto sullo stomaco.

"Nossignore. Ci leghi due sassi e mandi tutto a fondo nel fiume."

"A fondo nel fiume ci stiamo andando noi. An, amore mio, cosa ti sta succedendo? Perché esci di nascosto? Perché hai messo una barriera fra noi? Me ne accorgo, i tuoi pensieri mi giungono confusi, sei lontana."

Le accarezzò una guancia con due dita, Anouk abbassò gli occhi.

"Immagino che abbia trovato una fichetta con cui sostituire Nur. Puoi portarla qui, fiore di mandorlo, non mettetevi ad amoreggiare all'ombra delle palme, come due ragazzine."

"Lei non la divido con nessuno. Neanche con te."

"Sarei dovuto venire prima" si scusò Sadou, inginocchiandosi sui cuscini del salotto di Seshen. "Ti sto trascurando."

"Tutto muore, mio caro. I capelli imbiancano, le carni cedono, l'essere umano si disfa lentamente, come una statua esposta alla kefer."

"Ti porto buone notizie."

La luce di atum giungeva alle spalle del telo di lino e proiettava la sagoma della donna come un'ombra scura e netta sul tessuto che li separava. Sadou la vide drizzare la schiena, pronta e attenta.

"Abbiamo trovato l'ostrakon di Menes. Stava seguendo un'indagine personale, credo che sia stata questa a costargli la vita."

Dall'altra parte della tenda l'ombra chinò la testa.

"Mi sembra imprudente che tu e la squadra percorriate la stessa strada di Menes."

"Non preoccuparti, siamo corazzati."

"Sadou, non si torna indietro, non in questo universo. Non si è mai visto che la pelle si ricostituisca, le membra riprendano vigore e gli occhi tornino a brillare."

"Eppure, in questo universo, i morti tornano a vivere. E io ho bisogno di sapere cos'è successo a Menes. Forse tu riesci ad accettare la vita e i suoi grovigli, io no. Ho bisogno di chiarezza."

"Questa vostra blasfema abitudine di torcere il tempo! Vi siete mai chiesti cosa succede alle vittime che resuscitate? Vi siete mai soffermati a riflettere sul destino della gente che voi condannate a rivivere? Oh, certo, ritornano, ma si ricordano di essere morti. Alcuni sono stati uccisi da una persona che amavano, da qualcuno in cui riponevano la loro fiducia. Il mondo non è più lo stesso. Ogni rē della loro nuova vita apriranno gli occhi e si meraviglieranno di esserci, ricorderanno e ricordando piangeranno, perché sono di nuovo qui, da questa parte, dalla parte dei vivi!"

Sedevano in cerchio nel soggiorno della casa di Sirah. Naïma li aveva incontrati per la prima volta in quelle stesse posizioni, nell'Acquario. Larissa era il loro centro e attendevano il suo giudizio con la stessa trepidazione. Ma l'indolente fiducia in se stessi era svanita e l'arrogante supponenza con cui affrontavano i vivi e i morti aveva lasciato il posto a un'inquietudine sottile, nervosa.

Il capitano aveva riacquistato le facoltà intellettive, pur mantenendo una certa lentezza nei movimenti. Naïma le aveva raccontato cos'era accaduto a Elin. Larissa ne aveva preso atto senza un commento, domandando di vedere la lista tessuta a Tanis. L'aveva esaminata per diversi rē, soffermandosi su alcuni nomi, scorrendola dall'alto in basso e viceversa, riflettendo sugli smozzicati appunti di Menes.

"Ho sottolineato un nome, nell'elenco dei rifugiati politici" iniziò il capitano. La voce le tremava leggermente.

Mostrò un circoletto rosso sul lungo foglio.

"Teje" lesse Anouk, la più vicina a Larissa.

"Perché proprio questo nome, capitano?" domandò Sadou.

"Ho conosciuto la donna a cui apparteneva."

Un rimescolio percorse la squadra.

"È una storia iniziata con una fuga, molti anni fa. Ero giovane e vivevo con i miei genitori in una città sulle coste del Ponto. Ilion entrò in conflitto con la Grecia per una banale questione di dogana. In realtà da molti anni premeva per diventare indipendente. Le altre colonie greche la seguirono nelle proteste e miei genitori capirono che la situazione sarebbe precipitata. Erano biologi delle comunicazioni e svolgevano le loro ricerche insieme a due amici, Aron e Teje."

"Su cosa lavoravano?" intervenne Naïma.

"Sui fullereni e la loro applicazione al sistema di trasmissione via aracne. Cercavano un modo per inviare messaggi su onde corte eliminando i ripetitori. Scoppiò la guerra e la Grecia mandò le sue navi a bombardare le città costiere. Gran parte della popolazione scappò verso sud. Anche noi abbandonammo i laboratori, Teje ci convinse ad andare nelle Due Terre, il luogo in cui era nata. Credeva che la Rivoluzione Verde avrebbe dato una spinta anche alla ricerca biologica.

Il viaggio fu arduo, dovemmo attraversare a piedi il deserto orientale. A Tanis, poco dopo aver ottenuto il visto di ingresso, Teje si ammalò di febbre del Nilo e morì. Aron fu inconsolabile per molte lune. Venne a vivere con la mia famiglia e iniziò a lavorare in modo ossessivo alla costruzione di un'aracne speciale, in grado di tessere una configurazione che aumentasse la potenza di trasmissione e ricezione."

Larissa si fermò e li fissò.

"È stato Aron a costruire Iside e a realizzare il primo contatto. Lo ricordo come se fosse accaduto ieri. I miei avevano acquistato una casa lontana dalla città, sul limitare del deserto, per non subire le interferenze delle trasmissioni cittadine. Un pomeriggio ci ritrovammo in cerchio, sotto il pergolato. Io, Aron e la mia famiglia, a fare da supporti alla configurazione Osiride. Aron aveva ipotizzato che dando a Iside dei sostegni viventi la risonanza sarebbe stata superiore. Ce ne stavamo in piedi, convinti che fosse tutto molto ridicolo e inutile, ma anche colmi di speranza. Aron domandò se c'era qualcuno in ascolto. Si presentò, disse qual era il nostro scopo, disse dove ci trovavamo e andò avanti così per un tempo lunghissimo, estenuante. Le mosche bevevano il nostro sudore e il corpo cominciava a soffrire l'immobilità. Poi i fili iniziarono a vibrare! Da principio pensammo fosse il vento ma gli amplificatori, collegati alla configurazione, ci restituirono un messaggio. Dapprima era soltanto un sussurro, poi diventò più chiaro. Era una richiesta di contatto. Alcune voci indefinibili, si sarebbero dette voci di bambini, ripetevano a intervalli irregolari la frase: c'è qualcuno? C'è qualcuno in ascolto? Ci guardammo, increduli. Mia madre ipotizzò che ci fossimo inseriti nella comunicazione di un atlantide, ma quelle voci parlavano la lingua del Mediterraneo."

"Stai dicendo che i Morti trasmettono in continuazione?" la fermò Yannis.

"I Giudici cercano sempre un contatto con i vivi, siamo noi a non poterli sentire. A Pytho, in Grecia, la Pizia li riceve in modo frammentario e slegato, perché vi è un solo corpo umano a vibrare e l'unico amplificatore è il tripode, perciò i loro verdetti sono poco attendibili. Nelle Due Terre ci sono le condizioni ambientali perfette per collegamenti stabili e chiari."

"Avete risposto al messaggio?"

"Certamente. Il nostro interlocutore si presentò dichiarando di chiamarsi Diciannove e di essere un Giudice dei Morti. Da quella prima volta, Aron pretese che ci mettessimo in contatto con i Morti ogni rē; parlare con Diciannove diventò per lui un bisogno vitale. Durante un collegamento pregò il Giudice di rivelare il proprio nome, prometteva di non usarlo in alcun modo. Ci fu un lungo silenzio, dall'altra parte; la tela smise di vibrare, Aron supplicò e implorò e allora il Giudice disse: io sono ciò che sono stata."

"Che cosa significa?" chiese Naïma.

"A me la frase non diceva nulla, ma Aron divenne euforico. Gli leggevo sul volto una felicità interiore che niente avrebbe mai eguagliato. Solo dopo aver esaminato gli appunti di Menes, e ritrovato il nome di Teje, ho messo insieme gli elementi del rompicapo. Aron aveva costruito Iside per parlare con sua moglie e lei aveva cercato un modo per svelarsi: un passo delle Scritture. Aron seguiva la religione dei suoi avi, Teje no, ma sapeva che lui avrebbe capito."

"Una bella storia, capitano" ammise Sadou, "ma non ci dà la certezza che Diciannove e Teje siano la stessa persona."

"Non si è mai sicuri finché non si chiede" sentenziò Larissa. "Per esserne certi dobbiamo tornare nel Serdab e usare il nome."

"Nel Serdab! Senza Elin!" gemette Sirah.

"Prenderò io il posto di Elin."

L'Ottava Ora della notte.

Il segretario di Khamsin aveva detto ai Sette di vestirsi di colori scuri e di attendere in un vicolo laterale alla Sfinge, vicini all'ingresso secondario, quello da cui entrava e usciva il personale di servizio.

Avevano obbedito senza comprendere, il segretario era stato vago. Dovevano aspettare senza spostarsi da lì, qualunque cosa fosse accaduta, perfino un terremoto.

Il buio, l'umidità e la tensione acuivano l'insofferenza. In passato si erano sentiti una robusta zattera che scendeva le rapide del fiume, da molti rē, invece, le corde si erano allentate e ognuno galleggiava per proprio conto, separato dagli altri.

L'urlo improvviso delle sirene li raccolse tutti sull'attenti. All'interno della Sfinge e in tutto il quartiere risuonavano gli allarmi antisismici. I palazzi si svegliarono, le finestre si illuminarono, un gran trambusto accompagnò la fuga della popolazione che scendeva le scale e si precipitava ai rifugi. Anche i loro piedi si mossero irrequieti.

Le sirene si abbassavano e poi risollevavano la voce con rinnovato vigore, la porta di servizio della Sfinge si schiuse, un braccio fece loro cenno di avvicinarsi, sgattaiolarono dentro svelti e silenziosi. La porta si richiuse, le sirene ripresero fiato e tornarono a spaventare la notte.

L'uomo che li aveva fatti entrare indossava la divisa bianca dell'impresa di pulizie. Senza una parola li condusse al montacarichi e li depositò all'ultimo piano della Sfinge.

I corridoi erano deserti, gli hedjayu del turno di notte erano scappati ai rifugi sotterranei.

La porta dell'Acquario non era chiusa a chiave.

Larissa cercò il gesso nel cassetto del ginepro e con mano sicura disegnò i numeri e i simboli sulla falsa porta. Dopo qualche istante il muro si ammorbidì e il fetore che esalò dall'apertura li accolse come un animale domestico.

Era insolito disporsi in circolo senza che vi fosse un colpevole al centro. La camera sembrò loro più piccola e meno buia di come la ricordavano, un'intensa luce lunare pioveva dal foro, lassù in alto, nel punto in cui il Serdab si restringeva, divenendo simile al collo di una gigantesca bottiglia.

Presero posizione allargando le gambe per mantenersi saldi, lo scalpiccio dei sandali sul pavimento di terra umida produsse un'eco che si ripercosse su ogni pietra. Concentrarono l'attenzione su una profonda crepa nel muro, tanto incavata che la luce non riusciva a rischiararla.

Naïma percepì un suono di denti che battevano alla sua destra, il posto di Elin, che era stato occupato da Larissa. Non ebbe il tempo di chiederle se avesse bisogno d'aiuto, una forma tondeggiante, risalita dall'oscurità della fenditura, si gettò su di lei e le sbavò addosso un liquido freddo e vischioso.

Nel Serdab

ANOUK

Giudice Teje, noi vogliamo conoscere il futuro della squadra Sette, Giudice Teje.

DICIANNOVE (Teje)

Non posso rispondere a questa domanda.

NAÏMA

Giudice Teje, vogliamo sapere cosa accadrà ai Sette da oggi a un anno, Giudice Teje.

DICIANNOVE (Teje)

Non posso rispondere a questa domanda.

YANNIS

È una presa in giro!

SADOU

Larissa, perché non ci risponde? Dove sbagliamo?

LARISSA

Proviamo con gli altri. Giudice Teje, noi vogliamo sapere il nome del Giudice Cinque, Giudice Teje.

DICIANNOVE (Teje)

Cinque si chiama Sethi.
ANOUK
Giudice Sethi, noi vogliamo conoscere il futuro della squa-
dra Sette, Giudice Sethi.
CINQUE (Sethi)
Non posso rispondere a questa domanda.
LARISSA
Giudice Sethi, noi vogliamo conoscere il nome del Giudice
Dodici, Giudice Sethi.
CINQUE (Sethi)
Dodici si chiama Kypte.
SIRAH
Giudice Kypte, vogliamo conoscere il futuro della squadra
Sette, Giudice Kypte.
DODICI (Kypte)
Non posso rispondere a questa domanda.
ANOUK
Ripetono sempre la stessa frase.
SADOU
Giudice Teje, puoi rispondere alle nostre domande, Giudi-
ce Teje?
DICIANNOVE (Teje)
Devo rispondere.
NAÏMA
Noi vogliamo sapere se i Sette torneranno ad amministrare
la giustizia per le vittime.
DICIANNOVE (Teje)
Non posso rispondere a questa domanda.
SADOU
Isefet!
LARISSA
Giudice Teje, tu sei giusta di cuore, sei obbligata a rispon-
dere, Giudice Teje.

DICIANNOVE (Teje)
Sì, io sono giusta di cuore, io sono obbligata a rispondere.
LARISSA
Giudice Teje, i Movimentisti prenderanno il potere, Giudice Teje?
DICIANNOVE (Teje)
Non posso rispondere a questa domanda.
SADOU
Giudice Teje, a quali domande puoi rispondere, Giudice Teje?
DICIANNOVE (Teje)
Tutte.
YANNIS
Figlia di un'asina morta! Ci prendi per il culo?
NAÏMA
Giudice Teje, i Giudici sono giusti di parola, Giudice Teje?
DICIANNOVE (Teje)
No, i Giudici non sono giusti di parola.
ANOUK
Ma cosa dice?
SADOU
È impossibile.
LARISSA
Giudice Teje, i Giudici mentono, Giudice Teje?
DICIANNOVE (Teje)
Sì, i Giudici mentono.
NAÏMA
Giudice Teje, voi potete vedere il futuro, Giudice Teje?
DICIANNOVE (Teje)
No, i Giudici non possono vedere il futuro. Il tempo dei Giudici è il presente.

Le voci dei Sette si affollarono una sull'altra, ognuno pretendeva un chiarimento e nello stesso tempo cercava di resistere alla sensazione che il proprio mondo mentale, le conoscenze, le certezze e le ovvietà che lo fondavano, stessero tremando e trasformando la concretezza in astratto, l'astratto in verità tangibile.

Yannis si sentì accartocciare, rimpicciolire, le sue membra ritrovarono le dimensioni dell'infanzia, dai muri vide sollevarsi una figura antropomorfa, nera, gigantesca, incombente sul suo modesto cubito di altezza. L'uomo lo colpì al petto con un rampino da scaricatore portuale, lacrime fresche gli bagnarono le guance infiammate, e quelle lacrime erano Dio.

Il gelo afferrò i piedi di Anouk, risalì lungo le gambe, le chiuse la carne palpitante in una stretta, montò verso la testa a grande velocità, bloccando l'urlo di terrore che le deformava il viso; rimase impietrita in quella posa, gli occhi rovesciati verso l'alto, le mascelle sgangherate, i tendini del collo marmorei, e quella stretta era Dio.

Naïma percepì una contrattura dello stomaco che si trasformava in nausea profonda, il ricordo di ciò che aveva provato durante la prima indagine emerse prepotente, la ripugnanza per la giustizia dei Sette le rimestava i succhi gastrici come una bacchetta arroventata, quindi, infilata la via dell'esofago, le fece vomitare il suo disprezzo, e quel vomito era Dio.

Agli occhi di Sadou il Serdab scomparve gradualmente, sostituito da una plaga desertica, gialla e sabbiosa; in lontananza vide un'asta piantata nel terreno e una bandiera che sventolava. Si ritrovò a pochi centimetri dalla stoffa, il suo bagliore gli bruciava i bulbi oculari, nello sforzo di voltare la testa inarcò il petto e l'orlo del tessuto scosso dal vento lo colpì come una rasoiata, una linea sottile di sangue gli colò sull'addome, non poteva vederla ma sentiva di avere il pube umido, e quella bandiera era Dio.

Sirah udì un mormorio crescente, un cozzare di gusci, fremere di antenne, ticchettare di zampe chitinose, e in sottofondo uno sciabordio ritmico, simile a quello che si udiva attraverso le aperture praticate dai *mesoni* nei muri delle cantine. Oltre la porta d'ingresso del Serdab una moltitudine di animali del Mare-di-Sotto arrancava, sbavando acqua salata.

"Θεὰ οὔ φέρει τὴν θέαν της αδικίας" balbettò a bassa voce.

Il riquadro della porta si offuscò, come se l'aria si fosse improvvisamente rappresa.

"Θεὰ οὔ φέρει τὴν θέαν της αδικίας" ripeté Sirah a voce più alta.

Le bestie incontrarono la resistenza di una lastra trasparente e iniziarono ad affollarsi sul vetro, salendo una sull'altra, ammucchiandosi scomposte in un groviglio di zampe, corazze, chele, ventri bianchi, uova morbide, alghe, scura peluria bagnata, crepitio di richiami sconnessi.

"Θεὰ οὔ φέρει τὴν θέαν της αδικίας" gridò il ragazzo a pieni polmoni, e quelle parole erano Dio.

I fili erano stati spezzati bruscamente, Iside era ritornata nella sua tana, la squadra si era trascinata fuori dal Serdab brancolando contro le pareti del breve tunnel che li riportava all'Acquario.

Non perdevano di vista i movimenti di Larissa, quasi fosse stata un serpente velenoso.

"Cosa c'è... nella tua testa?" disse Naïma a un tratto.

Larissa non le badò, cercava con frenesia qualcosa nei cassetti, Naïma l'afferrò per un braccio e ripeté: "Cosa c'è nella tua testa, capitano!"

"Non ora, hedja Naïma" si divincolò l'altra. "Dobbiamo prendere la registrazione."

Trovò una chiave e si precipitò fuori dalla stanza.

Poco dopo entrò l'uomo che li aveva introdotti nella Sfinge.

"L'allarme è cessato" disse, "dovete uscire subito."

Lo seguirono in silenzio verso il montacarichi, Larissa li raggiunse poco prima che l'uomo abbassasse la grata di sicurezza.

"La registrazione è sparita" comunicò, usando il suo solito tono di voce neutro.

Si ritrovarono nel vicolo buio da cui erano partiti, sforzandosi di credere di non essersi mai allontanati da lì, ma i fili bavosi di Iside ancora pendevano dai loro corpi e l'odore intenso di quella materia era reso più acuto dall'umidità pungente.

"Dove andiamo?" chiese Naïma.

Si accorsero che avevano bisogno di ripulirsi, di riposare, di riflettere, e che avevano perduto i luoghi della consuetudine.

"Il mio palazzo è vicino" propose Anouk.

S'incamminarono a passi lenti, mantenendosi uniti, come a cercare un calore reciproco, e lontani invece dal capitano, che avanzava solitaria e superba.

"Ero ragazza" cominciò a raccontare Larissa, "andavo a prendere l'acqua alla sorgente, fuori dal villaggio. Rā tramontava. Avevo riempito la brocca e stavo riattraversando il ruscello per tornare. Mentre saltavo da una pietra all'altra Dio balzò su di me, come un animale feroce acquattato fra le canne. Io compresi subito chi era, lasciai andare la brocca e lo afferrai saldamente. Rā era sparito dietro ai monti, le ombre ci avvolgevano. Non potevo vedere Dio ma lo tenevo. Lui disse: lasciami andare. Io risposi stringendo i denti e le mani. Restammo a lungo in quella posizione, il buio si infittiva, io non desistevo. Allora Dio fu costretto a darmi la sua benedizione, il calore della sua mano sulla testa mi colpì come un macigno incandescente e da quel momento io sento la sua voce."

Tacque per alcuni secondi.

"I miei genitori si preoccuparono" riprese Larissa. "Mi portarono da un medico, che mi prescrisse una medicina per mettere a tacere Dio. Ma io avevo bisogno della sua guida, perciò decisi che nei rē di lavoro avrei seguito la cura e nei rē di vacanza avrei continuato a parlare con Lui. È stato Lui a indicarmi chi dovevo scegliere per far parte della squadra. Dopo la morte di Menes, Lui mi ha detto di prendere Naïma. Speravo che mi avrebbe suggerito dove trovare il sostituto di Elin, ho atteso e pregato. Dio deve essere in collera con me perché ha smesso di parlarmi."

Khamsin fece vibrare un filo laterale della sua aracne e la registrazione ricominciò. La mandò avanti veloce, dando leggeri colpetti alla fibra, lasciò scorrere le voci per riascoltare le parole di Naïma, che domandava ai Giudici se erano giusti di parola, sino all'ultima affermazione di Diciannove, quella in cui il Giudice dei Morti dichiarava di non poter prevedere il futuro.

"Mi ha raggirato" commentò a denti stretti. "Menes mi aveva convinto che conoscere il futuro avrebbe aiutato il Movimentismo."

"Sei stato un ingenuo" gli rispose il suo ospite, seduto davanti alla scrivania.

"Avrei potuto sapere se le Due Terre soccomberanno ai terremoti e alla sabbia, oppure se riusciranno ad allargare il proprio spazio vitale da qui a tre anni" replicò Khamsin. "Avrei potuto conoscere in anticipo l'esito di una guerra per i territori del Kush."

"I morti ci hanno riportato alla realtà, dobbiamo agire confidando nelle nostre forze."

"I Sette non mi servono più" masticò Khamsin tra sé, con rabbia. "Non servono più a nulla."

"Ti consiglio di distruggere questa registrazione" suggerì l'uomo con pacatezza.

Khamsin lo fissò senza capire.

"Correggimi se sbaglio, sono un vecchio dalla memoria labile: la Medithe è stata nominata dai Giudici dei Morti, quando predissero che sei comandanti rivoluzionari avrebbero costituito un governo stabile, che avrebbe portato pace e prosperità alle Due Terre. O almeno, così credette la popolazione. Che impressione farebbe ai kemei scoprire di essere stati presi in giro?"

"Anche la Medithe è stata ingannata."

"È consolante sapere di essere guidati da gente accorta."

Khamsin accusò il colpo in silenzio.

"Il capitano dei Sette si è mostrata più lungimirante di voi" continuò l'uomo. "Rifiutò di far parte del governo, preferì arruolarsi nell'hedja e formare una squadra che mantenesse contatti permanenti coi Giudici. La giustizia in terra ha rafforzato il consenso popolare della Medithe meglio di qualunque profezia."

"Mi stai suggerendo di ricostituire i Sette?"

"Non mi permetterei mai, Eccelso Pilastro. Al momento la giustizia è in discredito. I kemei si aspettano soluzioni più ampie, che recuperino l'equilibrio tra l'uomo comune e il deserto."

Un sorriso era spuntato sulla faccia di Khamsin.

L'uomo si alzò in piedi e recuperò il bastone d'oro al quale si appoggiava.

"Ti lascio alle tue riflessioni. Qualunque decisione tu prenda ricordati che gli amici ti saranno vicini."

Gli porse la mano destra, l'altro la strinse con vigore.

"Grazie, Ser Khyper."

La squadra aveva trascorso la notte nell'appartamento di Anouk e Yannis. Tutti dormivano ancora quando Naïma e Sadou si svegliarono e uscirono.

Il quartiere era già in movimento. La rosefenice nell'aiuola al centro della piazza indicava che era trascorsa da pochi minuti l'Ora Quarta del mattino, Rā scaldava cose e persone. Sedettero al tavolino di un bar, sotto una copertura di canne di plais verde. Le voci allegre dei kemei li circondavano. Sadou osservava le facce e i gesti degli altri, stupito dalla loro insensibilità. Non si accorgevano che il mondo era cambiato?

"Ieri notte il capitano ha cercato di recuperare la registrazione della conversazione del Serdab per salvarci" disse Naïma. "Khamsin deve averla preceduta."

"Non m'interessa quell'ambizioso maneggione" rispose Sadou. "Non m'interessa che il futuro sia precluso ai Giudici. La risposta che voglio è nel passato: io voglio sapere chi ha ucciso Menes."

"Non dimenticarti di Senne."

"Non lo dimentico. E se non ci fossimo sentiti male, a causa di Larissa, avrei posto la domanda e ora potrei..."

"Colpire gli amici? Vendicarti di Ser Khyper?"

Lui abbassò la fronte, tentando di mascherare i sentimenti che lo scuotevano. Naïma gli carezzò una mano.

"Non ne hai abbastanza di stare chiuso in una cella fredda e umida, aggredito da una divinità costruita da uno scienziato? Tu e Anouk e Yannis e Sirah e perfino Elin, bambini vecchi e grotteschi, intenti a fare il girotondo coi morti?"

"Isefet."

Andarono in banca e Sadou prelevò un bel po' di contanti. Bisognava rifocillare la squadra. Acquistarono tre differenti tipi di pane, un canestro di formaggi, miele, dolci di carrube, sformati pronti e mezzo agnello arrosto. Dopo aver saccheggiato una bancarella di pistacchi dolci e salati, Sadou le fece scivolare in mano un kauja.

"Li vendevano sottobanco."

Naïma sbirciò la copertina, era il seguito delle avventure di Aconito e Capelvenere; non poté fare a meno di sorridere a fior di labbra.

Le strade erano insolitamente animate, la maggior parte della gente sembrava andare spedita in un'unica direzione. Nell'attraversare un sottopassaggio sentirono una voce, amplificata da un microfono, che elencava dei numeri. Incuriositi, seguirono il suono distorto e si ritrovarono in uno slargo fra i palazzi, un gruppo di Stanziali aveva eretto un piccolo palco sovrapponendo delle lastre di pietra e da lì teneva un comizio. I numeri erano le cifre del ricavato annuo dei prodotti agricoli, cresciute grazie all'inondazione controllata del Nilo.

"Se ce ne andiamo, se abbandoniamo questa terra, dove ne troveremo un'altra tanto fertile?" sosteneva la giovane oratrice.

Una pietra, partita dal pubblico sottostante, le fischiò accanto a un orecchio.

"Buffoni! Buffoni!" gridarono più voci in mezzo alla folla.

Naïma individuò gruppetti di Movimentisti in tre diversi punti del pubblico; le loro bisacce, solitamente colme di semi alati, erano cariche di sassi e alcuni fra loro erano muniti di fionda.

Gli Stanziali che circondavano il palco, armati di canne palustri dalla punta aguzza, punzecchiarono i Movimentisti più vicini, che reagirono tirando sassi, colpendo alcuni Stanziali e qualche spettatore. In pochi secondi si scatenò un parapiglia. Stanziali e Movimentisti si affrontarono a pugni e calci, le pietre volavano e le canne affilate sibilavano nell'aria tagliando dita e orecchie. I kemei che non parteggiavano per alcuna fazione tentarono di fuggire, i fischietti degli hedjayu risuonarono da più parti.

Sadou e Naïma si allontanarono velocemente.

Nell'appartamento di Anouk la squadra consumò il pasto scambiandosi poche parole. Decisero di continuare a tenere nascosta Larissa in casa di Sirah. Il capitano appariva molto provata dal contatto con i Giudici e aveva bisogno di tranquillità per riflettere sulla loro situazione.

Anouk, Yannis e Sirah accettarono senza protestare il denaro che Sadou offrì loro. Mentre sbarazzavano la tavola l'aracne interruppe la trasmissione di musica per annunciare che due membri della Medithe, Konshu e Terit, erano stati ricoverati in clinica per alcuni accertamenti medici.

"Capolinea" commentò sarcastico Yannis. "Non possono dirlo, ma sono arrivati alla fine."

"Terit ha la stessa malattia di Elin" rivelò Larissa. "E Konshu una sua variante che colpisce i globuli rossi."

Nonostante il collegamento isiaco, i suoi pensieri e le sue emozioni restavano separate da quelle degli altri Sette, come se fosse riuscita a erigere un muro di mattoni fra sé e loro e questo li alleviava ma nello stesso tempo li impensieriva.

Naïma e Sadou si congedarono, dovevano prendere servizio entro un'ora. Avevano appena richiuso la porta quando alcune statuette, che si trovavano nella nicchia accanto all'ingresso, caddero dai ripiani. Anouk si precipitò a raccoglierle e la moquette di muschio dell'appartamento si inarcò, come se un animale vi stesse scavando sotto. Un cupo ruggito proveniente da sottoterra agitò l'aria.

Larissa trovò rifugio fra due pilastri che sporgevano dal muro, Yannis, Anouk e Sirah si gettarono sotto il grande tavolo tondo del salotto, per aggrapparsi al robusto tronco centrale da cui aveva origine il piano. Durò pochi secondi, un rombo lontano accompagnò il termine della scossa. Rimasero immobili per alcuni minuti, prima di essere certi che lo sconquasso si fosse concluso.

"Sconciatura chiama sconciatura" chiosò Sirah. "Così impariamo a evocare il drago per finta."

"Tenuta completa" le aveva ordinato Adad subito dopo pranzo. "Dovete sorvegliare un locale sospetto. Non escludo un'irruzione e potrebbero essere armati."

Naïma e quattro colleghi presero posizione, sotto la luce cocente di Rā, per tenere sotto controllo un negozio al pianterreno di una palazzina, in una lottizzazione fra Khet e Amarna. Dopo qualche ora immobile dietro un muro, un tempo sufficiente a ricoprirsi di sudore e di crampi, Naïma segnalò alla centrale l'ingresso nel locale di quattro ragazzi vestiti di cotone variopinto. Adad le ordinò di irrompere.

Gli hedjayu si precipitarono all'interno. Scaffalature parallele ricolme di kauja, e in fondo a una corsia Naïma intravide una porta scorrevole che stava per chiudersi. Gettò un apep e la bloccò. Due colleghi l'aiutarono a fare leva per spalancarla. All'interno scoprirono una stanza circolare, rivestita di pannelli di sughero. Da un lato, paralizzati dalla sorpresa, si trovavano i due proprietari del negozio; i quattro giovani entrati poco prima erano in piedi su una pedana vegetale, le dita sulle corde delle chitarre, le bacchette a mezz'aria pronte a far vibrare i piatti della batteria.

Sollevarono le mani in segno di resa.

"C'è il vostro avvocato" disse Adad, introducendo un uomo vestito di bisso.

Yaël e Vlad si scambiarono un'occhiata di perplessità.

L'uomo sedette all'ulivo con disinvolta competenza e fece scattare le molle della sua valigetta di madreperla.

"Col tuo permesso, keme coordinatore, vorrei conferire in privato con i miei clienti."

Adad li lasciò soli.

"L'hai chiamato tu?" bisbigliò Vlad alla sorella.

"Non lo conosco."

"Lasciate che vi illustri la situazione" esordì l'avvocato mostrando i denti. "Dunque, Shimun e Yaël, proprietari al cinquanta per cento della rivendita di kauja *L'ibis inchiostrato*, siete accusati di detenzione illegale di metallo, sotto forma di strumenti musicali. Pene previste da uno a due anni di detenzione, sanzione pecuniaria massima cinquemila deben."

Depose un foglio di lino sul piano dell'ulivo, sotto il naso di Vlad.

"La vendita di canzoni eseguite con strumenti musicali illegali costituisce un'aggravante" aggiunse.

Vlad aggrottò la fronte.

"Yaël, inoltre, è imputata di atti osceni in luogo pubblico e comportamento sessuale contronatura."

L'avvocato tolse dalla valigetta due rettangoli di plais su cui erano disegnate lei stessa e Anouk che si baciavano in un tratto solitario del lungonilo.

"Ci sono tre testimoni" aggiunse.

Vlad sbuffò.

"Te l'ho detto cento volte di non amoreggiare all'aperto."

La sorella gli diede una gomitata nelle costole.

"Questo è un reato più grave" riprese l'avvocato. "Cinque anni in una comunità di recupero. Personalmente non ho nulla contro tali preferenze, ma in questi centri hanno metodi severi per raddrizzare gli orientamenti sessuali contorti."

"Ma tu chi sei? Perché sei qui?"

"Sono un intermediario. La società che rappresento ha preso a cuore la vostra condizione e ha deciso di aiutarvi."

Fece scivolare sul piano alcuni fogli di lino pinzati.

"Non dovete fare altro che mettere una firma qui sopra e potrete uscire dalla Sfinge come liberi kemei."

Naïma era seduta all'aracne e pizzicava i fili per tessere il rapporto sull'azione appena conclusa. Anouk comparve all'improvviso davanti a lei.

"Che succede?" le chiese.

"Hai arrestato una donna di nome Yaël. Dove l'hanno portata?"

Il sergente di Sadou aveva capito che per tormentare il suo sottoposto doveva privarlo dell'aria aperta e del deserto, perciò gli aveva assegnato un lavoro d'archivio alla Sfinge. Sadou si era consolato pensando che avrebbe potuto vedere Naïma più spesso. Stava proprio andando a cercarla quando incrociò un uomo vestito di bisso che passeggiava in un corridoio vicino al Giuncheto.

"Sadou!"

"Rhemenas!"

A entrambi venne spontaneo il gesto di stringersi la mano ed entrambi dovettero ritirare il braccio e controllarsi.

"Come mai da queste parti?" domandò Sadou esitante.

"Lavoro per il grande capo. E tu?"

"Io lavoro per la giustizia."

"Siamo colleghi" sorrise l'altro. "Sono diventato avvocato e mi sto occupando di due poveretti nei guai."

In quel momento Adad si affacciò dal Giuncheto e fece un cenno a Rhemenas.

"Devo andare. Mi ha fatto davvero piacere rivederti Sadou, stammi bene."

Gli diede un amichevole stretta su una spalla e si allontanò.

Sadou lo osservò confabulare con Adad; la scia del costoso profumo di Rhemenas gli rimescolava le viscere.

"Conosci quell'uomo?"

Si voltò, Naïma e Anouk erano lì.

"Siamo cresciuti nella stessa casa."

"Ha appena convinto gli ultimi due proprietari di Rimembranze della città a vendere."

Naïma e Sadou avevano preso un rum, Anouk un lotus aromatico. Il bar del pianterreno era semivuoto e loro si erano seduti sui cuscini dell'isola sabbiosa, sotto la luce verdognola delle palme illuminanti.

"Se ho capito bene, le Rimembranze appartenevano a Yaël e Vlad e figuravano nell'elenco di terreni stilato da Menes" ricapitolò Sadou.

"Esatto" gli confermò Anouk. "Avevano ricevuto una proposta di vendita da parte della Rinascita. Yaël non voleva vendere, suo fratello sì."

"Yaël ci ha mostrato un contratto che le garantisce una cifra consistente" interloquì Naïma. "Perché non voleva vendere?"

"Una promessa fatta alla madre morta."

"L'avvocato della società immobiliare, Rhemenas, lavora per Ser Khyper" riprese Sadou. "Quindi l'arresto è stato pilotato dagli amici per spaventarli e costringerli a cedere. Sei obbligato a fare ciò che vogliono loro, con le buone o con le cattive."

"Va bene, abbiamo scoperto che la Rinascita è controllata dai mitriaci" convenne Naïma. "Si stanno accaparrando gli ultimi terreni liberi di Nekhen per costruire abitazioni, e lo fanno anche in modo illecito. Continua a sfuggirmi il legame tra Menes, i Giudici dei Morti, le Rimembranze e la Rinascita."

Naïma decise di rientrare a casa. Era sfinita dall'appostamento pomeridiano e agognava lavarsi e cambiarsi.

Trovò le figlie cinguettanti e saltellanti, che riempivano due grossi bauli di giunco con abiti, giocattoli e futilità.

"Ho appena firmato un buon contratto" le spiegò Elias, intento a preparare le sue valigie da lavoro, inserendo negli scomparti i barattoli dei semi e i contenitori dei fertilizzanti. "Una società immobiliare ha terminato la costruzione di un nuovo complesso edilizio a Sais e io sono stato assunto per mettere a dimora le cucine e seguirne la crescita."

Naïma si lasciò cadere seduta su uno sgabello.

"Starò via tre lune" aggiunse.

Lei continuò a restare in silenzio.

"Porto le bambine con me."

"Le bambine devono andare a scuola."

"La scuola è terminata ieri. Se abitassi ancora in questa casa te ne saresti accorta. Potrei dirti che mi trasferisco ad Atlantis e tu non faresti una piega."

Naïma rovistò dentro di sé, alla ricerca di qualcosa di sensato da dire e non trovò nulla. Era come stare ad ascoltare una persona mai vista prima che le raccontasse avvenimenti di una vita sconosciuta.

"Io non so cosa ti stia succedendo, Naïma, forse, al punto in cui siamo, non voglio neppure saperlo. Sei fredda. Sei sempre stata una donna fredda. Io posso sopportarlo, sono un uomo adulto, ma non tollero la tua indifferenza verso le bambine. Sono tue figlie, sono carne della tua carne."

"Solo io sono carne della mia carne."

"Il Serdab ti ha resa disumana."

"No" scrollò la testa Naïma. "Il Serdab ha tolto le incrostazioni e mi ha resa trasparente, tu non puoi sopportare di vedermi dentro."

Elias le volgeva le spalle.

"Ho detto alle bambine che saresti rimasta in città perché quest'anno non ti hanno dato le ferie. Ti chiedo una cosa soltanto..."

Lui si girò e lei sollevò il viso per guardarlo in faccia, calma e serena.

"Salutale con un abbraccio."

"Gli agenti immobiliari sono venuti quattro o cinque volte a parlare con mia madre" raccontava Yaël. "Ogni volta le offrivano una cifra superiore."

Dopo il rilascio, Anouk aveva riaccompagnato fratello e sorella al negozio. Vlad aveva fatto l'esame dei danni e appurato che gli hedjayu avevano sequestrato un centinaio di kauja tripla k, gli strumenti musicali e i cavi di collegamento che univano l'aracne registratore alle chitarre.

"E ogni volta lei li mandava via."

Vlad, perduto tra gli scaffali, emise un grugnito di disapprovazione.

"Se fosse stata meno ostinata" gridò all'indirizzo delle ragazze, "magari adesso sarebbe ancora viva."

"Basta con questa storia" sbuffò la sorella alzando gli occhi al cielo.

Anouk si fece più attenta.

"Quale storia? Cosa vuol dire?"

"A furia di leggere kauja di spionaggio, Vlad vede complotti ovunque. È convinto che sia stata uccisa di proposito, perché si opponeva alla vendita."

"Credevo fosse morta di malattia."

"Nostra madre era un'hedja, è stata uccisa durante una rapina."

Il cuore di Anouk iniziò a battere più forte, un calore repentino le attraversò il corpo.

"Quale rapina?"

"Il Palo d'Ormeggio. Dovresti ricordarlo, se ne parlò molto, diverse lune fa. Fu una strage."

"Altolà!" gli aveva intimato un ragazzo armato di balestra, sbucato dall'ombra di un pilastro. Era l'Ora Terza della notte, una luce smorta proveniva dalle giunchiglie che crescevano sui muri dei palazzi di Khet.

"Qualificati!" ordinò il ragazzo tenendo l'arma all'altezza del cuore di Yannis.

"Sono il fesso che parla con lo stronzo."

La sentinella rimase di stucco, alle sue spalle risuonò una risata.

"Lascialo passare, lo conosco."

La balestra fu abbassata, Inarash avanzò verso Yannis.

"Adesso rapinate i passanti?" disse Yannis. "Non c'è convenienza."

"Questa è zona Movimentista" rivelò il ragazzo.

"E gli hedjayu di ronda vi lasciano fare?"

"Gli hedjayu stanno prendendo posizione, tutti i kemei dovranno decidere da che parte stare."

"Ah, io sono con voi. Non c'è nessuno più Movimentista di me, adoro muovermi, soprattutto dentro una fica ben lubrificata."

Inarash non sorrise. A Yannis parve un'altra persona rispetto al battesimale incauto, conosciuto durante la rapina in banca.

"Questi rē decideranno la nostra sorte" aggiunse. "Se i Movimentisti vinceranno ci sarà speranza anche per i battesimali."

"Ah, ora sì che ritrovo lo sciocco che sei!" sorrise Yannis. "Riesci a pensare che un cambiamento politico modificherà la realtà. E ci credi, per giunta!"

"Le Due Terre sono rimaste chiuse per troppo tempo, devono aprirsi al mondo. I Movimentisti consentiranno la libera ricerca genetica sugli esseri umani e noi dobbiamo appoggiarli. Abbiamo saputo da Saqqara che gli Stanziali assediano L'Aiuola."

Yannis rimase in silenzio per alcuni secondi e poi disse: "Apsu avrà bisogno di una mano."

Sirah e Larissa avevano consumato una zuppa di legumi in silenzio, sotto la luce gialla di un girasole pendente dal soffitto. Il capitano era chiusa in una sua meditazione che non lasciava spazio agli scarni tentativi del ragazzo di fare conversazione; dopo qualche considerazione sulla qualità del cibo e sulla crescente umidità della notte, che s'infilava in ogni pertugio per venire a molestarli, Sirah smise di cercare nel volto inaccessibile di Larissa i solchi amati, gli occhi ridenti, il mantello caldo con cui Elin lo avvolgeva quando stava a tu per tu con lui.

Sperimentò che si poteva essere soli in compagnia, perfino insieme a una persona collegata da Iside. Aveva la sensazione che Larissa, piuttosto che sul cuscino dall'altra parte del tavolo, fosse seduta in cima a una rupe ghiacciata, a respirare un'aria differente dalla sua.

Inattesa, giunse Selima e il ragazzo la invitò a condividere il pasto con loro. La voce argentina di lei gli riscaldò il cuore. Dopo mangiato ripulirono assieme le ciotole e le posate col getto di sabbia del rubinetto, scherzando e scambiandosi tenerezze.

Larissa si era seduta da una parte su una stuoia, sembrava intenta a pregare. Selima le offrì un cuscino, nel prenderlo la donna le sfiorò una mano, sollevò il mento e disse:

"Torna subito a casa. Tua nonna è morta."

Dalla rapidità con cui il maggiordomo lo fece passare Sadou comprese che era atteso. Fu introdotto al secondo piano, in una veranda che si affacciava sul giardino, quell'intreccio di piante, fiori e animali addomesticati che da bambino temeva e amava attraversare, col cuore in tumulto, spaventato dai suoni misteriosi, dalle enormi radici serpentine, dall'umidità a cui non era abituato.

Su un basso tavolino di cristallo c'erano i resti di una cena frugale: pane, olive, formaggio e miele. Ser Khyper era morigerato in ogni sua azione privata. Sadou si fermò all'ombra di un pilastro, il vecchio era appoggiato al parapetto, nella nuvola di luce bianca della grande magnolia che protendeva i suoi rami fioriti dal giardino sottostante.

"Felice di vederti, ragazzo mio" esordì Ser Khyper.

"Sono qui per Senne" rispose Sadou.

"Chi?"

"Il figlio di Kheru. Il bambino che hai fatto uccidere perché l'uomo che hai messo a capo della Rinascita, il tuo fantoccio, voleva scappare prima che tu fossi riuscito a comprarti tutte le Rimembranze di Nekhen."

Il vecchio non reagì.

"In passato hai costruito per la Dinastia, poi per la Rivoluzione. So come vanno queste faccende, me l'hai insegnato tu, i politici scompaiono, i potenti restano."

"Sto facendo un favore alla Medithe" rispose Ser Khyper. "Ha spinto la popolazione a moltiplicarsi e ora si ritrova a dover dare la casa a un gran numero di kemei."

"E Menes ha provato a fermarti. Per questo l'hai fatto uccidere."

Ser Khyper si voltò a guardarlo, la magnolia gli faceva risplendere l'abito di lino candido e l'aureola di capelli grigi, Pareva il ritratto di un asceta in attesa di una visione.

"Non ho mai agito contro i Sette."

"Non ti credo."

"All'inizio la Medithe riteneva utili i Sette, la giustizia assoluta divenne il loro marchio di fabbrica e le Rimembranze erano parte dell'accordo."

"Un accordo con chi?"

"Ti sembrerà incredibile, ma questo vecchio arruffone non è mai riuscito a scoprirlo. È stata il tuo capitano a pretendere che venissero creati i giardini della memoria. Quella donna era una scheggia impazzita, i suoi compagni la temevano, e temevano ancora di più i contrasti fra di loro. La Dinastia era scappata in Grecia e da lì manovrava per riprendersi Le Due Terre, un passo falso, una debolezza, e la Rivoluzione Verde si sarebbe conclusa prima ancora di essersi compiuta."

Sadou conosceva a sufficienza Ser Khyper per sapere che gli stava dicendo la verità.

"La Medithe voleva farla finita con le mummificazioni. Rito dinastico, riservato a chi se lo poteva permettere. E poi i corpi occupavano troppo spazio. Meglio una bella cremazione per tutti. In questo senso, la religione isiaca era perfetta per sostenere il nuovo orientamento. Ricordi la storia del figlio del re di Byblos?"

"Iside ne brucia il corpo per renderlo immortale."

"La Rivoluzione ne ha fatto uno dei suoi slogan: vogliamo l'immortalità e la vogliamo subito. Ha anche una sua duplicità, se ci rifletti, da sempre le Rivoluzioni sognano di essere immortali."

"Mentre l'unica, vera immortalità è quella dei gruppi di imbroglioni, eterni e immutabili."

"La bontà o la malvagità di un'azione sono effetti collaterali imprevedibili. Dipendono dal momento storico, dalle conseguenze del gesto, in parte imponderabili, dalla transitorietà dell'etica. Ci sono troppe variabili. E quand'anche fosse possibile conoscere il futuro..." un leggero, beffardo sorriso aleggiò sulla bocca di Ser Khyper. "Sarebbe comunque un futuro ristretto. In rapporto a quali effetti dovremmo giudicare il bene o il male di un certo evento? Quelli che accadranno tra cinque anni? Tra dieci anni? Tra venti o cento?"

"Sulla base del dolore che provochi."

"Sì, sono d'accordo. La sofferenza è un sentimento forte, travalica il tempo. Ma possiamo ritenerla un valido parametro? Perché non associarla alla gioia? Anche la felicità è un sentimento forte. Io ho sempre misurato le mie azioni in base all'intensità del sentimento che mi suscitava compierle. Solo una forte emozione trascende l'uomo e la sua patetica umanità, o disumanità."

Ser Khyper addolcì i lineamenti contratti e strinse le palpebre nel tentativo di scorgere Sadou, che non si era mosso dall'oscurità.

"Ciò che più mi piaceva di te, quando eri bambino, era il tuo estremo idealismo. Sapevo che attendevi il ritorno di tua madre, il tempo passava e tu, incrollabile, credevi che la tua vita potesse cambiare. E la cosa più commovente era che non si trattava di una speranza, di una fiducia nel futuro, no. Tu eri certo che lei sarebbe tornata. La situazione reale, la tua condizione di figlio di Mitra, non ti toccava."

"Avresti potuto essere generoso e rimandarmi indietro."

Sadou non riuscì a controllare la voce e le parole uscirono alterate dalla commozione interiore che il ricordo gli aveva suscitato.

"Indietro?" sussultò il vecchio. "Indietro? Umiliare così tuo padre! Fargli pensare che suo figlio fosse indegno di me! Sadou, gemma lucente, con le tue capacità e la mia educazione, tu saresti potuto diventare Agrimensore di Nekhen."

"Un bel colpo, per te. Appalti, assegnazione di cariche pubbliche, concessione di grossi prestiti alle tue società fantasma. La fideiussione dell'Agrimensore avrebbe oliato i cardini di quelle porte che ti si aprono davanti e che però, a volte, stridono."

"Sono sempre stato duro d'orecchi" replicò Ser Khyper con ironia. "Non potevo restituirti alla tua famiglia, Sadou, le persone come te sono rare e io avrei voluto qualcuno a cui lasciare la mia eredità, la mia vera eredità: il mio spirito, la mia intelligenza. I miei figli di sangue non mi sono mai piaciuti, troppo diversi da me, inesplicabili. Le affinità sono un fenomeno curioso..."

Si fermò.

"Sadou?"

Fece due passi verso il pilastro e si accorse che l'ombra era vuota.

"Avevo messo da parte cinquanta deben per comprare la lastra alle Rimembranze" raccontava Selima. "Ci avrei fatto mischiare l'anello della nonna, qualche coccio, il suo profumo preferito... avrei fatto incidere i suoi tre nomi. Io sola conoscevo tutti i suoi nomi, la Rivoluzione non glieli aveva espropriati, li possedeva ancora tutti."

Era seduta sulla stuoia, accanto alla lampada a narcisi; Sirah, inginocchiato davanti a lei, le stringeva le mani e la ascoltava.

"Sono arrivata al cancello delle Rimembranze e l'ho trovato sbarrato, c'era un cartello, non ho capito tutto ma dai disegni era chiaro che le lastre sarebbero state rimosse per far posto a palazzi di otto piani."

"Sgonnelliamo altrove."

"No, non possiamo. Quelle erano le ultime Rimembranze della città, non ce ne sono altre. Mia nonna non sarà ricordata."

Scoppiò a piangere. Sirah le porse un nuovo fazzoletto e si voltò a osservare la reazione di Larissa. Il capitano gli mostrava le spalle, sembrava ancora intenta a pregare, lontana da loro.

Sirah si sporse verso la ragazza e la baciò su una guancia, bagnandosi le labbra nelle sue lacrime.

"Tu la ricorderai" sussurrò.

La baciò sull'altra guancia.

"Io la ricorderò."

La baciò sulla bocca.

"Ogni persona che l'ha conosciuta si ricorderà di lei."

"Non è la stessa cosa" rispose la ragazza e iniziò a sussultare per il singhiozzo.

Sirah cercò un po' d'acqua. Ripresero a bisbigliare e ad accarezzarsi a vicenda ma vennero interrotti dall'arrivo di Naïma, Anouk e Yannis.

A malincuore Sirah dovette congedare Selima.

Sedettero tutti e quattro sulle stuoie, accanto a Larissa. Il capitano continuava ad avere l'aria assente.

"Yaël mi ha rivelato qualcosa di incredibile" esordì Anouk. "L'hedja uccisa al Palo d'Ormeggio era sua madre e costituiva l'unico ostacolo alla vendita delle Rimembranze. Lei e Vlad erano propensi ad accettare l'offerta della Rinascita."

Larissa continuò a mantenere gli occhi bassi.

In quel momento Sadou entrò nella stanza. Aveva l'aria cupa, Naïma si accorse che sotto il cattivo umore nascondeva un profondo turbamento. Gettò un sacco di iuta sul pavimento in mezzo ai colleghi.

"Ho rubato quattro divise. Mettetele e torniamo alla Sfinge."

"Per quale motivo?" domandò Yannis irritato.

"Dobbiamo chiedere ai Giudici chi ha ucciso Menes."

"Ormai a cosa ci serve?" disse Anouk.

"Scantini, Sadou. Per noi il Serdab è mazut guasto."

"Ve lo chiedo come un favore personale. Ho bisogno di voi, per l'ultima volta."

Naïma aveva tolto corpetti e shendyt dal sacco.

"Puzzano."

"Li ho fregati alla lavanderia."

La pesante porta di gomma si schiuse di poco, giusto il tanto per farli passare, di traverso e con difficoltà. Naïma fu l'ultima a entrare. Mentre gli altri si dirigevano verso le scale, si attardò a dare una mano al dottore. La porta aveva una decina di serrature a passante da far girare.

"Pensi di cavartela così?" disse il dottor Wandjuk spandendo odore di tabacco. "Per un favore del genere dovresti perlomeno riprendere a lavorare per me."

"È una proposta?"

Gli occhiali d'oro scintillarono nella penombra.

"Tornerò a lavorare con te, riprenderò gli studi e li porterò a termine."

"Comincio a credere che il Serdab faccia davvero i miracoli" commentò il dottore. Si frugò a lungo le tasche del camice, in cerca dell'accendino e di un mozzicone di sigaro: una simile notizia meritava di essere festeggiata.

Accanto al laboratorio del dottor Wandjuk si trovava la stanza in cui arrivavano i corpi dei colpevoli giustiziati da Iside. In un muro si apriva la bocca di quello che appariva come un grande forno da cremazione. La porta di cristallo scuro era abbassata, l'interno era un vano rettangolare lungo quattro cubiti e profondo poco di più di due.

Larissa, Anouk, Yannis e Sirah avevano già preso posto all'interno, raggomitolati a fatica, la testa incassata fra le ginocchia, le gambe ripiegate. Sadou porse la mano a Naïma per aiutarla a salirvi dentro.

"Manca l'aria" si lamentò Yannis.

"Naturale" ironizzò il dottore. "Il colpevole è morto, quando me lo mandate giù. Appena toccherete il Serdab, il soffitto del montacarichi si aprirà automaticamente. Lo richiamerò con i comandi manuali entro venti secondi, siate lesti a uscire."

Rivolse un'occhiata a tutto il gruppo di contorsionisti e chiuse la porta mormorando:

"Ascensore dei morti in partenza."

Il suono di una piccola collisione li avvertì che erano giunti a destinazione. Il soffitto di quell'insolito ascensore si aprì emettendo un leggero ronzio. I Sette si alzarono in piedi nel Serdab.

Saltarono fuori velocemente, il rettangolo di metallo si richiuse e ridiscese, una lamina sottile sporca di fango sigillò l'apertura.

Il plenilunio era trascorso, dall'apertura in alto entrava un vago baluginio che doveva essere il riflesso dell'illuminazione pubblica della città. Si disposero in cerchio, riottosi, spaventati all'idea di un altro contatto con la mente di Larissa.

"Senti, Sadou" iniziò Yannis, "poche cazzate, fai subito la domanda che ci interessa e filiamo via."

"Sì" gli fece eco Anouk. "Una cosa breve."

Gli occhi di Naïma si erano già abituati alla scarsa luce e poté osservare il capitano. Larissa si era lasciata condurre senza obiezioni ma continuava a tenere gli occhi rivolti a terra.

Un fruscio lontano aumentò di intensità, la creatura che strisciava dal profondo della crepa nel muro si avvicinava, lo strofinio fu amplificato dalla forma a bottiglia del Serdab e occupò tutta la camera. Naïma tese i muscoli e strinse i denti.

Dapprima sbucarono le zampe anteriori, poi le lunghe antenne, quindi il grosso ventre semisferico. Iside si trattenne per un istante sul bordo della fessura, raccolse le zampe e spiccò un balzo sull'individuo più vicino. In passato era stata Elin, in quel momento al suo posto si trovava Larissa. Atterrò sulla sua testa con un botto crepitante e in pochi secondi passò a Sirah, Anouk e Yannis, lasciandosi dietro la bava lucente e ben tesa della seta che le fuoriusciva dal ventre.

Naïma iniziò a tremare. Forse, se Iside fosse stata nera e pelosa, sarebbe riuscita a vincere il disgusto, ma era bianca, liscia e traslucida. Attraverso la trasparenza luminosa della sua pelle si potevano cogliere i palpitanti organi interni, l'azzurro intenso delle ghiandole della seta, il celeste pallido del cuore, il violetto dei gangli nervosi. Le dita di Sadou sfiorarono le sue, gliele afferrò con forza e incontrò la rabbia di lui per le parole di Ser Khyper, insieme al timore di scoprire che il padre adottivo potesse essere responsabile della morte di Menes.

Iside aveva completato il giro e lasciato su di loro la prima traccia, il perimetro che li legava e li collegava. Come se il contatto con i Sette la esaltasse, aumentò la velocità di tessitura e iniziò a saltare dall'uno all'altro in modo apparentemente casuale, congiungendo il collo di Sirah con le spalle di Naïma, le braccia di Anouk col petto di Sadou, la testa di Larissa con lo stomaco di Yannis, in un vortice di fili sempre più fitti e articolati e c'era, nell'enfasi di quella danza animale, una gioia intensa, una festosità quasi umana da parte della creatura che componeva la configurazione Osiride.

Iside era felice di unirli.

La tela non era ancora completata che Sadou, impaziente, cominciò a chiamare a gran voce i Giudici dei Morti. L'emissione delle parole faceva vibrare la gran cupola ricamata, una vela di finissima materia che catturava il vento dei suoni e riusciva a sospingerli verso la terra dei morti.

SADOU
Giudice Teje, noi vogliamo sapere chi ha ucciso il nostro compagno Menes, giudice Teje.
DICIANNOVE (Teje)

Non posso rispondere a questa domanda.
YANNIS
Merda! Ancora!
Lo scatto di disappunto da parte di Yannis allentò alcuni fili.

ANOUK
Sta' fermo.
SADOU
Ci riprovo. Giudice Sethi...
La voce improvvisa e stridula di Larissa li fece sobbalzare.

LARISSA
Giudice Teje, perché non ci avete restituito l'anima di Senne, giudice Teje?
DICIANNOVE (Teje)
Il patto è spezzato.
La squadra si raddrizzò, la configurazione ritornò tesa e scintillante.

DICIANNOVE (Teje)
Noi chiediamo memoria e voi giustizia. Niente memoria, niente giustizia.
NAÏMA
Di cosa parla? Memoria di cosa?
LARISSA
Giudice Teje, si tratta delle Rimembranze, giudice Teje?
DICIANNOVE (Teje)
Le Rimembranze sono essenziali per il mantenimento dell'accordo. Noi vi rendiamo le anime, voi ci ricordate. La Medithe elimina tutte le Rimembranze, la memoria dei morti scompare, i morti conoscono la seconda morte.
NAÏMA
Giudice Teje, se il patto non fosse stato spezzato, avreste reso l'anima di Senne, giudice Teje?

DICIANNOVE (Teje)
Sì.
SADOU
Cosa significa? Che in tutti questi anni vi abbiamo conse-
gnato gente
innocente e voi facevate comunque lo scambio?
DICIANNOVE (Teje)
Il patto è un'anima per un'anima.
NAÏMA
Giudice Teje, ti ordino di dirmi chi ha ucciso il nostro com-
pagno Menes, giudice Teje.
DICIANNOVE (Teje)
Menes ha ucciso Menes.

Sadou si agitò e strappò alcuni fili della ragnatela.
"No! Non è vero!"
Iside, che attendeva quieta affacciata dalla spaccatura del muro, si ritrasse all'interno.
Naïma trattenne Sadou per i polsi.
"Hai avuto la risposta."
"Sta mentendo! I Giudici non sono giusti di parola, ci ingannano! Ci hanno sempre ingannati!"

La nuova proprietaria del Palo d'Ormeggio aveva preso la stessa abitudine del vecchio. Fra un lotus da scaldare e un kifel nel forno, strofinava il bancone di ossidiana. Il panno di lino scorreva avanti e indietro lungo il piano, eliminando ogni ditata, ogni alone, qualunque segno di gomiti od ombra di polvere. Il nero vetroso del minerale riluceva sotto le luci tiepide delle belledinotte. Naïma vide se stessa e la squadra riflesse nel fianco del cupo blocco squadrato.
Erano andati lì perché avevano bisogno di un luogo in cui fare il punto della situazione, e lei sapeva che il Palo era uno

dei pochi locali aperti nell'Ora Decima della notte. Tutto era iniziato lì, quel posto era la causa prima, l'origine caotica di ogni fatto successivo. I compagni si erano lasciati guidare, bestie ubbidienti, come si erano lasciati condurre in tutti quegli anni dentro e fuori il recinto del Serdab, seguendo una luce nera che avevano creduto giusta.

"Tu lo sapevi" disse Naïma rivolta al capitano. "Tu conoscevi i termini dell'accordo."

L'attenzione di tutti si concentrò su Larissa, che stringeva tra le mani una tazza di lotus caldo.

"Nelle Due Terre avevo conosciuto gli ecologisti e mi ero unita ai Mannelli. In poco tempo ero diventata comandante del mio Campo. La Dinastia aveva un esercito di mercenari, gli Sherden, i guerrieri venuti da ovest. La fama di invincibilità li precedeva ma noi avevamo qualcosa in più. La nostra forza era la giustizia. Tre battaglie." Larissa sollevò tre dita. "Tre battaglie e i Campi rivoluzionari sbaragliarono i dinastici. Passato il primo momento di esaltazione, io e gli altri comandanti ci rendemmo conto del pericolo che incombeva. Chi avrebbe governato al posto della Dinastia? La Rivoluzione Verde era compiuta ma rischiava di fallire per i contrasti interni. Io radunai tutti i capi e li convinsi a consultare i Morti. Solo conoscendo il futuro avremmo evitato una guerra civile e messo al potere il miglior governo possibile. Fu una scelta razionale. Tutti giurarono di accettare il verdetto dei Giudici."

"E quegli imbroglioni vi hanno persuasi a formare la Medithe" concluse Yannis.

Larissa bevve una lunga sorsata di lotus.

"I Giudici fecero i nomi: Sit, Khamsin, Ahmose, Konshu, Terit e io. Per un breve periodo ho fatto parte della Medithe, poi me ne sono andata. Non mi interessava governare. Io volevo ben altro. La giustizia ecologica doveva portare anche la giustizia umana. Proposi ai Giudici dei Morti di scambiare le anime dei colpevoli con quelle delle vittime. Loro pretesero una ricompensa: la memoria del nome. Perciò sorsero le Rimembranze. Finché il nome del defunto sarà ricordato, la sua anima vivrà in eterno."

"Ma a un certo punto le cose sono cambiate" intervenne Sadou. "La Medithe si è divisa e gli Stanziali avevano interesse a riprendersi le Rimembranze, perché servivano i terreni, in parte per costruire nuove abitazioni, in parte per coltivarli."

"Gli equilibri sono saltati" commentò Naïma.

"Il passato è passato" replicò Larissa.

"Ma la pesatura è metilica" fece notare Sirah. "Potevamo espromettere un pinco qualsiasi!"

Un fremito di orrore li legò, come se Iside, invisibile, fosse balzata dall'uno all'altro stringendoli nel suo filo. Larissa percepì il loro turbamento e provò a rassicurarli.

"Voi avete lavorato bene. Raccolto le prove, analizzato gli indizi, agito in modo corretto. In ogni caso, le vittime meritavano di tornare a vivere."

Naïma rivide il piccolo corpo di Senne sul tavolo del laboratorio. Se la Rinascita non avesse iniziato a distruggere le Rimembranze il bambino sarebbe ritornato dall'aldilà, e i Giudici si sarebbero presi l'anima della persona sbagliata, la vecchia ignorante che aveva creduto di ucciderlo.

Il capitano si alzò in piedi bruscamente.

"Devo andare."

Lasciò sul tavolo qualche deben e scappò.

Gli altri si frugarono l'un l'altro con gli occhi. L'incantesimo del Serdab non funzionava più, erano liberi e perciò ansiosi di seguire i propri desideri. Sirah era dominato dal corpo ignoto di Selima; Anouk pensava a Yaël come l'unico focolare in grado di sciogliere il suo gelo interiore, Yannis considerava che per raggiungere Saqqara avrebbe impiegato almeno quattro ore.

Soltanto Sadou pareva intenzionato a bere l'intera scorta di rum del Palo d'Ormeggio, e ci dava dentro in modo sistematico, indifferente al gusto e al profumo del liquore.

Uno dopo l'altro i compagni si congedarono.

Naïma restò seduta davanti a Sadou, sorseggiando il suo rum e spiandolo di tanto in tanto.

Come la volta precedente, Tepnuf la scortò all'ufficio di Sit, la introdusse e si allontanò dopo aver rivolto all'Eccelso Pilastro un rispettoso inchino.

Larissa si accorse subito che la sorella era tesa. La scrivania era più disordinata del solito, gli armadi di legno morto, spalancati, sembravano pronti a inondare la stanza con i loro infiniti documenti. Le quattro aracne a muro tessevano instancabilmente pagine e pagine di notizie provenienti da tutto il mondo.

"Vieni a rivelarmi il verdetto dei Giudici?" l'accolse Sit. "Allora, cosa accadrà alle Due Terre fra cinque anni?"

"Non ha importanza."

Sit la guardò.

"Abbiamo fatto un errore" continuò Larissa.

"È quello che dicono tutti i rivoluzionari, prima o poi."

"Bisogna cambiare la politica demografica e ripristinare le Rimembranze."

Sit sospirò.

"Larissa, non abbiamo più bisogno dei Sette, del Serdab e dei Giudici dei Morti. Ci serve qualcosa che fermi il deserto, vuoi capirlo? Ci servono soluzioni pratiche ed efficaci contro il degrado ambientale."

"Ho creduto che fossi stata tu ad architettare l'omicidio di Senne per indurre i Sette in errore e screditarli, invece la causa di tutto sono i Giudici, Maya. I Giudici dei Morti si sono voluti vendicare della distruzione delle Rimembranze. Siamo stati manovrati da loro, fin dal principio. Ci hanno messi al potere e ora ce lo tolgono."

"La Medithe si è sfasciata da tempo, sorellina."

"Voi Stanziali siete perdenti. La migrazione è la nostra unica speranza di sopravvivenza."

Un colpo secco e cupo al legno della porta le fece sobbalzare, si voltarono mentre i battenti venivano schiusi dall'esterno e quattro giovani tjemhu irruppero nell'ufficio, puntando le balestre contro di loro.

"Sit-Hathor-Yunet" scandì il più giovane del gruppo in tono solenne. "Ho l'ordine di arrestarti per tradimento della Rivoluzione in nome della Sublime Porta, il Perfetto Khamsin-Seth-Uadjt, Primo e Unico Traghettatore delle Due Terre."

Sit si alzò in piedi, pallida e sconvolta. Due tjemhu le afferrarono i polsi e glieli chiusero in un apep. Larissa, rimasta seduta, si premeva la fronte con una mano, calma, come se attendesse da tempo quell'avvenimento.

"Ho l'ordine di arrestare anche te, capitano Larissa, in nome della nostra Sublime Porta, il Perfetto..."

"Il deserto è arrivato" lo interruppe Sit.

Larissa si era levata in piedi con un'espressione attonita sul viso. Disorientata, si lasciò stringere i polsi nell'apep, continuando a guardare la sorella, come se lei potesse spiegarle cosa stava succedendo.

I tjemhu le circondarono e le fecero marciare fuori dall'ufficio.

Nel corridoio Sit e Larissa videro Tepnuf seduto sul pavimento, spalle al muro, gli occhi sbarrati, la bocca semiaperta e una freccia conficcata nel collo.

"Lei deve saperlo" biascicò Sadou ondeggiando al centro della strada. "Voleva che abbandonassi l'indagine. Lei lo sa. Non possiamo fidarci dei Giudici, sono bugiardi."

Naïma gli stava accanto, raddrizzandolo ogni volta che sbandava.

"Sei sbronzo" gli disse.

"Anche tu" replicò lui.

"Io sono ancora sopra la linea di galleggiamento."

Sadou incespicò in avanti, sarebbe caduto faccia a terra se lei non lo avesse fermato per un braccio. Lui iniziò a ridere, un riso forzato e triste.

"Sei naufragata. Come me."

"Non siamo andati a fondo, Sadou, respiriamo ancora. Ci sono molte cose che si sono salvate, possiamo usarle per costruire una zattera."

Barcollante, lui si appoggiò a un muro con entrambe le mani.

"Che cosa vedi?" bisbigliò. "Cosa c'è tutt'intorno?"

Naïma inspirò profondamente.

"Noi due."

"Nient'altro?"

"C'è qualcosa di scuro, sotto di noi. È immerso, non lo vedo bene, non capisco cosa sia."

"Te lo dico io."

Sadou la guardò, alla luce di un lampione di ibisco le sue pupille apparvero dilatate, nere come un abisso senza fondo.

"È il caos. La fine della legge. La confusione. L'ingiustizia. In una parola, è isefet."

Lia aprì la porta dell'appartamento, appariva giallastra rispetto all'ultima volta in cui Naïma l'aveva vista, e i petali del volto avevano i bordi raggrinziti.

Sadou la superò a testa bassa, scostandola con un braccio e s'incamminò a passo di carica verso il padiglione di lino. Naïma gli tenne dietro, cercando di trattenerlo per la cintura dello shendyt.

"Controllati" gli intimò.

"Chi c'è?" domandò Seshen dall'altra parte delle tende, mettendosi a sedere.

"I Morti ci hanno detto che Menes si è suicidato, ma non basta. Io devo sapere perché."

"Sadou, sei tu? Cos'è successo?"

"Rispondi."

Si era fermato a pochi centimetri dal telo, le mani strette a pugno, il volto contratto.

"Perché si è ucciso?"

Seguì un prolungato silenzio, poi Seshen iniziò a parlare.

"Menes era preoccupato. Gli Stanziali stavano conquistando l'approvazione dei kemei. La loro proposta di mettere delle barriere artificiali per fermare l'avanzata della sabbia appariva realizzabile e più razionale, rispetto all'espansione verso est o verso nord. Io e Menes parteggiavamo per i Movimentisti, perché se avessero vinto saremmo potuti andare all'estero. A Eleusi, in cerca di una terapia genetica per me. Allora Menes iniziò a indagare sui nomi dei Giudici, conosceva il potere del nome e offrì le sue informazioni a Khamsin..."

"Perché proprio lui?" chiese Naïma.

"Khamsin è Movimentista. Probabilmente Sit e Ahmose, che sono Stanziali, lo facevano spiare, perciò Sit convocò Menes, voleva capire cosa stessero architettando. Menes cercò di sviare le domande ma lei intuì qualcosa e gli rise in faccia. Disse che i Morti erano inaffidabili, che lo scambio delle anime era stato solo una forma di propaganda per consolidare la Rivoluzione."

"Sapeva che non era necessario mandare l'anima del colpevole dall'altra parte" intervenne Naïma. "Ai Giudici dei Morti interessava solo che i vivi ricordassero i defunti."

"Menes ne restò sconvolto! Rientrò a casa e mi raccontò tutto. Per anni si era rigirato fra pezzi di vetro tagliente, medicandosi le ferite con le bende della giustizia, e la giustizia era fango infetto."

"Cos'è successo, allora?" la incalzò Sadou.

"Io ero così debole, così sfinita. Sapevamo che Larissa non gli avrebbe mai permesso di lasciare i Sette e così... abbiamo stabilito di farla finita insieme."

Naïma trattenne il fiato.

"Menes decise di salire sul tetto del palazzo e buttarsi da lì. Doveva distruggere il proprio corpo perché temeva che il capitano l'avrebbe riportato in vita, usando l'anima di un piccolo delinquente. Io avrei dovuto prendere una forte dose del mio farmaco abituale."

"Ma non l'hai fatto" disse Naïma.

"All'ultimo momento" singhiozzò Seshen, "mi è mancato il coraggio."

Le tende coprivano il suono flebile del suo pianto.

"Tu hai sempre parlato con disprezzo della vita" disse Sadou a denti stretti. "È una tortura, dicevi, meglio la morte!"

"Io volevo vivere!"

Sadou lacerò la tenda dai ganci, facendola ricadere molle ai suoi piedi, Dall'altra parte si stagliò la figura seduta di Seshen. La luce che entrava dalle finestre a fessura disegnava un reticolo di luci e ombre su di lei.

Con un balzo Naïma si portò dietro Sadou e gli afferrò le braccia. Percepiva la sua rabbia, devastante come un incendio fra cespugli inariditi, ma non riusciva a capire quali intenzioni avesse.

Seshen rigirò gli occhi senza palpebre verso di loro, aspirando l'aria attraverso il foro che si trovava in mezzo al volto. La sua pelle cerea, velata di umidità, la faceva sembrare un batrace. Le labbra superiori erano in parte crollate, come un cornicione tormentato dalle intemperie, e mostravano i denti anneriti dalla necrosi. Una parte della guancia destra era corrosa, la carne pareva sfarinarsi come sabbia asciutta, la zona della trachea era bucata, si intravedeva il movimento costante della deglutizione. Brancicò sul pavimento con i moncherini delle dita, in cerca della coperta, afferrò un lembo della tenda caduta e tentò di sollevarlo per coprirsi il viso.

Naïma aumentò la stretta che esercitava su Sadou, consapevole di non possedere la forza di trattenerlo, se lui avesse deciso di aggredire quell'insetto cieco. Sentiva il respiro ansimante di lui, l'odore caldo della sua pelle.

Desiderò con forza di trovarsi in un altro luogo, insieme a lui. Un posto quieto, tiepido, confortevole e primordiale, come la casa dei suoi nonni, a Lisht. Avrebbero camminato attraverso le vigne e lui avrebbe capito tutto di lei, senza bisogno di usare le parole.

La rabbia di Sadou si spense a poco a poco, Naïma lo lasciò andare, lui si voltò e uscì dall'appartamento.

Ancora in strada, ancora fianco a fianco.

L'aria fredda del primo mattino aveva fatto passare gli effetti dell'alcol a entrambi.

Sul lungofiume lui le rivolse un'occhiata sbieca.

"Torna a casa, è passato."

"A te non passa."

"Ti prometto di non uccidermi, non mi piace la tragedia greca."

"Devo raccontarti come va a finire la storia di Aconito e Capelvenere."

Naïma incespicò, lui le venne in aiuto, il selciato ondeggiava sotto i loro piedi come il dorso di un animale al galoppo. Si guardarono negli occhi, Sadou spalancò la bocca ma il grido fu coperto dal rombo dei palazzi che crollavano.

"Non aprire gli occhi. Non muoverti. Respira lentamente. No! Non aprire gli occhi! Ti prego, Naïma, per una volta, ti supplico, fidati di me, tieni gli occhi chiusi."

"Cosa sta accadendo?"

"C'è stato un terremoto."

"Me lo ricordo. Dove siamo?"

"Non ti agitare, continua a respirare con calma."

"Non mi sento le gambe e le braccia."

"Neppure io. Non significa nulla. Siamo svenuti, potremmo essere rimasti immobili per ore."

"Siamo morti? Questa è la morte?"

"C'erano due zanche di marmo che reggevano l'insegna di un negozio, probabilmente, cadendo, hanno formato una nicchia con la lastra del balcone superiore. Dobbiamo soltanto aspettare."

"Aspettare chi? Nessuno sa dove ci troviamo."

Sirah aprì gli occhi e contemplò la cantina.

Appariva asciutta e polverosa, come al solito. Un cespo di margherite che crescevano in un anfratto del muro illuminava le incrinature del pavimento, sottili e profonde. Anche le lastre di trachite che formavano i muri erano attraversate da una ragnatela di crepe.

Selima sollevò la testa dal petto di lui e gli sorrise.

"Verrai con me a Creta?"

"Io sono rivettato a te" sussurrò Sirah sfiorandole la bocca con un dito. "Spantaniamo da questo luogo malazzato oggi stesso."

Inarash fece dissigillare una scatola di cartone, in mezzo alla paglia da imballaggio spuntarono molte piccole bottiglie di vetro trasparente, piene a metà di liquido scuro.

"Scommetto che non c'è birra là dentro" disse Yannis.

Inarash gli strizzò l'occhio.

"Qualcosa di più forte. Temevo che la scossa le avesse incrinate, se il gas fuoriesce perdono potenza."

"Quindi devo stare attento a non sbatacchiarle, mentre le porto a Saqqara, o mi ritrovo fra le braccia di Rā."

"Guida con prudenza."

Yaël e Anouk avevano trascorso la notte in una piazza, insieme agli altri kemei che si erano riversati nei luoghi aperti della città. Tornarono all'*Ibis inchiostrato* per verificare i danni.

Il terremoto aveva rovesciato tutti gli scaffali, i kauja erano sparpagliati sul pavimento, ma i muri avevano resistito alla scossa.

"Il palazzo è antisismico" spiegò Yaël.

La sala di registrazione appariva spoglia senza gli strumenti musicali e gli amplificatori, i pannelli di sughero erano stati deformati dal terremoto. Yaël svegliò l'aracne, le diede il cibo e attese che finisse di mangiare, mentre preparava la cornice per i messaggi verso l'esterno.

Posizionò l'aracne sul bordo della cornice e l'animaletto filò la configurazione che le permise di chiamare Vlad alla sua microaracne. Si scambiarono poche parole di rassicurazione.

"Mio fratello ha trovato rifugio da un amico. Incasso i soldi della Rinascita e prendo il largo."

Anouk si sfregò il viso, intontita dalla notte insonne.

"Quindi hai deciso, te ne vai."

"Sono stufa di vivere in un posto in cui mi possono arrestare solo perché vado a letto con una donna. Noleggio un *caimano* e risalgo il fiume sino al Kush, lì sono meno rivoluzionari e più tolleranti. Prima o poi anche Vlad mi raggiungerà. Ho i soldi, so disegnare, potrei trovare lavoro in una casa editrice di kauja. Comprerò una piccola abitazione col giardino e una quantità infinita di fogli da disegno."

Anouk si strinse le braccia al petto.

"Hai previsto tutto."

"No, qualcosa mi è sfuggito."

"Cosa? Hai disegnato un quadro perfetto."

"Insomma, cosa devo fare per convincerti a venire con me?"

Anouk restò in silenzio per un attimo, sopraffatta da quelle parole.

"Chiedimelo."

"C'è molta polvere, mi viene da starnutire."

"Morditi la lingua."

"Sadou."

"Mmm?"

"Quel desiderio di tornare a Lisht... la fantasia di un posto tranquillo per entrambi... non era mio. Era tuo."

"Sì."

"Sarebbe bellissimo, ma tu non sai che tutto è cambiato. Sulle colline sono stati costruiti interi quartieri ed è rimasta una sola vigna. La tengono chiusa e recintata, si ammira a distanza, come un fenomeno da circo."

"Anche il deserto è cambiato, Naïma, non credo che mi piacerebbe tornarci. Come finiva la storia di Aconito e Capelvenere?"

"Il vecchio fauno del bosco regala ad Aconito un filtro magico, che gli purifica gli umori del corpo."

"E vivono felici e contenti."

"E vivono felici e contenti."

Sirah aveva appena terminato di ricoprire di nastro adesivo l'urna delle ceneri di Elin. La rigirò fra le mani per verificare di non aver tralasciato alcuna parte e una forte, repentina sensazione di soffocamento si impadronì di lui. Cominciò a muoversi inquieto per la casa, portandosi più volte le mani al collo.

"Cosa ti prende?" gli domandò Selima.

"Una schicchera" ansimò. "Una schicchera mi slunga."

Yannis stava percorrendo la parte terminale della Trachea di Osiri. Pochi cubiti e sarebbe uscito da Nekhen. Osservava i palazzi sulla sponda sinistra del fiume, alcuni erano sprofondati in se stessi, lasciando una voragine polverosa, altri erano attraversati da squarci obliqui che li avevano spalancati come enormi case di bambola; si potevano osservare le stanze interne, stralci di affreschi, armadi vegetali con le ante spalancate, nei quali pendevano ancora gli abiti, uno specchio rotto, tavoli vegetali ancora integri proprio sul bordo dello squarcio.

Gli salirono le lacrime agli occhi; tirò su col naso e se lo sfregò col polso. Strinse il timone con entrambe le mani ma la vista gli si annebbiò.

Giunto a uno slargo del canale fece la curva e tornò indietro. Le casse cariche di bottiglie esplosive, legate dietro di lui, rumoreggiarono.

"Ti prego, accompagnami" disse Anouk stringendole le mani. "Devo andare. Devo."

"Va bene, va bene, calmati" rispose Yaël. "Se credi che siano in pericolo, scendiamo alla darsena e noleggiamo un *caimano*. Guido io. Dove si trovano i tuoi colleghi?"

"No. Sono io. Io sono sepolta!"

"Ci sono sopravvissuti qui, qui e qui" illustrò il coordinatore della sicurezza civile, indicando i punti su una carta. "Solo a Khet abbiamo cinque squadre che scavano fra le macerie."

"Credo siano più vicini alla Lingua di Osiri, tra il canale dodici e il tredici" replicò Yannis, e batté con ostinazione l'indice su un altro punto della mappa.

"A me sembrano qui" intervenne Anouk, additando un settore differente.

Il coordinatore li guardò in faccia, prima l'uno e poi l'altra.

"Mettetevi d'accordo. Non posso sprecare uomini e forze."

"Autorizzaci a entrare nell'area" propose Sirah. "È l'unico modo."

La piccola squadra di operai della sicurezza civile, aiutati da Yannis e Sirah, fece scivolare le leve sotto una grande lastra di marmo. Un operaio versò una tanica d'acqua sui martinetti vegetali, a più riprese; ogni scroscio li rendeva più turgidi, le stanghe verdi si gonfiavano e nel farlo sollevavano lentamente il marmo. Come da un sepolcro scoperchiato, comparvero Naïma e Sadou, distesi sulla schiena, l'una affianco dell'altro, l'azzurro delle divise offuscato dalla polvere, piccole ferite sporche di sangue rappreso sulla fronte, sulle gambe e sulle braccia, la pelle livida.

Il kauja di Aconito e Capelvenere era uscito dalla tasca di Naïma, una folata lo aprì e ne rigirò le pagine. Il pulviscolo della kefer s'insinuò nelle aperture della divisa di Sirah, Yannis e Anouk. Indossavano ancora le uniformi rubate da Sadou. La sabbia sottile fece prudere loro la pelle e sbattere gli occhi per il fastidio.

I soccorritori erano rimasti fermi. In genere, subito dopo il ritrovamento di qualcuno sotto le macerie, i familiari che partecipavano allo scavo lo chiamavano a gran voce, si gettavano a scuotere i corpi prima ancora di rendersi conto se fosse vivo o morto, invece quei tre tacevano, imbambolati, e lasciavano scorrere le lacrime lungo le guance sporche di polvere.

"Erano persone giuste" sussurrò Sirah.

"Non hanno rubato, non hanno messo da parte più ricchezza di quella che servisse per vivere bene" gli fece eco Anouk.

"Erano moderati in tutte le loro azioni" andò avanti Yannis.

"Agirono rettamente, parlarono lealmente" riprese Sirah.

"Diedero da mangiare all'affamato..."

"... diedero da bere all'assetato..."

Nell'accogliere Ser Khyper, Khamsin congedò i cinque tjemhu che lo seguivano ovunque. I due uomini si strinsero la mano con calore.

"Ho saputo che Ahmose ha trovato rifugio nel Kush" esordì il vecchio.

"Lo stiamo cercando. Con discrezione, si capisce. Cosa mi dici delle armi?"

"Arriveranno."

"Ho deciso di dotare ogni settore dell'hedja di balestre e daghe. Il nuovo Consiglio Superiore mi ha giurato fedeltà, le Due Terre hanno bisogno di uomini devoti che garantiscano l'ordine interno, soprattutto ora che i nemici della Rivoluzione hanno alzato la testa."

Ser Khyper approvò con un dignitoso cenno del capo.

"Approfitto della tua gradita visita, Padre in Mitra, per manifestarti il mio cordoglio per la morte di tuo figlio, Sadou."

"Così ha voluto Mitra."

"Il Serdab è stato murato, Iside non è stata ritrovata. Il terremoto ha chiuso una profonda crepa che si trovava all'interno della stanza. Crediamo che sia finita schiacciata."

"Così ha voluto Mitra."

Epilogo

Tre lune più tardi
I tjemhu dovettero aiutare Larissa a rimettersi in piedi. Era spossata dalla privazione di cibo e dal calore della cella.

Le legarono i polsi dietro la schiena e la trascinarono attraverso un lungo corridoio buio che sbucò sulla spianata della caserma. La luce intensa la abbagliò e lei, non potendosi coprire gli occhi con le mani, dovette abbassare la testa e serrare le palpebre.

Il kera soffiava impetuoso, facendo mulinare la sabbia attorno ai sandali militari. Riaprì gli occhi nel momento in cui una mano brutale le fece premere la guancia contro un gelido ceppo di pietra. Accanto a sé, come in uno specchio, vide Sit, inginocchiata al pari di lei ai piedi del blocco scanalato, i capelli rasati, la guancia sul marmo.

Dall'arresto non si erano più viste.

"Perdono" pronunciò a stento Larissa. "Ho creduto che volessi uccidermi."

"Perdono" le rispose Sit. "Ho desiderato morire con te."

Due lame si sollevarono in alto e calarono insieme producendo un solo suono, che tagliò vento, sabbia e carne.

264

Ringrazio Marcella Cancedda per il suo prezioso e generoso aiuto. La sua revisione riesce a chiarificare ogni punto oscuro, nel romanzo e nella mia testa.

Indice

Impaginazione: Alda Teodorani
Illustrazione di copertina / Cover art: Rebecca Lico

www.ingramcontent.com/pod-product-compliance
Lightning Source LLC
LaVergne TN
LVHW041501170726
843492LV00005B/1319